O
Encontro
Marcado

Fernando Sabino

O Encontro Marcado

88ª EDIÇÃO

EDITORA RECORD
RIO DE JANEIRO • SÃO PAULO
2008

CIP-Brasil. Catalogação-na-fonte
Sindicato Nacional dos Editores de Livros, RJ.

Sabino, Fernando, 1923-2004
S121e   O encontro marcado / Fernando Sabino – 88ª
88ª ed. edição – Rio de Janeiro: Record, 2008.
      336p.

      ISBN 978-85-01-91200-8

      1. Romance brasileiro. I. Título.

                  CDD – 869.93
75-0504   CDU – 869.0(81)-31

Direitos desta edição adquiridos pela
EDITORA RECORD LTDA.
Rua Argentina 171 – Rio de Janeiro, RJ – 20921-380 – Tel.: 2585-2000

Impresso no Brasil

ISBN 978-85-01-91200-8

PEDIDOS PELO REEMBOLSO POSTAL
Caixa Postal 23.052
Rio de Janeiro, RJ – 20922-970

EDITORA AFILIADA

ÍNDICE

"O homem, quando jovem, é só, apesar de suas múltiplas experiências. Ele pretende, nessa época, conformar a realidade com suas mãos, servindo-se dela, pois acredita que, ganhando o mundo, conseguirá ganhar-se a si próprio. Acontece, entretanto, que nascemos para o encontro com o outro, e não o seu domínio. Encontrá-lo é perdê-lo, é contemplá-lo na sua libérrima existência, é respeitá-lo e amá-lo na sua total e gratuita inutilidade. O começo da sabedoria consiste em perceber que temos e teremos as mãos vazias, na medida em que tenhamos ganho ou pretendamos ganhar o mundo. Neste momento, a solidão nos atravessa como um dardo. É meio-dia em nossa vida, e a face do outro nos contempla como um enigma. Feliz daquele que, ao meio-dia, se percebe em plena treva, pobre e nu. Este é o preço do encontro, do possível encontro com o outro. A construção de tal possibilidade passa a ser, desde então, o trabalho do homem que merece o seu nome."

(De uma carta de Hélio Pellegrino)

PRIMEIRA PARTE

A PROCURA

I — O PONTO DE PARTIDA

A CASA tinha três quartos, duas salas, banheiro, copa, cozinha, quarto de empregada, porão, varanda e quintal.

Que significava o quintal para Eduardo?

Significava chão remexido com pauzinho, caco de vidro desenterrado, de onde teria vindo?, minhoca partida em duas ainda mexendo, a existência sempre possível de um tesouro, poças d'água barrenta na época das chuvas, barquinho de papel, uma formiga dentro, a fila de formigas que ele seguia para ver aonde elas iam. Iam ao formigueiro. Um pé de manga-sapatinho, pé de manga-coração-de-boi. Fruta-de-conde, goiaba, gabiroba. Galinheiro. A galinha branca era sua, atendia pelo nome:

— Eduarda!

Ela se abaixava, deixava-se pegar. Às vezes punha um ovo. Quando Eduardo ia para o Grupo, deixava-a debaixo da bacia. Um dia o pai lhe disse que aquilo era maldade: gostaria que fizessem o mesmo com você? As galinhas também sofrem. Um domingo encontrou Eduarda na mesa do almoço, pernas para o ar, assada. Eduarda foi comida entre lágrimas. É, sofrem, mas todo mundo come e ainda acha bom.

Desgostou-se, jurou nunca mais ter galinha na sua vida.

O porão — trastes e móveis velhos, objetos de outro tempo,

uma máquina de fazer sorvete que nunca funcionou, livros roídos de traça. A arca cheia de mistérios que mãos de criança violavam. Esconderijo de bandidos. Caverna de piratas. Almas penadas durante a noite. De repente um escorpião debaixo do tijolo.

A varanda. De noite, o pai e a mãe, sentados nas cadeiras de vime, depois de jantar, conversando. Que conversavam? Eduardo chegava, mudavam de assunto. Um dia se esgueirou de mansinho até bem perto, para ouvir. Conversavam sobre ele, Eduardo! Então já era assunto de gente grande.

— Também não é tanto assim — dizia seu Marciano.

— Não sei — dizia dona Estefânia. — Às vezes fico pensando em levá-lo a um médico.

— Por quê? O menino não é doente nem nada.

— Muito nervoso. Fico impressionada.

— Luxos.

Luxos? Eduardo não via luxo nenhum. Era uma coisa dentro de casa, como outra qualquer: menino acaba tendo de ir para a cama, galinha acaba sendo comida no almoço.

— Rabatacha niquenique babarucha! — saltou ele, caindo no colo do pai. Ambos se assustaram:

— Que é isso, menino? Coisa feia, escutando conversa dos outros. Não faça mais isso.

— Babarucha! — repetiu.

— Que bobagem é essa?

— É turco.

— Quem te ensinou?

— Miguel, lá no Grupo. Quer dizer nome feio.

E riu. Os pais riram também. Qual, não havia jeito. Filho único era assim mesmo.

— Aprendeu a ler sozinho.

— Já sabe uma porção de coisas.

— Ontem me perguntou o que quer dizer meretriz!

— Leu no jornal.

— Precisamos tomar cuidado.

— Faz um discurso aí, Eduardo.

Inflamado, o menino soltava a língua horas seguidas. Quando era levado para a cama, ainda estava falando sem parar: vermelho, suado, alinhando palavras sem sentido. A mãe achava graça, seu Marciano ficava apreensivo:

— Você mesma é culpada. Ainda incentiva.

— Tão inteligente que ele é — dona Estefânia sacudia a cabeça.

Seu Marciano punha o paletó, pegava a bengala e saía.

Floripes era a ama. Dava banho em Eduardo, vestia-lhe o uniforme do Grupo. Um dia Eduardo gritou-lhe de dentro da banheira:

— Floripes! Tem um osso no meu pipiu!

Desse dia em diante a preta decidiu que ele já podia tomar banho sozinho. Quase sete anos.

— Não quero. Quero você.

— Está na hora de ir para o Grupo.

— Hoje eu não vou.

— Vai.

— Não vou.

Era agarrado à força, carregado ao colo. Esperneava:

— Você mesma disse que não me carregava mais. Que eu já sou homem. Não preciso de mulher para nada.

E arranhava o rosto da ama, desgrenhava-lhe os cabelos. Era largado no chão, chorando, Floripes ia cuidar da vida. Ficava estudando a simetria dos ladrilhos do banheiro, preto e branco, preto e branco, o pai chegava para fazer a barba. Recomeçava a chorar.

— Por que está chorando, menino?

— Porque já sou homem, não quero que ninguém me mande.

— Homem não chora.

— Eu choro.

E punha a boca no mundo. O pai não se importava, começava a rir. Em protesto, Eduardo se despia, ficava nu, saía correndo pela casa. O pai apanhava a *kodak*, fingia que ia tirar uma fotografia.

— Vou mostrar a todo mundo, você pelado dessa maneira.

Ele corria as unhas pelo rosto, arranhava-se até sangrar.

— Tira o retrato agora, tira.

Seu Marciano estacava, impressionado. A mãe acorrendo, aflita:

— Não disse? É levá-lo a um médico. Onde já se viu isso, Nossa Senhora. Machucar assim dessa maneira.

Não foi ao Grupo, ficou em casa, fez o que bem quis.

Então quando não lhe faziam a vontade, era assim: abria a boca e arranhava o rosto até tirar sangue. Aquilo não podia continuar! Um dia seu Marciano perdeu a paciência, deu-lhe umas correadas. Depois foi sentar-se na varanda, ofegante, aniquilado. Nunca tinha feito aquilo, seu próprio filho! Não adiantou: Eduardo arranhou-se mais ainda e, não satisfeito, apanhou a lâmina de barbear do pai:

— Vou cortar os pulsos.

— Não corta! Me dá isso.

— Estou desiludido da vida.

— Meu Deus! Esse menino anda lendo jornal.

Seu Marciano passou a guardar as lâminas em lugar seguro. Mas o menino sempre arranhando o rosto. Dona Estefânia era mais prática: mandou a Adelaide costureira fazer uns saquinhos de pano, com cordão. Era só o menino começar e lhe metiam à força os saquinhos nas mãos, atados pelo pulso. Arranhe agora, se você puder! Ele não podia, ficava olhando espantado, nem chorava mais. Um dia saiu correndo e deu com a cabeça na parede. Um galo surgiu na sua testa, a mãe veio com a faca, encostou o frio do aço na cabeça do menino.

— Esse menino, Deus meu.

Os saquinhos foram abolidos. Eduardo já não se arranhava mais, bastava ameaçar.

— Faço uma camisa-de-força para ele — dizia a Adelaide costureira. — Uma boa surra dava jeito nisso.

Eduardo se vingava: a costureira costurando na máquina de costura sentada na ponta da cadeira, ele passava e com o pé puxava o pé da cadeira. Adelaide se estatelava no chão, com um grito de susto:

— Ai, meu santo!

E arrebanhava as suas coisas, a fita métrica, fechava a máquina, ia embora.

— Não volto mais aqui.

Eduardo imperando dentro de casa, ditando normas: hoje *eu vou* ao Grupo!, ele dizia!, e a mãe sorria satisfeita: a professora já havia reclamado. Ah, é? Pois então não vou.

— Sei escrever melhor do que ela.

Tudo era pretexto: Maria fritou um ovo para mim, não saiu redondo como eu gosto: não vou. Mamãe chamou minha merendeira de latinha: não vou. Quede meu Caderno? Quede minha borracha? Tem ladrão nesta casa.

Seu Marciano pensava em quê? Seu Marciano fazendo a barba, o menino sentado no chão, olhando, depois de uma cena: o menino não queria comer, Floripes queria que o menino comesse à força, o menino mordeu a mão de Floripes. Depois veio a mãe:

— Se você não comer, fica de castigo.

— Toma aqui, castigo.

E o menino fez um gesto. Onde aprendeu isso, menino! Que coisa feia! Não sabe que isso é uma coisa muito feia? Não, o menino não sabia, vira apenas os outros meninos fazerem, estava sabendo agora. Pois então, toma! Outro gesto. Uma palmada. O menino foi chorar no banheiro. O pai, a barba. Choro manso, o pai pouco está se incomodando. A bacia com água morna; o pincel, o sabão cuidadosamente espalhado na face; o aparelho abrindo estradas caprichosas na espuma. Por que ele insistia tanto em repassar a pele exatamente onde não tinha mais espuma? Por que fazia primeiro para baixo e depois para cima? Por que tanta careta? Por que a espuma? Choro esquecido, o menino ficava olhando:

— Se o senhor não fizer todo dia, quanto tempo leva para chegar até aqui?

O pai não responde: passa a mão no rosto escanhoado, suspira e comenta: "Uma de menos". Um dia Eduardo se verá no espelho fazendo a barba e vai se lembrar disso. O pai estará morto. Seu Marciano morto! Não, seu Marciano ainda não parece que vai morrer. Está vivo, se preocupa:

— Estefânia, esse menino. Você sabe aquela coisa de *niquenique babarucha* que ele vive falando? Sabe que é turco mesmo, e quer dizer nome feio?

— Quer dizer o quê?

— Quer dizer o nome da mãe. Nassif me contou.

Nassif é um turco de armazém. Amigo de seu Marciano.

— Eduardo é um portento. A professora dele me chamou lá, disse que é para a gente tomar cuidado com ele. É um portento!

Eduardo ri, sai correndo para a cozinha:

— Maria! Eu sou um portento!

E saracoteia ao redor da cozinheira, levanta-lhe a saia. A cozinheira não acha graça:

— Sai pra lá, coisa ruim.

Eduardo se crispa de raiva:

— Maria peituda! Maria peituda!

Depois vai para o quarto, vê o uniforme preparado sobre a cama, resolve vesti-lo sem tomar banho.

— Sabem de uma coisa? — e experimenta mostrar os dentes no espelho. — Hoje eu estou com vontade de ir ao Grupo.

O GRUPO era dona Amélia, a professora. A mulher mais bonita do mundo.

— Dona Amélia, eu quero casar com a senhora.

Declaração a sério, longamente preparada. Na hora do recreio, todos lá fora brincando, dona Amélia sozinha na sala de aula.

— Comigo? — disse ela rindo. — Você podia ser meu filho.

— A senhora não é virgem?

Dona Amélia não resistiu, pôs Eduardo no colo. Que menino, meu Deus. Eduardo relutou, quis descer: homem não sentava no colo de ninguém. Ficou excitado com o cheiro de dona Amélia. Mílton vinha entrando e viu:

— Dona Amélia beijando Eduardo lá na sala, na hora do recreio! Eu vi.

Malícia, aprendizado, primeiros desejos:

— Passei a mão nas coxas dela.

As coxas de dona Amélia. Vinha dar a lição, de carteira em carteira, apoiava o joelho no assento, encostava a perna no menino. Quando se inclinava para apanhar o lápis no chão todos olhavam para a linha da calça em V, sob o vestido fino. No recreio as conversas fervilhavam.

— Abriu as pernas.

— Ela tem noivo.

— Será que ele enfia nela?

Mílton, mais alto, vesgo, sabido, egresso de outras escolas, já tinha penugem no sexo, mostrava para todo mundo:

— Cuidado, gente, olha o Eduardo: ele é inocente.

Ofendia-se: inocente uma ova! Já sabia tudo. Só não podia ainda admitir que sua mãe fizesse aquilo com seu pai.

— Eduardo, filho de uma pu...

— Cachorro! Eu te...

— ... ríssima donzela.

Risos. Eduardo reagia, caindo sobre o engraçado aos socos. Logo se organizava a hierarquia das brigas:

— Mílton ganha do Miguel. Miguel ganha do Paulista. Paulista ganha do Tartaruga. Tartaruga vai brigar com Eduardo! depois da aula.

Depois da aula saíam em bando. Vai haver briga hoje! Tartaruga com Eduardo. Corria a palavra de ordem, todos a postos! Iam seguindo pela rua. Aonde? Não, aqui está muito perto. Mais para lá. Eduardo insistia em afastar-se mais. Está com medo?, perguntava o Tartaruga. Medo, eu? e ia descendo a rua, seguido pelo resto. Ao fim de alguns quarteirões o entusiasmo ia passando: vamos voltar, pessoal, eles não vão brigar nem nada. Tartaruga também desistia, dando as costas ao adversário. Covarde!

sabia que apanhava. Eduardo sabia. Levaria o Tartaruga até o fim do mundo, se fosse preciso, mas não brigava assim à toa.

— Não brigou.

— Maricas!

Isso também era demais: o tapa estalou na cara do Mílton, inesperadamente. E a briga foi ali mesmo, no pátio do recreio. Mílton, com quem ninguém podia! Eduardo chegou em casa de olho roxo.

— Fui suspenso.

Suspenso, o Eduardo? Batiam no seu filho, deixavam o olho dele daquele jeito, e ainda era suspenso? Dona Estefânia foi reclamar da diretora, dona Salomé. Dona Salomé ouviu calada.

— Ele disse que não volta mais — queixava-se dona Estefânia, chorosa.

— ... se não foi ele que provocou — ponderou a diretora. No dia seguinte Eduardo se apresentava no gabinete:

— Só volto se ele me pedir perdão. Me chamou de maricas.

— Mílton, pede perdão a ele.

— Não peço.

— Pede.

— Não peço.

— Você vai ser expulso. Chamo seu pai aqui.

Mílton só temia o pai, um chofer de caminhão. Um dia foi chamado ao Grupo (Mílton escrevera imoralidade na parede) e desceu o braço no filho, na vista de todo mundo. Mílton temia o pai.

— Assim não, pede direito.

— Perdão — resmungou ele, de cara amarrada.

— Pede direito, menino. Dá a mão ao seu colega, façam as pazes.

— Perdão. Que merda também!

Mílton foi suspenso uma semana. Quando voltou, disse que Eduardo ia aprender. Mauro interveio:

— Covarde: bate em mim se você é homem.

Mílton desbancado, Mauro passou a imperar — amigo de Eduardo.

Um dia Mílton propôs:

— Vamos beijar a Valderês?

Valderês era uma das gêmeas — Valderês e Maria Inês — iguaizinhas, a diferença estava na fita verde ao redor da cabeça. A de uma, qual?, era um pouco esgarçada.

— Lá na sala, na hora do recreio. Ela sempre sai atrasada.

Arranjou dois cúmplices e lá se foram os três. Eduardo foi atrás para espiar. A menina estava distraída, arrumando as suas coisas. De repente deu um grito: segura pelos dois braços. Mílton chegou calmamente e beijou. Na boca. Eduardo espiava. Os outros beijaram também, ela gritava. Eduardo não beijou, nem chegou perto. Na mesma tarde, a professora ordenou:

— Mílton, Tobias, Miguel, Eduardo: apresentem-se ao gabinete.

— Eu também?

No gabinete dona Salomé indignada, enquanto Valderês, toda trêmula, apontava chorando:

— Foram eles. Me agarraram à força, me beijaram.

— Fizeram mais coisas, minha filha? — dona Salomé perguntou ainda.

— Fizeram. Mílton fez. Os outros só beijaram.

Eduardo não protestou. Mílton foi expulso no mesmo dia, os outros três suspensos.

Por quê?, pensava ele, a caminho de casa. Não beijei ninguém. Só espiei. Resolveu voltar, ficou na porta do Grupo esperando. Escondido atrás de uma árvore. Saíram todos, saíram as meninas pelo portão das meninas. Saiu Lêda — Lêda, a mais bela. A melhor da classe. E saiu Valderês com a irmã. Eduardo se aproximou:

— Valderês, fui suspenso por sua causa. Mentira sua, eu não te beijei nem nada.

— Beijou.

— Não beijei. Não fiz nada, só fiquei olhando.

— Por que você não falou?

— Porque eu devia ter beijado. Agora eu quero meu beijo.

— Você está doido? Eu conto para dona Salomé.

— Pode contar. Já fui suspenso.

— Sua alma, sua palma.

— Valderês — segurou-lhe o braço com raiva —, me dá um beijo.

— Você está doido? — repetiu ela. — Aqui na rua!

— Aqui na rua. Naquele cantinho ali.

Encostou-a no muro, meio à força, e ela deixava. Então tentou beijá-la.

— Na boca.

— Na boca, não.

— Na boca, sim.

Beijou-a na boca, desajeitadamente, depois lambeu os lábios para ver que gosto tinha: gosto de cuspe. A menina baixou os olhos:

— Agora somos namorados — sussurrou.

— Não: eu quero que você me faz um favor, você faz?

— Faço.

— Quero namorar primeiro a Lêda. Pergunta a ela se ela quer me namorar.

— Estou de mal com você para toda a vida — e a menina saiu correndo.

Ficaram de mal para toda a vida.

Lêda. Estavam namorando? Ele não saberia dizer: emprestou-lhe um livro chamado "Travessuras de Juca e Chico". Muito engraçado. Lêda leu, achou muito engraçado, devolveu com uma manchinha de manteiga.

— Desculpe.

— Não tem importância, é para manchar mesmo.

— Por que você não põe uma capa? Eu encapo todos os meus livros.

— Eu não.

— Pois eu sim. Sou a primeira das meninas. Você não é nem o quinto ou sexto dos meninos.

Ser o primeiro. Ficava em casa estudando, fazendo exercício. Dona Estefânia, estranhando, maravilhada:

— Não sei o que deu nesse menino. Agora é isso toda noite. Eu não dizia? Eu não dizia?

— Dizia o quê, mulher? — resmungava seu Marciano.

— Que ele endireitava? Verdadeiro milagre.

Milagre de amor. Amava Lêda, mas não ousava sequer pensar em beijá-la. Beijo não era bom assim feito diziam. Amando em silêncio. Às vezes se declarava:

— Lêda, eu gosto muito da sua letra.

— Lêda, eu gosto muito do seu estojo.

— Lêda, eu gosto muito.

De noite, dormia abraçado com ela, era bem melhor. Lêda cariciosa, Lêda travesseiro. Iniciava-se naquilo que iria ser, vida afora, o motivo de suas horas mais alegres e mais miseráveis: imaginava tudo — passeios, conversas, piqueniques, banho na piscina. Um dia salvou-a de morrer afogada. Lêda tinha piscina em casa. Lêda era toda queimada de sol, devia ser branquinha debaixo do vestido — imaginava tudo. Um dia imaginou um presépio.

— Papai, quero fazer um presépio.

Era Natal. O pai ajudou Eduardo a fazer o presépio — seu Marciano mesmo ajeitou o papel fingindo de montanha, serrou madeira, colocou o espelho, fingindo de lago, com dois patinhos de celulóide, trouxe da cidade as figuras. Eduardo compareceu com dois soldadinhos de chumbo, espingarda ao ombro, para montar guarda à manjedoura. Mas a finalidade última — chamar Lêda para vir ver — não foi atingida. O menino não teve coragem, e foi melhor assim. Na casa dela havia de ter um presépio muito mais bonito. E achava a sua casa velha demais para ela: tinha um vidro partido na janela da sala, a pintura do lado de fora descascando — a sala de jantar mesmo era antiquada, móveis velhos e gastos — era preciso reformar os móveis, reformar a casa e reformar o mundo, para merecer a presença de Lêda. Foi melhor assim.

— Este menino é mesmo esquisito — convenceu-se seu Marciano. — Convém a gente nunca discutir com ele. Não vê que ele estava dizendo que ainda ontem, no Grupo...

Último ano, último dia do ano: Lêda é a primeira entre as meninas, Eduardo é o primeiro entre os meninos. Por desfastio, já não queria impressioná-la assim:

— Juro que não queria ser o primeiro.

— O que é que você queria?

Não sabia o que queria, e vida afora se faria cada vez mais infeliz, agindo como se soubesse. Naquele dia, por exemplo; houve a manifestação promovida pela diretora, Lêda iria ganhar uma medalha de ouro por ter sido a primeira da classe. Os meninos protestaram:

— Não faço manifestação.

— Para um pedaço de latão.

Eduardo uniu-se a eles, impensadamente, rompendo com sua deusa. Ganhou também uma medalhinha, mas não ligou: preferiu a gritaria. Lêda, desde esse dia nunca mais viu, ficou por isso mesmo.

— NA NATUREZA nada se perde, nada se cria, tudo se transforma.

— Um corpo mergulhado num líquido recebe um impulso de baixo para cima igual ao peso do volume do líquido deslocado.

— Não é fluido, não?

— Não: é líquido. Líquido e fluido é a mesma coisa.

— Olha o bobo. Líquido e fluido a mesma coisa?

Discutiam:

— Manteiga é sólido, líquido ou gasoso?

— Então me diga quem foi Laplace.

— Laplace foi o da banheira.

— Da banheira foi Arquimedes, seu.

— E o da maçã?

— Da maçã foi Newton.

— Então quem foi Laplace? Diga você.

— Foi o da gota de azeite.

Hemisférios de Magdeburgo, dois cavalos puxando não conseguiam separar. Conjuga o verbo pelocupar no condicional. Ilhas do Japão: Sakalina, Yeso, Nipon, Sikok, Kiusiu, Fujika e Mozaka. Fujika Mozaka era a japonesinha da turma B, jogava vôlei, não era ilha do Japão. Anos mais tarde seria assassinada pelo marido em Lafaiete: Mauro e Eduardo, já homens, veriam o retrato no jornal, se lembrariam. Agora ainda são meninos, estão voltando do Ginásio.

— Mauro, nós somos sábios pra burro. Se Platão ressuscitasse, sabia muito menos coisas que a gente, havia de ficar besta.

— Ele não sabia que a Terra é redonda, uai.

Provas da redondeza da Terra: um navio se afastando pelo mar, o mastro sumia por último. Tomemos por exemplo uma laranja. O Golfo de Biscaia onde fica? *La maison du voisin est vaste et commode.* Sujeito, predicado e complemento, H_2O. Leônidas nas Termópilas, melhor! combateremos à sombra. Que é anacoluto? É a soma do quadrado dos catetos. *Qui quae quod*, o sertanejo é antes de tudo um forte. Mauro, heróico, trepado no muro do pátio:

— "Aí vem o general Valdez bloquear a cidade de Leide! Aí vem a guerra mais desumana, mais carniceira e mais daninha de que há memória nos séculos dos séculos!"

E dali de cima cuspiu no Macedônia (Alexandre Macedo), que era menor, não podia com ele. Eduardo tomou as dores do Macedônia. Rolaram na poeira, engalfinhados, trocaram sopapos e pescoções, durante meia hora. Afinal o Macedônia, que era o juiz, decidiu que a briga terminava empatada, por estar na hora de ir para casa. Suados e sujos, uniformes em frangalhos, foram para casa, pela mesma rua, guardando ressentida distância um do outro, como se não se conhecessem. Antes de chegarem, porém, o inesperado: instintivamente se aproximaram, e, de súbito, sem uma palavra, abraçaram-se em silêncio. Depois, sentados no meio-fio, sem dizer nada, começaram a chorar. Um dia, depois de anos e anos de convivência diária, se lembrariam daquele momento, e não saberiam sequer que fim levara o Macedônia.

Jadir morava na casa dos fundos. Com ele Eduardo jogava pião, bola de gude, empinava papagaios. Esse Jadir não era boa coisa — a mãe dizia. Não convinha ficar andando com ele. O pai dele bebe. A mãe vive por aí. Pois o que dona Estefânia não via que não convinha era andar com Afonso. Afonso era mais velho, usava calça comprida e, ainda assim, brincava com os meninos do Grupo, menores do que ele. Jadir também era mais velho, mas só na idade, e, com Afonso, era diferente.

Foi ainda no tempo do Grupo: brincavam de esconder, Eduardo foi se esconder debaixo da escada da cozinha. Jadir era o pegador — ali não o descobriria, havia uns caixotes — Afonso já se escondera atrás dos caixotes.

— Eduardo, vem cá, vem. Aqui ele não pode te ver.

Ficaram juntos, e Afonso quis abusar dele. Cedeu até certo ponto, depois não deixou mais: não sabia nada, mas era qualquer coisa de repulsivo.

— Deixa — sussurrava o outro.

— Não. Depois.

Afonso passou a persegui-lo. Toda hora aparecia em sua casa. Eduardo relutava, inventava pretextos — e, enquanto isso, ia aprendendo no Grupo as coisas da vida. A primeira que aprendeu foi que era uma vergonha fazer aquilo. Digno do maior desprezo, da zombaria dos colegas. Silvinho era. Viviam bulindo com ele, não deixavam o pobre em paz. Delicado, todo cheio de coisas. Eduardo era delicado, mas não era cheio de coisas.

— Não deixo, já disse.

— Se você não deixar, eu conto.

— Conta o quê?

— O que você já deixou.

Escondia-se atrás do armário, Afonso procurando-o por toda a casa. A mãe o denunciava:

— Eduardo, Afonso está aí, veio te visitar, você se escondendo dessa maneira.

— Não gosto dele.

— Por quê, meu filho? Tão bom, tão educado que ele é. Em vez disso, esse Jadir...

— Jadir é meu amigo. Afonso não é.

— Mas por quê, meu filho?

— Porque não sou fresco.

Dona Estefânia não entendeu bem, contou a seu Marciano. Seu Marciano, por via das dúvidas, cortou aquelas visitas do Afonso — muito grande para ficar andando com nosso filho. Dona Estefânia não entendeu bem.

Afonso fizera alguma coisa com ele? Não fizera? O próprio Eduardo não entendia bem. Trancado no banheiro, excitava-se à idéia do que meninos como Afonso podiam fazer.

As coisas da vida eram tristes: pecados, miséria, doenças, mulheres da vida. Um dia, alguém surgiu no Ginásio com um recorte de jornal que correu de mão em mão: todos riam, maliciosos, passavam o anúncio para frente: anúncio de remédio contra uma doença. O que vinha a ser aquela doença, Eduardo não sabia: imaginava. Zé Gomes apareceu arrastando a perna no corredor do Ginásio, mas se perguntavam o que Zé Gomes tinha, ninguém respondia, limitavam-se a sorrir, e a se cutucar, apontando: lá vai ele. Foi na empregada. Eduardo também sorria, mas não entendia bem: que teria Zé Gomes?

— Zé Gomes, o que é que você tem? — perguntou um dia.

— Você é muito criança para saber essas coisas.

— Criança nada, tenho onze anos: foi na empregada, não foi?

Zé Gomes sorria, superior, e se afastava, capengando. Todos acabavam pegando, mais dia, menos dia. Era o que diziam. Eduardo afetava naturalidade, mas ficou impressionado. Lembrou-se do anúncio: Zé Gomes estaria usando aquele remédio? Por causa de um anúncio desses apavorou-se, certa vez, pensando estar com catarro na bexiga.

— Mauro, me aconteceu uma coisa horrível — confessou ao amigo. — Estou com catarro na bexiga.

Mauro riu. Sabia mais do que ele:

— Você está virando homem. Só isso. Olha aqui, já tenho pedra na maminha.

Aprendia uma porção de coisas: puberdade, masturbação. Vou masturbar-me — disse para si mesmo, compenetrado, no dia que aprendeu essa palavra, e trancou-se no banheiro. Andava bem vestido, terninhos elegantes que a mãe comprava na casa Guanabara, meia três-quartos, sapatos de duas cores. Um retrato de Ronald Colman na "Cena Muda", de sobretudo com gola de veludo, cachecol, cartola e bengala era ser homem: passou a usar o cachecol do pai — seu Marciano não se importava. Ia passear na Praça, lançava olhares para as meninas. Onze anos? Algumas tinham treze e eram belas, eram mulheres. Namorar era sair do *footing*, e ir passear do outro lado, sozinho com a menina, sentar-se com ela na matinê do cinema. Quando segurasse na mão, estava ganha a batalha, vinha contar para os outros; já estou segurando na mão.

Mariinha, irmã de Jadir — o pai bebia, a mãe vivia por aí, não era companhia para ele. Com Mariinha, dona Estefânia podia ser que tivesse razão. Dentro da garagem, dentro do carro do pai dela, que vivia bêbado.

— Mariinha, deixa pôr em você.

— Eu tenho medo, Eduardo.

— Então segura.

Conheceu Letícia num passeio de bicicleta. Marcou encontro para de noite. Letícia foi. Perto da casa dela, que era perto da Rádio Emissora. Passou a encontrar-se toda noite com ela — dizia, em casa, que ia à Rádio Emissora.

— O que é que esse menino tanto faz na Rádio Emissora? — inquietava-se a mãe. Em vez de estudar, toda noite...

Acabou indo mesmo à Rádio, em companhia de Letícia, para assistir aos programas. Depois, saía com ela de mãos dadas — beijo, não, ela não deixava, ele não insistia. Letícia era diferente, Eduardo amava Letícia.

— Eu te amo para o resto da vida.

— Eu também.

— Então escreve isso aqui, na minha caderneta.

Letícia escrevia: "eu te amo...

— Eternamente.

— ... eternamente para o resto da minha vida".

— Agora assina.

Letícia assinou.

— Olha minha mãe na janela.

Eduardo tinha medo, queria fugir. Mas a mãe de Letícia acenava para eles.

— Não tenha medo.

A mãe de Letícia era diferente, falava umas coisas engraçadas, deixava que a filha namorasse. Eduardo fazia planos para o futuro.

— Quando eu crescer, vou ser artista.

— Artista de quê?

— Não sei: artista.

No Ginásio, o professor de português dizia que ele era o melhor em português.

— Você tem jeito para redação.

Começou a escrever contos policiais, mostrava ao professor. Passara-se para os romances policiais: gostava de Malpas, o assassino, que, no fim, era o próprio detetive. De Fu-Manchu não gostava, tinha medo. Os contos não eram de fazer medo, eram de fazer chorar o professor de português:

— Pode estar muito bom, Eduardo, mas você precisa aprender português. Olhe aqui: "entre eu e ele..." Entre *eu*, seu Eduardo!

"Entre eu e ele se estabeleceu logo uma misteriosa suspeita de que o fio da meada finalmente se deslindava graças à argúcia do inspetor John, da Scotland Yard..." O inspetor John, ou Jimmy, ou James, era sempre alto, forte, simpático, de 22 anos de idade. Entrava pela Baker Street, saía em Trafalgar Square, passava pelo Soho, acabava no West End.

— Não posso mais escrever sem uma planta de Londres — reconheceu, afinal.

E abandonou a Scotland Yard com seus inspetores, em busca de novos heróis. Seus heróis, até então: aos dez anos, Sherlock Holmes, Rafles, Tom Mix; aos onze, Tarzan, o Rei das Selvas; aos doze, Winnetou, Cacique dos Apaches; aos treze, os inspetores da Scotland Yard. Aos quatorze trocaria todos pelos da vida real: Jack Dempsey, Friedenreich, Lindbergh. Entre a vida real e a literatura, preocupado em escrever, aprender português — o professor dissera. O professor era poeta, tinha noventa sonetos prontos, quando completasse cem publicaria um livro.

— Noventa sonetos? — os meninos se admiravam.

Nunca quis ser poeta, nunca escreveu um verso: noventa sonetos era demais, tudo rimado e metrificado. O professor só queria assim, era contra os futuristas:

— Olhem aqui, vejam se isso é poesia: "É preciso fazer um poema sobre a Bahia... Mas eu nunca fui lá". Vejam este outro: "Café com pão, café com pão, café com pão, café com pão..."

Os meninos riam.

— Agora vejam: "A lua banha a solitária estrada..."

E, para acabar, "a lua a solitária estrada banha". Reparassem: no princípio a estrada ainda vazia, eles vinham vindo, os fidalgos, de volta da caçada, as trompas soando, o remanso da noite embalsamada. Depois, eles passam, alegres, rindo, cantando, e agora já passaram, foram para o lado de lá, portanto a lua *não banha* a solitária estrada. A lua *a solitária estrada* banha... Quer dizer que mudamos de posição, de *pers-pec-ti-va!* Até isso o soneto tinha. Para tanto era preciso conhecer o léxico.

Eduardo resolveu conhecer o léxico. Gramática Expositiva. Escrever Certo! Questiúnculas de Português. Escreveu um artigo sobre colocação de pronomes no jornalzinho do Ginásio, que terminava assim: "Os pronomes, nunca os pomos onde estamos." O professor achou original, embora dissesse que o final era um tanto galhofeiro, não chegava a ser um plágio, era uma paródia.

Cândido de Figueiredo, Moraes, Aulete, J. J. Nunes eram, agora, os seus heróis. Abriu vôo sobre a gramática histórica, as origens da língua portuguesa: "É ponto incontroverso e indiscutível que a língua portuguesa se originou do sânscrito..." Depois, surgiu o latim: latim clássico e latim popular. Por exemplo: cátedra e cadeira. Sístoles e diástoles, toda palavra começada em *al* vem do árabe — há exceções. Hirondina deu o que em português? — perguntaram-lhe na maratona intelectual, promovida pelo Ministério da Educação. Tirou o segundo lugar, empatando com Mauro; um judeuzinho de outro colégio tirou o primeiro. Tema da dissertação: minhas leituras prediletas. Abro o livro de minhas leituras prediletas, que tem por prefácio a cartilha... Lastimou não ter usado a palavra *prolegômeno*. Foram receber o prêmio no Rio, um conto de réis dividido em dois: quinhentos para cada um. Mauro foi acompanhado de um tio, Eduardo foi só: disse em casa que iria acompanhado do tio de Mauro. Não quis ficar com eles no Hotel Avenida: não precisava de ninguém, ficaria no hotel que bem quisesse. Quis o Hotel Vitória, no Catete.

— Depois seu pai vai dizer — queixou-se o tio de Mauro.

— Meu pai não vai dizer.

Entrega de prêmios no salão nobre do Ministério. O ministro chamava um a um pelo nome.

— Aluno Eduardo Mariano.

Eduardo não foi.

— Vai, Eduardo — Mauro o cutucava. — É você.

— Não sou eu: meu nome não é Mariano.

— Eduardo Mariano!

— Não vou.

— Não é você? — perguntou o ministro.

— Não: meu nome é *Marciano*. Não esqueça nunca mais.

Anos mais tarde, Eduardo encontrou o ministro numa livraria. Já se conheciam, o ministro nem era ministro mais. Eduardo lembrou-lhe o episódio, o ministro havia esquecido. Dante não esqueceria: dizem que Dante, quando era menino, lhe perguntaram: Dante, qual é o melhor alimento? para provar sua memória extraordinária. Ovos, respondeu Dante. Anos depois, Dante já homem, lhe perguntaram apenas: como? E Dante respondeu: fritos. Gostava dessa anedota, queria ser igual a Dante.

Viu o mar, achou muito cinzento e opaco. Andou pelas ruas, tomou sorvete de pistache, foi ao cinema, comprou um terno de calça comprida, deixou que Mauro e o tio se fossem, recusou-se a voltar. Para não ser encontrado, passou-se para o Hotel Elite, onde, em vez de quinze, pagava treze mil-réis por dia. Com refeições. Um dia encontrou uma formiga no arroz:

— Olha aqui, tem uma formiga no arroz.

— Por este preço o que é que o senhor queria?

Em todo caso, gostou de ser chamado de senhor pelo garçom, um japonês, gostou da ironia do japonês. Por aquele preço, era lógico, era justo, não podia querer que tivesse outra coisa no arroz, senão formigas. Riu sozinho, concluiu que na vida é preciso ter ironia.

Ao fim de quinze dias de vagabundagem, o dinheiro acabou. Saiu pela rua, mão no bolso, sentindo que naquele momento começava a viver. Pobreza, fome, miséria — tudo era preciso, para tornar-se escritor. Escrevera um conto em que dizia isso, mandara para um concurso de contos. No Largo do Machado pediu para ver um exemplar da revista — pronto, lá estava seu conto premiado no concurso. Cem mil-réis. Compareça à redação para receber... Compareceria imediatamente. E a pobreza, a fome? Na vida tudo seria assim, a solução se apresentando imediatamente, mal começasse a buscá-la, gozando ainda as dificuldades do problema? Na vida tudo lhe seria assim.

Não tinha dinheiro nem para o bonde, foi a pé do Largo do Machado à Praça Mauá.

— Você é muito precoce — disse o diretor, quando soube que ele não tinha nem quinze anos.

Não agradeceu, ficou na dúvida: não sabia o que queria dizer *precoce*.

Voltou ao hotel com o dinheiro, mas não chegou a entrar: na porta encontrou seu Marciano.

— Você mata seu pai, menino.

Até à polícia seu Marciano fora, quando soube que o filho se mudara de hotel.

— Que é que você ficou fazendo aqui?

— Eu? Nada. Passeando.

— E suas aulas? E sua mãe? Então é assim que se faz?

— Ganhei cem mil-réis, olha aqui. No concurso.

— Que concurso?

Seu Marciano foi com ele à esquina, não queria acreditar. Comprou a revista, comprou dez exemplares.

— Você pode ser escritor — disse-lhe à noite (seu Marciano resolvera ficar no Rio um ou dois dias com o menino) —, mas tem de estudar primeiro. Ser escritor é muito bom, mas ninguém vive disso. Quero você formado. Eu não me formei, e me arrependo muito.

Seu Marciano dormindo na cama ao lado — usava camisa de meia debaixo da camisa, tinha pêlos brancos no peito e nas costas, tirava a dentadura para dormir. Seu Marciano roncava. Pai da gente é assim mesmo — pensava Eduardo.

Passearam pela cidade, foram ao Pão de Açúcar. Seu Marciano conhecia o Rio mas nunca tinha ido ao Pão de Açúcar. Voltaram de trem para Belo Horizonte.

— Você precisa estudar. Ser alguma coisa na vida.

QUANDO dona Estefânia viu o filho, abraçou-o e pôs-se a chorar:

— Meu filho! Fazer uma coisa dessas com sua mãe.

Letícia também chorou:

— Você foi para o Rio sem se despedir de mim.

Letícia mudara-se para o bairro de Santo Antônio. Era de tarde no bairro de Santo Antônio, passeavam de mãos dadas. Ao longe o sol se escondia no horizonte de Belo Horizonte, céu arroxeado. Aquela hora deixava Eduardo triste: crepúsculo era coisa triste. Não respondeu. As sombras dos dois se alongavam, compridas e finas, como as de duas árvores. Letícia diferente, seu corpo ia-se transformando, os peitinhos já sobressaíam na blusa de jérsei, modos de mulher.

— Letícia — Eduardo parou, segurou-a nos ombros. — Estou triste, eu queria... Eu queria...

— Fala — a menina o olhava com ternura, emocionada, à espera.

— Não sei — seus olhos se encheram de lágrimas.

— Não fica assim, meu bem.

— Tudo é tão ruim, Letícia. Tudo tão triste.

Abraçou-se a ela.

— Não fique triste. Você está comigo.

Beijaram-se pela primeira vez. Eduardo se sentia tonto, alguma coisa estalava e rompia no seu coração:

— Letícia, que será de mim, Letícia, responde! Que será de mim.

Naquela mesma noite dizia a Jadir, seu amigo, que morava na casa dos fundos:

— Às vezes tenho vontade de morrer.

Jadir riu. Jadir agora era mais velho do que ele, andava de terno e gravata, trabalhava para o pai, já conhecia mulher:

— Você teria coragem de suicidar?

— Suicidar? — e Eduardo se compenetrou. — O suicídio é uma covardia. A menos que...

— O quê?

— A menos que você faça alguma coisa. Por exemplo: eu, se tivesse de suicidar, antes havia de fazer uma porção de coisas, um estrago louco. Matava o presidente da República, qualquer coisa assim. Morria, mas passava para a História.

Pensou um pouco, seus pensamentos ganharam nobreza.

— Ou me oferecia para experiências, piloto de provas, para mártir. Já que queria morrer mesmo...

Jadir ficou pensativo:

— Não adianta... Quem quer morrer mesmo não pensa em nada disso, só pensa em morrer.

No dia seguinte — era de tarde — estava com Letícia na esquina da casa dela, ainda com uniforme do Ginásio, Mauro apareceu correndo:

— Eduardo! Ainda bem que te encontrei! Passei na sua casa.

Mauro ofegante, nervoso, excitado. Eduardo sorriu, com o ar de homem que costumava ostentar ao lado de Letícia:

— Que é que aconteceu, rapaz?

— Vim te avisar: Jadir suicidou! Passei na sua casa, sua mãe me contou.

— Minha mãe? Jadir? Suicidou?

Letícia começou a chorar.

— Espera aí, menina, não chora não. Mas, o Jadir? Que história é essa?

— Ela estava saindo para lá. Me pediu que te chamasse.

— Ela quem? Para onde?

— Sua mãe. Para a casa do Jadir.

Eduardo se despediu de Letícia e se foram os dois, quase correndo. No caminho Mauro contou, gesticulando:

— Diz que deu um tiro no peito com o revólver do pai.

— Mas por quê, meu Deus? Ainda ontem... Nós vamos lá?

— Não sei...

Seguiram para a casa de Eduardo, ficaram na varanda. Não conversavam: a idéia da morte os fazia mais velhos. Na hora do jantar, chegou dona Estefânia — vinha de vestido preto, estava diferente, muito séria, cara fechada:

— Eduardo, hoje você não sai.

— Mamãe...

Ela não lhe deu mais palavra, foi entrando. Eduardo seguiu-a:

— Mamãe, eu tenho de ir lá?

— Mais tarde. Agora, me ajuda a passar umas cadeiras por cima do muro. Seu pai está do lado de lá para segurar.

Passaram as cadeiras para o quintal da casa de Jadir.

— Agora, vai trocar de roupa. Veste seu terno azul-marinho. Pede à Maria para lhe dar jantar e, depois, vai se encontrar comigo lá.

Dona Estefânia não disse mais nada: estava enérgica, fria, decidida, transfigurada. Voltou para a casa de seu Marinho, pai de Jadir. O que vivia bêbado. Mauro se foi.

Eduardo não esperava encontrar tanta gente. A mãe de Jadir chorava, era abraçada, todo mundo olhava, ninguém dizia nada. Mariinha, olhos vermelhos, também nada dizia, mas não chorava. Eduardo abraçou-a:

— Meus pêsames.

E ficou junto dela até a hora de ir embora. Num canto, sem entrar lá na sala — a própria Mariinha lhe confessou que não tinha coragem de olhar.

— Mas como foi, Mariinha? — arriscou-se, por fim, tentando naturalidade. Decidiu, naquele instante, nunca contar a ninguém a conversa que tivera na véspera com o suicida.

Mariinha lhe contou a mesma coisa que Mauro já lhe contara, acrescentando um pormenor:

— Encontraram uma carta no bolso dele. Foi por causa de uma mulher.

— Mulher?

Tentou assumir o ar compungido dos circunstantes. Chegou a repetir o que ouvira, havia pouco, alguém dizer:

— Ele era tão moço...

Arriscou um olhar para a sala de visitas, onde as velas crepitavam. Muitas senhoras cercavam o caixão, ajeitando flores. Ao divisar, cauteloso, o rosto do morto, estranhou que estivesse tão amarelo e com um lenço amarrado no queixo. Um tiro de revólver no peito. Não, não podia acreditar. Dona Marion, mãe de Jadir, já não estava na sala. Seu Marinho, o pai, olhava tudo sem compreender.

Voltou para casa com os pais — dona Estefânia só tornou a sair quando o viu na cama, pronto para dormir. Tomava cuidados especiais com ele naquela noite. Ouviu o que ela dizia para o marido:

— Foram as más companhias. Culpa dos pais.

— Não diga isso — fez o pai.

Dona Estefânia retornou ao velório — seu Marciano não saiu mais. Ficou andando pela casa, acordado, até altas horas. Eduardo não conseguia dormir.

Agora, todas as noites, era aquilo: não conseguia dormir. Um tiro no peito. No coração, portanto. E o amigo morto, lenço amarrado no queixo. Durante o dia andava triste, abatido, pelos cantos, já pensando em outras coisas, não pensando em nada — tão diferente daquele menino que arranhava o rosto, dava gritos, fazia discursos. Não sabia o que se passava consigo; sabia que tudo era triste, o mundo era mau. Havia mistério em tudo, a alegria da infância era apenas lembrança. De súbito, a morte estava para abater-se sobre ele a qualquer momento. Morreria cedo, na flor da idade — mas não daria um tiro no coração. Dizem que enchendo o quarto de flores, no dia seguinte a gente acorda morto. Há outros meios também. Ele morto. Dona Estefânia, seu Marciano, Letícia chorando, todo mundo. Muito precoce. Menino-prodígio, capaz dos maiores heroísmos. Salvar os outros à custa da própria vida. Às vezes tinha momentos de total arrebatamento. A imaginação se desgarrava, ganhava forças. Às vezes chorava, sem razão, às vezes sentia desejos violentos — não sabia bem de quê, mas acabava por entregar-se ao vício antigo, seguido sempre de remorso. E, sem estímulo algum, já não imaginava cenas, não pensava em nada. Aquilo era mais do que pecado, uma aberração. Ele era um anormal — por que Deus fora tão ruim com ele, dando-lhe um sexo mais forte do que a vontade? Vontade de extirpá-lo, coisa inútil, fonte de angústia. Sentia, naquelas noites alucinadas, estar perdendo a própria seiva que o sustinha. Secava depressa mas deixava mancha no pijama, dona Estefânia podia ver, que haveria de pensar dele? Continuava a encontrar-se com Letícia, a mãe agora lhe policiava os menores passos:

— Onde você vai? Já estudou sua lição? Não, não pode sair de noite.

— Por quê?

— Porque não pode.

Sabia que os pais conversavam sobre ele mais do que nunca, depois do jantar, na varanda. Já não se escondia para surpreendê-los — ia passando, a mãe o chamava:

— Onde você vai?

— Na casa do Mauro. Estudar para a prova — mentia. Ia se encontrar com a namorada.

— Não vai, não. Mauro se quiser que venha estudar aqui.

Não ousava protestar. Razão mais forte ditava a atitude da mãe, não ousava enfrentá-la. Certa noite ouviu, sem querer, o que ela dizia ao pai:

— *Eternamente*. Escreveu e assinou.

Eu te amo eternamente... na caderneta! A mãe já espionava até suas coisas, mexia na sua caderneta. Tremeu de ódio, de vergonha, de orgulho ferido. Encolheu-se mais, para melhor escutar o que diziam.

— Isso não é tão grave assim — dizia o pai. — Afinal de contas, quando eu tinha a idade dele...

— Não é tão grave? Olha o que aconteceu com o filho do seu Marinho.

— O que ele está precisando é de se divertir um pouco. Praticar esporte. Anda muito magro, abatido. É a idade.

— Você devia conversar umas coisas com ele.

— Conversar o quê?

— Conversar — insistia a mulher: — Ensinar umas coisas a ele.

— Eu... — e seu Marciano ergueu os ombros. — Para mim ele é que tem coisas para me ensinar. Vive lendo livros. Sabe coisas. Essa mocidade de hoje é diferente de nós, Estefânia.

— Criança ainda.

— Quem?

— Eduardo, homem de Deus.

— Criança, mas ganhou cem mil-réis, assim!, com um conto que escreveu. Ele tem talento, senão não ganhava. Tem merecimento.

— Isso não estou negando.

— Deus sabe o quanto me custou ganhar meus primeiros cem mil-réis.

Eduardo não ouviu mais — no dia seguinte Letícia lhe dizia:

— Sua mãe esteve lá em casa.

— Em sua casa? Quando?

— Hoje de manhã. Conversou com mamãe.

— Que história é essa? Elas nem são conhecidas, nem nada. Conversou o quê?

— Sobre nós. Mamãe quer conversar com você, disse para você ir tomar lanche conosco.

A mãe de Letícia não teve meias palavras:

— Sua mãe esteve aqui — disse, e passava manteiga num biscoito. Na casa dele não havia biscoito: — Quer que vocês acabem com esse namoro. Eu, por mim, não me importo. É só andar direitinho, não ficar se escondendo por aí. Sei que não adianta proibir. Mas, se ela quer acabar, acabou-se. Vocês dois não vão se encontrar mais, não. Muito crianças para ficar namorando, ela disse.

Eduardo mal podia de vergonha. Saiu dali, foi direto à mãe:

— Mamãe, a senhora hoje foi à casa de uma amiga minha.

— Eu? — e dona Estefânia, apanhada de surpresa, nem sabia o que dizer. Mudou de assunto: — Meu filho, você precisa cortar esse cabelo.

— Na casa de Letícia — continuou ele. — Dizer à mãe dela que não queria mais que a gente se encontrasse. A senhora nem conhecia a mãe dela.

— Eu? Quem lhe disse isso?

— A mãe dela.

— Não quero mesmo — decidiu-se, afinal, dona Estefânia, formalizando-se. — Essa menina não serve para ficar andando com você. Acabar com isso, esses encontros. Essa menina...

— Não admito que a senhora fale mal dela.

— O quê? Onde já se viu? Não admite. Que petulância! Falar assim com sua mãe. Pois não quero, e acabou-se.

Eduardo deu-lhe as costas, foi chorar no quarto.

Chorou a noite toda. Mordia o travesseiro para não soluçar alto — não queria, por nada no mundo, que os pais ouvissem. O mundo era mesmo sujo. Não sabiam respeitar nada. Mexiam na sua caderneta. Os pais, seus inimigos, inimigos de Letícia, inimigos de seu amor. Eternamente, para o resto da vida. Violavam seus guardados, seus segredos, vai ver que mexeram até na fita que Letícia tirara dos cabelos e lhe dera e que trazia escondida no fundo da gaveta — "um pedaço de fita sem importância". Não respeitavam nada, procuravam, falavam, tramavam contra ele. Tinham medo de que desse um tiro no coração. Se tivesse coragem, dava um tiro no coração, acabava logo com aquilo, havia de ver como chorariam, como sentiriam pena. Tão moço. Por causa de uma mulher.

Chorou dias seguidos — o ambiente em casa cada vez mais tenso: onde você estava? onde você vai? A vigilância cada vez mais cerrada. Seus encontros com Letícia eram furtivos, difíceis. Eduardo perdia o apetite, emagrecia, os pais cada vez mais preocupados:

— Este menino assim não vai — resolveu, um dia, seu Marciano. — Precisa praticar esporte, levar uma vida sadia.

EDUARDO e a vida sadia. Seu Marciano tornou-se sócio do clube, o filho praticava natação.

— Por que você não joga basquete? — sugeria Letícia. — Natação é tão sem graça...

— Porque natação não depende de ninguém, só de mim.

Em seis meses era o melhor nadador de sua categoria, e ameaçava já o recorde dos adultos. Uma espécie diferente de emoção — a de poder contar consigo mesmo, e de se saber, numa competição, antecipadamente vencedor. Os entendidos sacudiam a cabeça, admirados:

— Quem diria, esse menino...

Era uma espécie de êxtase: fazer de simples prova de natação, a que ninguém o obrigava, uma disputa em que parecia empenhar o destino, fazer da arrancada final uma luta contra o cansaço, em que a vida parecia querer prolongar-se além de si mesma.

Dia de competição. As luzes da piscina acesas, as arquibancadas cheias. Ambiente de expectativa, medo, alegria, excitação. Alto-falantes comandando ordens, convocando nadadores, apostas, previsões, torcida, gritaria. Nada da paz quase bucólica da piscina nos dias de treino — o rigor e a monotonia dos exercícios, de manhã e de tarde, o longo, lento e meticuloso esforço durante meses e meses, para ganhar décimos de segundo na luta contra o cronômetro. Refugiado no vestiário, enrolado em cobertor, Eduardo aguardava o momento de sua prova, ouvindo, lá fora, os aplausos da multidão. Logo chegaria a sua vez. Chico, o roupeiro, aparecia para dar-lhe a notícia da competição.

— Estamos ganhando. Daqui a pouco é você.

Encolhido num canto, o nadador mal ouvia as palavras do preto. Sua emoção se traduzia em longos bocejos, o medo era quase náusea, a expectativa era uma ilusória, persistente e irresistível vontade de urinar. A multidão voltava a aplaudir, lá fora. — "Daqui a pouco é você". Nunca saía do vestiário antes da hora de nadar.

— Quanto está a água hoje? — perguntava ao roupeiro.

Era o único nadador que não interrompia os treinos no inverno, sozinho, a água gelada, a piscina fechada aos sócios. Tudo importava: a temperatura da água, a raia que lhe caberia, as condições do adversário. Já o tinha sob controle, sabia o que deveria fazer desde a saída — sabia que deveria esquecê-lo tão logo começasse a nadar, esquecer a assistência, nadar apenas contra o cronômetro — a menor quebra do ritmo necessário significaria um décimo de segundo a menos, talvez — significaria a derrota. Nadar era difícil, ficava cada vez mais difícil... Onde quer que surgisse um recordista, logo surgia outro para abaixar-lhe o recorde. Já se fora a época de Peter Fick, Taris, Arai, Yusa, campeões esquecidos, superados — o próprio Weissmuller, absoluto em todas as distâncias, ficara para trás... Sozinho no vestiário, esquecido da competição que arrancava gritos de entusiasmo na assistência, Eduardo pensava em seus novos heróis.

— Marciano, a sua vez! — vinham lhe avisar.

Nada a fazer. Ali estava ele, pronto para o sacrifício, convocado como um condenado para a execução. Ia seguindo em direção à mesa dos juízes, para assinar a súmula, sem olhar para os lados. Sentia que todos os olhos o seguiam, ouvia vagamente os aplausos, procurava ignorar tudo, concentrar-se. Vontade de dormir, de desistir, fugir, sair correndo, esquecer aquele suplício. Medo. Os outros também se sentiriam assim, fragilizados pela emoção, sucumbidos pela espera? Munira-se de alguns minutos de descanso e solidão, curtidos em agonia no vestiário — era a sua reserva. Ali fora, os nervos se esbandalhariam ante o que o aguardava — que viesse imediatamente.

— Mostra a essa gente, Eduardo.

— É pra valer!

— Capricha, menino.

— Está bem, está bem...

Deslumbrado pela luz dos refletores, desprotegido e nu, ia caminhando para o sacrifício. Era como se o mundo interrompesse o seu giro e se equilibrasse, oscilante, debaixo dos pés. Nada mais existia senão a fatalidade, da qual agora não poderia fugir. Os homens se dividiam em duas espécies: os que nadam e os que vêem os outros nadar; os que já nadaram e os que ainda vão nadar; os que vencem e os que perdem.

— Eduardo Marciano!

Apresentava-se.

— Raia quatro.

A seu lado, o adversário mais temido. A assistência os identificava, à borda da piscina, prorrompia em gritos. Um fotógrafo se aproximava, o *flash* explodia, iluminando por um instante o rosto juvenil dos nadadores, envelhecidos pela emoção, como num palco.

— Concorrentes a postos! — comandava o alto-falante. — Para a saída!

Mafra, o treinador, ditava-lhe rapidamente as últimas instruções:

— Rodrigo vai forçar para você nos primeiros cinqüenta. Deixe ele ir. Olhe o ritmo. Nade sozinho.

Subia vagarosamente a banqueta, relaxava o corpo. Curvado, ficava à espera, sem olhar para os lados. A superfície da água ia-se amansando, depois da agitação da última prova. Raios de luz dos refletores submersos dançavam lentos, verberando nos azulejos e dando uma limpidez fantástica ao verde-azul da piscina.

— Atenção!

O apito do juiz. A multidão silenciava, de súbito, e não se ouvia um só ruído, como se algo de terrível estivesse para acontecer. Os nadadores se imobilizavam, crispados nas suas banquetas, aguardando o tiro de saída. O juiz erguia o revólver, o dedo se contraía no gatilho.

— Oh! — fazia a assistência.

Um dos concorrentes armara o salto, mas dera saída em falso. Um desastre para o nadador, seus nervos não resistiriam.

— Atenção!

Ouvia-se novo apito do juiz. Outra vez a assistência silenciava, em suspenso, e os nadadores se enrijeciam como estátuas, curvados e tensos. Um tiro, e todos se atiravam para a frente, a água se estilhaçava.

Quebrou vários recordes, foi ao Rio e a São Paulo competir com os maiores nadadores nacionais. Vivia para a natação: dormia cedo, alimentava-se bem, fazia ginástica. O pai começou a preocupar-se.

— Você não está exagerando? De que lhe serve tanto esforço...

— Seus estudos — dizia a mãe.

NA PRÓPRIA piscina havia muito que aprender. Os rapazes perdiam horas e horas conversando, distraindo-se, inventando brincadeiras. Um dia, invadiram o vestiário das moças, houve pânico, gritaria, suspensões. Um dia, dois deles foram surpreendidos juntos no vestiário vazio, acabaram expulsos. Um dia, uma das moças foi deflorada no alto do último trampolim, teve de casar-se na polícia.

Seus novos amigos: andava com eles de automóvel, pôs a primeira gravata, começou a freqüentar festas. Onde ficava Letícia em tudo isso? Não ficava em parte alguma: tudo se acabara entre os dois, sem que ele soubesse explicar como nem por quê. No Ginásio já não era dos melhores alunos; refugiava-se entre os que ignoravam os estudos, só queria passar de ano. Abandonou Mauro, seu antigo companheiro. Aspirava apenas a terminar o curso, já no último ano, sair dali o mais depressa possível, abandonar o uniforme humilhante, tornar-se homem. Odiava o Ginásio, o regulamento, a disciplina, a sujeição aos professores. Prometeu a si mesmo vingar-se daquele lugar — não sabia bem de quê — no último dia em que viesse ali, quebrando o globo de iluminação da entrada. Sentia-se diferente de todos, superior, privilegiado, único. Olhava com desprezo a massa ignara dos colegas, seres vulgares, relaxados, não sabiam se vestir, andavam despenteados, suados, sujos, jogavam bilhar, preocupavam-se com os exames — passar nos exames era tão fácil! Um dia Mauro o provocou, na aula de História Universal:

— Como vai essa belezinha? — e atrapalhou-lhe os cabelos.

Eduardo sabia-se forte, nadador conhecido, nome nos jornais — cuidava de si, fazia perfil, e o ar modesto que costumava assumir logo se turvava ao primeiro desafio:

— É a mãe.

Mauro reagiu e se agarraram ali mesmo, dentro da sala de aula. Foram expulsos, enviados ao Monsenhor Tavares, diretor do Ginásio. Magro, esquálido, esguio dentro da batina negra, o padre inspirava pavor aos alunos: ir à sua presença já significava o pior dos castigos. Os dois rapazes ouviram calados a reprimenda, inesperadamente branda: o diretor chegara, certa vez, a esbofetear um aluno que lhe faltara ao respeito.

— O que me admira é que dois moços inteligentes, bem dotados como vocês.

— Vão assumir um compromisso comigo.

— Conto com vocês, deviam dar o exemplo.

— Prometer nunca mais agir dessa maneira.

— Reconhecer que erraram. Mauro?

Mauro aquiesceu rápido: reconheceu tudo, prometeu tudo, na ânsia de sair logo dali. Eduardo não dizia palavra, não fazia um gesto.

— E você, Eduardo?

— Não reconheço nada. Não prometo nada.

O padre ficou pálido, foi-se erguendo lentamente da cadeira, por trás da secretária. Mal se fez ouvir a sua voz, quando ciciou para Mauro:

— Você pode sair.

Mauro, hesitante, olhou o colega, o diretor, a porta que o braço estendido indicava. Aturdido, voltou-se e saiu da Diretoria em passos lentos.

Eduardo procurava encarar o padre, mas as forças lhe fugiam. Não suportou o silêncio por mais tempo:

— Porque não fiz nada de mais. Não fiz nada de errado. Ele me insultou, eu reagi...

— Cale a boca.

Seguiu-se uma pausa ainda mais difícil. O padre lhe voltou as costas e ficou espiando a rua pela janela, como se nada mais tivesse a dizer. Mas respirava fundo quando perguntou, assim mesmo de costas:

— Que você pretende da vida?

Assustou-se: ele? pretendia da vida? Não respondeu. Chegou, mesmo, a supor que o diretor se dirigia a alguém lá fora.

— Você é atrevido, orgulhoso, indócil, malcriado — desfechou o padre, voltando-se para ele solenemente, acusando-o com o dedo: — Que pretende da vida? Acha que com tudo isso estará aparelhado para viver?

— Não — murmurou, sem saber se acertava na resposta.

O padre o segurou inesperadamente — por um instante pensou que ia ser sacudido pelos ombros:

— Acompanho seus passos desde o dia em que você entrou nesta casa. Você veio muito bem recomendado. Foi o primeiro no exame de admissão. Sei que você é persistente, ambicioso, consegue o que quer. Que você quer?

— Quero ir embora.

— Você vai ser expulso.

— Não quero ser expulso.

— Escute, menino — e o diretor agora, voltando a sentar-se, brandia um lápis em sua direção. — Você precisa perder esse hábito de responder. Precisa aprender a ouvir, quando os outros falam.

— Mas o senhor estava perguntando — balbuciou ele, perplexo.

— Limite-se a responder o que lhe for perguntado.

— Está bem. Mas eu queria...

— Cale-se! Você não tem querer, *eu* mando aqui dentro: se eu quiser, você será expulso, se não quiser, não será. Pois agora estou perguntando: você acredita em Deus?

A pergunta o deixou confuso, desconcertado, sem resposta. Já se fizera a mesma pergunta mais de uma vez, mais de uma vez adiara a resposta. Diante de um padre, porém, dificilmente poderia haver alternativa: vacilar significava expulsão.

— Acredito — respondeu, sem convicção.

Monsenhor Tavares só aguardava a afirmativa para prosseguir:

— Então por que não freqüenta as aulas de Apologética?

— As aulas de Apologética não são facultativas?

— Pelo fato de serem facultativas não quer dizer que você não precise freqüentá-las.

— Uma vez fiz uma pergunta ao padre Lima, na aula de Apologética, e ele não soube me responder.

— Não *soube* lhe responder? E posso saber qual foi essa pergunta?

— Por causa dela o padre Lima me expulsou da sala. Nunca mais voltei lá. Prefiro que o senhor pergunte a ele.

— Ele me disse que o expulsou da sala porque você lhe faltou ao respeito.

Eduardo se indignou, não pôde conter-se:

— Mentira do padre Lima. Fiz a ele uma pergunta e ele não soube responder.

— Cale a boca. Não se fala assim de um professor. Não se fala assim de um padre. Retire imediatamente o que disse.

— Sabe de uma coisa, Monsenhor? — e fez um gesto de impaciência. — O melhor é o senhor me expulsar logo de uma vez.

O padre o olhou nos olhos, fixamente, procurando intimidá-lo. Desviou o olhar para a janela, ficou à espera. O silêncio se prolongou, insuportável. Já se via expulso, levando a notícia aos pais... Último ano, alguns meses mais e terminaria o curso.

— Sente-se aqui, malcriado — ordenou, súbito, o diretor, indicando-lhe a cadeira próxima. Obedeceu. O padre tornou a respirar fundo, a voz se fez deliberadamente branda. — Me diga o que foi que você perguntou ao padre Lima.

Passara o perigo. Sentado na ponta da cadeira, ganhou confiança:

— Perguntei a ele o que seria de Cristo, se Judas não o traísse. Ele disse que eu estava debochando, que estava querendo fazer graça, faltar ao respeito, essa coisa toda.

— O que seria de Cristo... — o diretor se inclinou, interessado. — Explique-me essa história: se Judas não traísse...

Eduardo pôs-se a falar, veemente:

— Porque o grande medo de Cristo era de que Judas falhasse, e não houvesse a crucificação, nem nada. Isso o mundo deve a ele: Judas não falhou. Mas como a salvação do mundo só podia vir de Cristo, Judas condenou o mundo, se suicidando.

— Condenou o mundo... se suicidando? — repetiu o diretor, lentamente. — Espere, mais devagar. Explique isso direito.

— O senhor está me pedindo exatamente o que eu pedi ao padre Lima: que me explicasse isso direito.

Monsenhor Tavares o olhava, estupefato. Sacudiu afinal a cabeça, ergueu-se, batendo a mão na mesa:

— Basta. É demais. Vá-se embora daqui. Volte para a sala de aula.

Eduardo ergueu-se a medo, ficou indeciso:

— Quer dizer que não vou ser expulso?

— Desta vez não. Isto é, não sei, ainda não resolvi. O grande medo de Cristo... Onde já se viu isso? Você acha possível Deus ter medo de alguma coisa? Onde você anda tirando essas idéias? O que você fica fazendo em vez de ir à aula de Apologética?

— Fico lendo na biblioteca — mentiu ele; na verdade ficava pelos corredores, à toa, se escondendo dos fiscais.

— Lendo o quê?

— Nada — confessou. — Tudo que tem lá, que ainda não li, é proibido aos alunos.

O diretor se espantou:

— Como proibido? Tanto livro bom! Os clássicos...

— Os clássicos podem ser bons, mas não agora. A gente lê agora, depois não lê mais, não adianta nada. São bons para a gente ler depois de velho.

— Tem Alencar, Coelho Neto, Machado...

— Machado o senhor proibiu.

— Eu? Proibi Machado?

— Proibiu Machado, Eça de Queiroz, os franceses quase todos: Flaubert, Balzac... — enumerou, farejando simpatia.

— Você sabe ler francês?

— Mais ou menos — mentiu: só lia traduções.

O diretor voltava ao tom familiar, conselheiral, andando de um lado para outro:

— Tem Euclides da Cunha...

— Já li.

— Já leu? *"Os Sertões"*?

— Só "O Homem" — admitiu ele. — "A Terra" é muito chato, só tem descrição...

— Não diga isso, meu filho, não diga isso — murmurava o padre, sem ênfase, já pensando em outra coisa. — Tem Rui Barbosa... Você não gosta de Rui?

— Não.

— Por quê?

— Acho que eles exageram muito a importância de Rui Barbosa, na falta de outro.

Quando deixou o gabinete do diretor, a aula de História Universal já havia terminado. Encontrou os colegas no corredor e todos o cercaram — o próprio Mauro, esquecido da briga, queria saber o que acontecera. Para eles, Eduardo trazia uma surpresa: não só não fora expulso, nem sequer suspenso, como obtivera ordem de ler os livros proibidos. E ante o pasmo dos colegas, saiu comentando, displicente:

— É um camaradão, o monsenhor.

VOCÊ acredita em Deus? Não sabia por que, sentia que deveria decidir-se, era uma pergunta que ficara sem resposta, queria sempre poder responder a tudo, estar pronto a ser interrogado, fugir às respostas dúbias, hesitantes, que nada diziam. Olhou pela janela o céu estrelado, a imensidão infinita do céu... Não foi preciso muito para concluir que, sem Deus, jamais chegaria a entender onde o universo começava e onde acabava, de onde vinha ele, para onde iria. Concentrou-se, respirou fundo, e declarou com firmeza:

— Acredito.

Era um ponto de partida. Imediatamente saltou da cama, rezou um Padre-Nosso e uma Ave-Maria. Depois tornou a deitar-se, sentindo que um mundo de novas perspectivas se abria para ele — precisava estudar Apologética mesmo, quem sabe? Apurar umas tantas coisas, ver os acontecimentos através de nova maneira de pensar — teria muito em que pensar no dia seguinte, e nos dias seguintes, em todos os dias seguintes de sua vida.

Ao contrário do que esperava, não fez da descoberta um grande problema: sim, Deus existia, era claro, evidente, indiscutível que Deus existia — e então? Era como se sempre tivesse existido para ele. Fizera a primeira comunhão, acostumara-se a ir à missa aos domingos — hábito imposto pela mãe desde cedo e que nunca se dispusera a interromper.

Por essa época seu Marciano se aposentou. Começava a passar dificuldade, o dinheiro da aposentadoria era curto. Eduardo não tinha mais coragem de lhe pedir dinheiro:

— Você está precisando, meu filho.

— Não estou — e desconversava.

— Quando você sair do Ginásio, lhe arranjo um emprego. Aprenda datilografia.

Aprendeu datilografia e, com isso, sua literatura ganhou sopro novo. Escrevia contos e mais contos — num deles contava seu namoro com Letícia, noutro descreveu o próprio pai. Seu Marciano leu, não gostou.

— Você precisa viajar, ver coisas novas. Vive aqui muito confinado, vendo só a gente, não tem sobre que escrever.

Decidiu tornar-se mesmo escritor. Um livro de contos — os outros publicavam livros, por que ele próprio não podia publicar? Tinha dois contos premiados em concursos — se foram premiados, deviam ser bons. Consultou seu Marciano — seu Marciano concordou:

— Devem ser bons. Não entendo dessas coisas. Talvez se você esperasse mais um pouco...

Mandou que o filho procurasse o Toledo, seu amigo, que era escritor.

— Um moço muito distinto e competente. Era meu colega de repartição. Hoje acho que está no gabinete.

Toledo acabara de publicar um romance em editora do Rio, seu nome era conhecido nos meios literários.

— Toledo, meu menino está querendo mesmo ser escritor. Vê se ensina umas coisas a ele.

Eduardo foi à casa do romancista, levando seus contos numa pasta, debaixo do braço. Ficou impressionado com a quantidade de livros que o homem tinha no escritório:

— Não vai me dizer que o senhor já leu tudo isso — comentou, tentando intimidade.

A intimidade lhe foi logo concedida:

— Não me chame de senhor. Ainda vai chegar o dia em que você achará graça de me ter chamado de senhor, de ter vindo aqui mostrar seus contos. Deixe ver.

Depois de ler, ali mesmo, enquanto Eduardo fingia displicência olhando os livros, Toledo separou dois ou três:

— Estes são os melhores. Quanto aos outros...

— Um foi premiado — defendeu-se o jovem.

— Não quer dizer nada. Falta conteúdo, falta poesia. Você não lê poesia?

— Não — confessou Eduardo, envergonhado.

— Pois precisa ler. Você acha que poesia é coisa para mulher, para gente piegas, afeminada, não é? Pois não é nada disso. Escute lá.

Leu-lhe poemas de Omar Khayyam, de Rabindranath Tagore. Eduardo escutava e assentia com a cabeça, quando Toledo interrompia a leitura para comentar: "É uma beleza. Uma maravilha." Na realidade não achava beleza nenhuma, maravilha nenhuma, nem sequer conseguia fixar sua atenção, a não ser nos cabelos do escritor, que já escasseavam — quantos anos teria?

— Escuta — disse-lhe de súbito o homem, fechando o livro. — Você pode ser que vá para a frente, eu não fui. Fique sabendo de uma coisa: eu sou um caso perdido, espero que você não cometa o erro que cometi.

— Qual o erro que o senhor cometeu? — perguntou o jovem, subitamente impressionado, voltando ao tratamento respeitoso. Toledo começava a ganhar dimensões diante de seus olhos.

— Meu erro foi acreditar que a vida poderia fornecer material para a minha literatura. Viver escrevendo. Não escrevi o que devia — este foi o meu erro.

— E seu romance, publicado agora?

— É uma merda.

— Então por que publicou?

— Porque não havia outro jeito, já estava escrito. Escrever é renunciar — eu não sei renunciar. Gide disse que o diabo desta vida é que entre cem caminhos, temos de escolher apenas um e viver com a nostalgia dos outros noventa e nove. Pois bem: a literatura é como se você tivesse de renunciar a todos os cem...

Eduardo nunca ouvira falar em Gide.

— Parece preceito evangélico: aquele que perder sua vida, a salvará. Mas às avessas, procurar Deus onde ele não se encontra. A atividade literária é exatamente isso. Não se deter diante de nada, não respeitar nada. Valerá a pena? Os que têm nojo, fracassam. Que se faria do lixo, se ninguém quisesse ser lixeiro? Mas isso ainda é um pouco cedo para você entender.

— Eu entendo — mentiu Eduardo, aturdido.

— A arte é uma maneira de ser dentro da vida. Há outras... É uma maneira de se vingar da vida. Assim como se você procurasse atingir o bem negativamente, esgotando todos os caminhos do mal. É preciso ter pulso, é preciso ter estômago.

— Mas, se o seu romance — começou Eduardo.

— Deixe o meu romance. Esqueça o que lhe disse. Um dia conversaremos sobre isso. Não dê importância, hoje eu estou chateado, amargurado, pessimista. Estava esperando um telefonema, ela não me telefonou. Você vê como são as coisas: por causa de uma namorada a gente chega a emitir conceitos sobre Deus e o mundo, sobre literatura, dizer que a vida é uma merda.

Eduardo o olhava sem compreender. Telefonema? Namorada? Mas, se ele era casado — não tinha visto lá na sala a mulher, os dois filhos? Escritor é mesmo gente esquisita — pensava, confirmando uma opinião de seu Marciano. Em todo caso, a familiaridade daquele homem com ele, e com temas tão vastos, a coragem de dizer palavrões, de revelar sua vida íntima, seu pessimismo, seu fracasso — tudo isso marcava Eduardo fundamente, fazia-o sentir-se homem.

— Você quer ser contista, não é? — e Toledo o reteve, quando se despedia: — Pois então leia isso... E isso... E isso.

Emprestou-lhe três livros de contos em francês: Merimée, Flaubert e Maupassant.

ACOSTUMARA-SE a ler os franceses — os proibidos — na biblioteca do Ginásio, em traduções. Lera "Madame Bovary", lera "Eugénie Grandet", lera "Gargantua" — pouco lucrou com a leitura. Com este último ficou impressionado: como um livro podia conter tanta palavra baixa, tanta cena escabrosa, tanta porcaria. Mas achava engraçado, por isso ia lendo. Comprou um dicionário, prendeu-se em casa durante muitas noites, lendo à força os três livros de contos que lhe foram emprestados. Não entendeu muito bem, não gostou muito:

— Se isso é que é boa literatura, então meus contos são uma merda — concluiu, imitando seu novo amigo.

Últimos dias de aula. Eduardo, Mauro e Eugênio (um rapaz franzino, pálido e de olhar vivo, que viera transferido de outro colégio) conversavam no corredor sobre a vida que iam enfrentar lá fora, o destino que os esperava. Resolveram, os três, assumir um compromisso: qualquer que fosse o caminho que eles tomassem, vinte anos depois voltariam a reunir-se ali, naquele lugar.

— Vinte, não: quinze — objetou Eduardo. — Vou morrer antes disso.

— Então quinze — concordaram os outros dois, sem se importar que ele morresse. Onde estivessem, acontecesse o que acontecesse.

— Neste mesmo lugar.

— Mesmo que tenham derrubado o Ginásio, nos encontraremos no lugar onde havia o Ginásio.

Marcaram data certa, dia e hora, cada qual escreveu num papelzinho.

— Quem faltar, é porque morreu.

— Ou então está preso...

— Só não pode esquecer...

Calaram-se, e ficaram pensando...

— Que será de nós? — perguntou um deles, distraído.

Que seria deles? Não sabiam, e não se incomodavam. Eduardo deixava aquele lugar sem saudade. Não chegou a ter outra conversa com o diretor: pouco tempo depois o padre morria, nem houve solenidade de formatura por causa disso.

No último dia não chegou a quebrar o globo de luz da entrada principal.

II — A GERAÇÃO ESPONTÂNEA

— PROCUROU o homem? — perguntou-lhe seu Marciano, à mesa do jantar.

— Não.

Sentou-se, passando a perna por cima da cadeira. Dona Estefânia limitou-se a levantar os olhos, enquanto lhe servia sopa.

— Passei lá, ele não estava. Fiquei de voltar depois, quando voltei ele já tinha saído.

Procurou o homem? Falou com o homem? Ultimamente o pai já perguntava por hábito, não esperava mais que ele procurasse o homem.

— É muito difícil. Gente besta. Pensam que têm o rei na barriga. Mandam esperar no gabinete — ainda não chegou, já saiu. Não dou para isso não.

— Você andou bebendo, meu filho — observou seu Marciano.

— Tomei um chope antes de vir.

— Fica por aí tomando chope, chegando tarde em casa, e a situação não está para brincadeira. Sabe que seu pai está passando dificuldade, ele arranja emprego para você, você nem se mexe.

— Estefânia — cortou seu Marciano. De novo para o filho: — Ouvi no rádio que Paris está por pouco. Que é que você soube?

— Nada. Ainda não passei na redação hoje.

— Você continua com essa história de jornal? — interveio a mãe. — Em vez de cuidar de seus estudos.

— Você mesma não estava dizendo que eu preciso trabalhar? Agora vem com estudos. Entenda-se.

Seu Marciano olhou-o, duro:

— Não fale assim com sua mãe. Peça desculpas.

— Desculpe.

O pai, de novo sereno:

— Não tenho nada contra você trabalhar em jornal. Só que não te pagam, estão te explorando.

— Vão começar a pagar no mês que vem.

Depois do jantar resolveu passar pela redação. À entrada encontrou o Veiga em conversa com um rapaz magro, alto, rosto sombrio, uma espinha na testa, cabelos desgrenhados.

— É o melhor livro dele — dizia o rapaz.

— Prefiro "*Fome*". Mais autêntico, mais humano — e o Veiga voltou-se para ele: — Você já conhece o Hugo?

— Ainda não.

— Ele disse que já te conhece.

— Só de vista — disse o rapaz. — E de ler.

— De ler?

De ler, naturalmente — seus artigos, os que, através do Veiga, vinha publicando no suplemento de domingo. Dois ou três artigos de crítica literária.

— O que é que vocês estão conversando?

— Knut Hamsun — respondeu o rapaz. — Já leu?

— Já — mentiu Eduardo.

— Sou muito amigo de um amigo seu.

— Quem?

— Mauro Lombardi. Foi seu colega de ginásio.

— Ah... Não vejo Mauro há muito tempo.

Veiga os deixou sozinhos:

— Mais tarde, ali por volta da meia-noite, a gente pode se encontrar lá na oficina.

Eduardo queria agradar o rapaz, não sabia como:

— Você vai ficar aí?

— Não, vou sair, dar uma volta.

— Então vamos.

Saíram pela Avenida, àquela hora cheia de gente. Moças passeavam de braço dado, rapazes ao longo da calçada espiavam o movimento.

— Também escreve? — perguntou Eduardo.

— Quem, eu?

— É.

— Também — confessou o outro. — Vamos tomar um café?

Tomaram um café em pé, e o rapaz lhe ofereceu um cigarro.

— Obrigado, não fumo.

Foram andando. O rapaz procurou puxar conversa:

— Você já leu *O Lobo da Estepe*?

— Já... — e, distraído, Eduardo apontou um carro que passava: — Olha ali, Buick deste ano, é o primeiro que eu vejo.

O rapaz se calou, ressentido. Em frente ao cinema Glória despediu-se:

— Vou tomar o bonde ali no abrigo.

— Então até logo. Como é mesmo o seu nome?

— Hugo.

— Por que você não aparece mais tarde lá na oficina?

— Que oficina?

— Oficina do jornal, nunca foi lá? Tem um botequim onde sempre se toma qualquer coisa...

— Não posso beber. Sofro da vesícula. Ainda ontem...

— Deixa disso, rapaz — e Eduardo bateu-lhe nas costas cordialmente. — Uma cachacinha de vez em quando não faz mal a ninguém. Apareça lá. Encontrar o Veiga.

— Não conheço bem o Veiga... Apenas ligeiramente. Quase tanto quanto você.

— *Eu* conheço bem o Veiga.

— Quase tanto quanto conheço você — esclareceu o outro.

Separaram-se. Não seria daquela vez que haveriam de se entender.

VEIGA se empenhava, com outros redatores, numa discussão sobre a guerra. Bebiam batida apoiados no balcão da cantina, e Amorim, o repórter de polícia, sustentava que em breve a Inglaterra também seria invadida. Eduardo pôs-se a beber com eles:

— Hitler é capaz de tudo. É um carismático.

Aprendera aquela palavra e usava-a pela primeira vez. Olhou de lado para o Veiga, ele não parecia ter ouvido. Java, um revisor, é que respondeu:

— Capaz de quê? De invadir a Inglaterra? E a União Soviética?

— Capaz de tudo — retrucou com segurança.

— Deixa disso, menino, você não sabe nada. Só porque na França...

— Na França, se o marechal Pétain...

— Pétain é um traidor.

— Eu sei — ele não sabia. — Mas estou querendo dizer...

Não sabia também o que estava querendo dizer.

— ...a burguesia foi responsável.

— A burguesia! — o outro soltou uma gargalhada. — Olha só esse filhinho do papai falando em burguesia. Você não sabe o que está dizendo. Um burguês feito você...

— Eu? Burguês? — e se ergueu, insultado. Um homem que se encontrava com outros à meia-noite na oficina de um jornal, que bebia cachaça e escrevia artigos literários jamais poderia ser burguês. Burgueses eram os outros.

— Vai para a...

Esboçou-se um começo de briga. Java se enfurecia:

— A culpa é sua, Veiga. Traz esses meninos bonitos para aqui, não sabem beber, dá nisso.

— Menino bonito é a...

— Pára com isso, gente — interveio o Amorim. — Você também não sabe nada, Java. Você é um mascarado, com essa mania de comunismo.

— Eu sou comunista — e Java bateu com o punho fechado no peito magro. — A União Soviética...

— Que União Soviética nada. Por que você não fala Rússia, como todo mundo?

A roda se dissolveu. Alguns voltaram ao serviço na oficina, os outros se dispuseram a sair. Eduardo ficou indeciso.

— Vou com vocês — resolveu, enfim.

Veiga o olhou, apreensivo.

— Nós vamos dar uma volta lá embaixo — explicou.

— É capaz de não te deixarem entrar — gracejou Amorim.

À porta do cabaré ele se fez de homem, pediu um cigarro ao Veiga, acendeu-o e foi entrando. O porteiro estendeu o braço:

— Proibido menores.

— Menor, eu? — e, tonto de humilhação, evitou os olhos dos companheiros. Amorim se pôs a rir:

— Eu não disse? Volta no ano que vem...

Veiga parlamentava com o porteiro:

— Me responsabilizo por ele.

Entraram, afinal. Eduardo procurava apoio, correndo os olhos ao redor, com simulada displicência. Algumas mesas em torno da pista de danças, uma orquestra, homens bebendo cerveja, mulheres espalhadas pela sala. Não tinha nada de mais, como numa festa qualquer. Aquelas eram as mulheres, as famosas mulheres da "zona". Seriam todas prostitutas? Nenhuma delas estava nua, nem sumariamente vestida. Procediam como qualquer mulher procederia. Apenas, quando dançavam, requebravam-se, apertando o parceiro, dando passos ousados. Arranjavam fregueses, certamente — quanto cobrariam? Moravam em pensões por perto. Talvez algumas estivessem ali só para se divertir. A semi-escuridão do ambiente não permitia ver bem suas feições, arranjadas de maneira a parecerem belas, atraentes. Fixou-se numa, sozinha na mesa junto à orquestra: o olhar perdido, as mãos candidamente cruzadas no colo.

— Aquela também será? — não se conteve, perguntou ao Veiga em voz baixa. Haviam se sentado em torno a uma mesa, tomavam cerveja.

— Qual? Será o quê?

— Aquela perto da orquestra. Tão menina ainda.

Veiga apertou os olhos por detrás dos óculos, para enxergar melhor.

— É a Jupira, parece. Não é má, não.

— Menina, a Jupira? — e um dos rapazes riu, voltando-se para os outros: — Ouçam esta! Eduardo disse que a Jupira é menina.

— Daqui não estou vendo direito...

Aproveitou-se de um bocejo para assumir uma atitude de adulta indiferença:

— Vocês vão ficar?

— Daqui a pouco vamos embora. Também estou com sono.

Veiga, por seu lado, assumia ares discretamente protetores — seu pai dentro do mundo. Inquietava, mas era confortante.

Uma mulher veio sentar-se com eles. Aquelas eram as mulheres. De onde viriam? Onde teriam nascido, onde brincaram? Alguém, ao microfone, anunciava uma bailarina. A mulher a seu lado disse que se tratava de uma grande artista. Pôs-se a acariciar-lhe a perna, por baixo da mesa.

— Vamos embora — e o Veiga fez sinal ao garçom.

— Eu vou ficar.

— Ficar?

Todos o olharam, surpreendidos.

— Vou ficar com ela — e apontou a mulher com naturalidade. No íntimo preferia a Jupira. — Onde é que você mora?

— Aqui perto.

Veiga, de pé, hesitante:

— Bem... Espero você no restaurante da esquina.

Já se encaminhava para a porta quando Eduardo o alcançou, puxou-o de lado:

— Você pode deixar algum dinheiro?

Um dos rapazes se atrasara:

— Cuidado, que essa mulher sofre de estreitamento...

Não sabia o que queria dizer aquilo, a razão do gracejo, temia pegar doença. Devia ter-se prevenido antes, na farmácia. Já arrependido, deixou que os companheiros se afastassem e foi-se com a mulher na direção oposta.

Veiga esperava, sozinho, no restaurante.

— Onde estão os outros?

— Por aí. Tão depressa assim?

— É. Vamos indo?

— Comer alguma coisa...

— Não, estou sem fome.

— Que cara é essa? Aconteceu alguma coisa?

— Nada. Vamos embora.

De repente sentiu vontade de vomitar. A náusea subiu-lhe à boca num ímpeto, mal teve tempo de precipitar-se até a rua, apoiar-se num automóvel. Alguém que passava o evitou com um sorriso de nojo.

Veiga o seguira, preocupado:

— Quem sabe se você...

— Nada. Estou melhor. Foi aquela cachaça.

Em casa, já deitado, recompôs a cena: o cabaré, a mulher, o quarto da mulher. Pela janela, o letreiro luminoso. Uma boneca na cadeira. Cheiro enjoativo de pó-de-arroz, vaselina. Retratos na penteadeira, uma luz vermelha junto à cabeceira da cama — a mulher estendendo o braço e apagando a luz. O corpo da mulher no escuro, o cheiro do corpo, o sexo mais escondido do que imaginara — recôndito, inatingível. Estreitamento? Buscava-o, em movimentos bruscos, desajeitados, incontroláveis, a mulher procurava ajudar, mas era tarde, já havia acabado.

— Não tive culpa — preveniu ela, enquanto se vestia, com medo de que ele não quisesse pagar.

Pois agora, sozinho, excitava-se, lembrando detalhes. Agora se sentia capaz de conter-se o tempo que quisesse, ir até o fim. Prolongou o prazer de imaginar, reavivou minúcias, agora sim, não acabava logo, era mais fácil, assim devia ser, e mais ainda, agora sim, por que resistir?, se era bom, a mesma coisa, não precisava de mulher, tudo se completava.

Logo o remorso se abateu sobre ele — sentia-se frustrado, diferente dos outros homens, proscrito, tinha nojo de si mesmo.

TOLEDO continuava a lhe emprestar livros. Leu os romancistas brasileiros, alguns franceses, esqueceu tudo em favor de Dostoievski. Sentia-se encarnado em Raskolnikoff, chegou a pensar em cometer o crime perfeito. Aos poucos se evidenciava para ele a superioridade do ser perseguido sobre o ser perseguidor. Mauro, com quem voltara a encontrar-se, partilhava de igual entusiasmo, era seu cúmplice na aventura:

— Sem nenhum motivo. Matar alguém sem nenhum motivo, jamais descobrirão.

À noite, juntavam-se aos literatos do jornal. Não havia ali quem não tivesse em casa algo inédito que seria o melhor do país, no dizer dos demais. O próprio Java era autor de um citadíssimo — por ele mesmo — romance proletário, que descrevia revoluções, o ruído da metralha, toques de corneta, gemidos, explosões:

— É uma espécie de polifonia literária — explicava ele, exalando cachaça. — O processo, em si, não é novo. Na União Soviética...

Panait Strati, Gorki, "Jean Cristophe", "Cimento", "A Montanha Mágica". Tudo mais inteiramente superado. Abaixo a literatura de gabinete! Abaixo a arte de salão! Não era preciso aprender nada, nem ler, nem estudar. Viver — eis o que importava:

— Veja o exemplo de Van Gogh: largou tudo e foi viver.

— Quem largou tudo foi Gauguin, sua besta.

— Largou tudo e foi pintar.

A princípio, Eduardo e Mauro se davam bem com essa gente. Hugo, o novo amigo, já mais arredio, desconfiado:

— São uns morcegões. Nunca escreveram nada.

Acabaram formando um grupo à parte. Os outros se ressentiam:

— Os gênios incompreendidos.

— Três cretinos iluminados.

Não ligavam: eram superiores. Juntos, faziam suas descobertas literárias. Que literatura proletária! Verlaine, isso sim; Rimbaud e Valéry. Juntos, choraram Baudelaire. Neruda, Garcia Lorca, Fernando Pessoa, soltos pelas ruas:

— *"Sucede que me canso de ser hombre!"*

— *"La luz del entendimiento me hace ser muy comedido."*

— "O teu silêncio é uma nau com todas as velas pandas..."

Veiga os protegia, publicando-lhes os trabalhos no suplemento. Em paga, faziam de graça a paginação. Mas também o Veiga tinha seus contos, mostrava-os meio ressabiado, os três eram implacáveis:

— Isto não é conto nem aqui nem na China.

— Corte toda a primeira página que talvez melhore.

— Daria, quando muito, uma crônica.

O autor protestava, tirando os óculos e citando Mário de Andrade:

— Conto é tudo que chamamos de conto!

Eduardo renegara os que havia escrito, fizera novos. Preocupava-se com o fenômeno da criação artística, a consciência profissional, a missão sublime do escritor, o artesanato. Nada de concessões; a arte pura não devia ser conspurcada, a verdadeira mensagem tinha de ser transmitida. Pensou mesmo em fundar uma revista de estética chamada Mensagem, mas já existia outra, sem mensagem alguma, com esse nome. Comunicava suas idéias aos amigos, que faziam coro:

— Salvar o mundo para quê?

— A injustiça é necessária para que a justiça se revele.

— O artista é o profeta do passado.

Estudando juntos, para as provas de Direito. Mauro, aluno de Medicina, vinha estudar Direito também. Logo, uma discussão qualquer os empolgava, esqueciam tudo para conversar, descobrir o mundo e o perder, na ânsia de sair pela cidade, farrear, beber.

— Estou sem dinheiro.

— Eu, também, para variar.

Precisavam justificar o estado de embriaguez em que já se achavam.

— O jeito é vender o Yorick.

Yorick — o esqueleto — pertencia ao pai de Mauro, que era médico.

— Vou fazer prova de anatomia. Tenho vivido noites de Hamlet, com aquela caveira me espiando. Quem teria sido? Como viveu? Que pensou? Para quem aqueles dentes se mostraram num sorriso? Que palavras saíram daquela boca?

— Você nunca leu *"Hamlet"*, calabrês.

— Fiz um poema chamado "Balada Macabra", vocês querem ouvir? É uma obra-prima.

— Depois, depois. Vamos ao que interessa: quanto vale o esqueleto?

— Tive uma oferta de cem cruzeiros. É pouco.

— Pouco? Eu venderia o meu por dez, só para tomar um chope hoje.

À porta de casa Mauro os deteve:

— Vamos com calma. Há qualquer coisa de podre no reino da Dinamarca.

A luz do gabinete estava acesa.

— Vocês sobem e fazem o serviço. Eu distraio o velho.

Enquanto o esqueleto saía pela janela, dependurado num barbante, Mauro distraía o velho:

— Meu filho, você tem prova amanhã?

— Tenho.

— Estudou?

— Já.

— Então me fale no aparelho digestivo.

— Ora, papai, tem cabimento falar no aparelho digestivo? *"Comigo se hay vuelto loca toda la anatomia. Soy todo corazón!"*

62

— Que bobagem é essa?

— É um verso de Maiakovski, um poeta russo.

— Poesia não enche barriga de ninguém. E isso não é russo, é espanhol.

Agora os três seguiam pela rua, carregando o esqueleto aos trambolhões, assustando os transeuntes. Não encontraram em casa o provável comprador. Foram procurá-lo no centro, entraram de supetão numa confeitaria, houve pânico, um garçom chegou a derrubar uma bandeja de sorvetes. Sentaram-se no bar de costume, o esqueleto acomodado numa cadeira, pernas cruzadas, cigarro à boca.

— Chope para três. Hoje é ele que paga.

O dono do bar não gostou da brincadeira, ameaçou chamar a polícia. Já alta noite, acabaram, os três, num banco da praça, desanimados e secos, cismando na impassibilidade do esqueleto que um dia tivera carnes, sentira fome, sede, talvez tomasse chopes.

— Coitado, afinal merece respeito.

— Seria uma baixeza vendê-lo.

— Não posso voltar com ele. Leve para sua casa.

— Eu? Você quer que eu mate minha mãe de susto?

— E você, Hugo?

— Não fico sozinho com ele, de jeito nenhum.

Eduardo foi à sua casa, em pouco voltava com uma pá de jardim.

— Depressa, antes que apareça alguém.

Abriram rapidamente uma cova rasa na terra fofa do canteiro.

— Assim. Deita ele aqui. Adeus, Yorick! *Remember me!* Agora joga terra.

Se endireitaram, compenetrados, persignaram-se, e sumiram na noite em disparada.

— "MUNDO, mundo, vasto mundo"!

— "Grito imperioso de brancura em mim"!

— "Meu carnaval sem nenhuma alegria"!

De súbito, um deles sugeriu:

— Vamos subir no Viaduto?

Hugo era o mais ágil: galgava o parapeito com presteza, corria sobre a estreita fita de cimento, a trinta metros do solo, como se andasse em cima de um muro. Curvado, subia o grande arco que se elevava, abrupto, sobre a própria amurada. Eduardo subia do outro lado. Lá em cima se encontravam, equilibristas de circo, passavam um pelo outro, vacilavam, ameaçavam cair. Mauro ainda não tivera coragem; os dois se sentavam na viga de cimento armado suspensa no espaço, balançavam as pernas no ar, gritavam para ele:

— Sobe, carcamano!

— "Mijemos em comum numa festa de espuma"!

Naquela noite Mauro se animou a subir. Quando se viu largado no vazio, tendo sob os pés apenas meio metro de cimento e lá embaixo, muito embaixo, os trilhos da estrada de ferro a brilhar, um trem passando exatamente naquele instante, não resistiu à vertigem. Deitou-se de bruços, agarrou-se com força, dilacerando as unhas na superfície áspera, pôs-se a chorar:

— Não desço mais. Pelo amor de Deus me tirem daqui. Chamem o Corpo de Bombeiros!

Era extraordinário que a brincadeira imprudente não terminasse em tragédia. E se repetia porque (rezava a tradição) um poeta (um grande poeta) havia feito aquilo antes, para se divertir. Anos mais tarde Eduardo lhe perguntaria se era verdade e o poeta haveria de confirmar:

— Parece difícil, mas não é tanto, você não acha?

No seu tempo, subia às três da tarde, depois de tomar apenas um copo de leite, *pour épater les bourgeois*. A nova geração procurava imitá-lo nos versos e nas proezas, mas precisavam beber para criar coragem.

Alguém soltou um berro. Era Zaratustra:

— "É preciso um grande caos interior para parir uma estrela dançarina"!

— Que Nietzsche, que nada!

— E daí? Só porque você não leu?

— Então soletra ao menos o nome dele, se você é capaz.

— Nietzsche também nunca leu Nietzsche.

Encharcados de literatura, pelas ruas da cidade.

— Eu sou um tímido! — gritou Mauro para os transeuntes espantados.

— "Vivo em ti minha tímida ternura" — citou Hugo.

— De quem é esse verso?

— Meu, uai.

— Ti-ti-tê? Titica.

— Aliteração, seu merda. Você não entende dessas coisas.

Já não se identificavam com o ambiente na oficina do jornal.

— Veiga, esta vida está te matando. Você se mediocriza aqui dentro, a troco de quê?

— Acaba subliterato, feito o Java.

Java ia passando:

— Subliterato é a puta-que-pariu.

Os três puseram-se a cantar:

— *O pau rolooou... caiu!*

— *Vamos pra puta-que-pariu.*

— Não se incomode, Java; é uma espécie de polifonia literária.

— Está tudo bêbado — constatou o Veiga, dando de ombros.

No caminho de volta, sentiram-se mal, resolveram deter-se no canal do córrego Leitão:

— Vamos vomitar, minha gente.

— Atenção! Vomitar!

Procederam meticulosamente ao ritual: tiraram o paletó, afrouxaram a gravata, debruçaram-se na amurada, meteram o dedo na garganta. Depois, aliviados, foram subindo a pé a rua deserta. Nova distração: arrancar placas das paredes, trocar a numeração das casas e o nome das ruas. Uma noite a placa "É Proibido Pisar na Grama" do jardim da igreja de Lourdes foi parar no jardim da casa do delegado. O delegado, pequeno e de cavanhaque, costumava aparecer no bar, pela tarde. Travava com os rapazes longas discussões sobre literatura. Chamavam-no de Barbusse.

— Imagine o que uns moleques me fizeram ontem — dizia ele.

Os três se punham a rir. O delegado não deixava por menos: na sua primeira noite de plantão mandou um guarda percorrer a cidade:

— Prenda o primeiro que encontrar, se possível os três. Já devem estar bêbados.

Pouco tempo depois, estavam presos. E bêbados.

— Não fizemos nada.

— Barbusse, abra essa porta senão vai ter.

— Nosso despertar será terrível!

Logo, o delegado começava a discutir com eles, através das grades:

— Superado o parnasianismo? Ora, vamos deixar de bobagem, meninos! Depois de Bilac o que foi que houve no Brasil, hein? Me digam! Pois fiquem sabendo que Alberto de Oliveira...

Vingaram-se, trancando o portão de sua casa com um rosário de cadeados furtados de outros portões. O delegado não pôde sair à rua.

— Vocês ainda se estrepam comigo — ameaçava, partilhando com eles uma cerveja.

Nada mais a fazer — a cidade dormia e a noite avançava. Cansados, deixaram-se ficar num dos bancos da praça:

— Chegou a hora de puxar angústia.

Puxar angústia era abordar um tema habitual, como *el sentimiento trágico de la vida, le recherche du temps perdu, to be or not to be*:

— Você já pensou que daqui a cem anos estaremos mortos?

— O que são cem anos, diante da eternidade?

— Esta vida é uma merda.

Tema habitual de Hugo: o efêmero da existência. Nada valia nada, tudo precário, equívoco, contraditório. Vinha escrevendo um livro, uma espécie de ensaio poético, em que procurava traduzir este sentimento da inutilidade das coisas. Era a palavra-chave; bastava dizer, a certa altura, com um suspiro de desalento: "mas que cooooisa!" e a angústia baixava logo as negras asas sobre os três. "Angústia? Mal sabíamos com que estávamos brincando", diria cada um para si mesmo, anos mais tarde, quando a verdadeira angústia os apanhasse.

Tema habitual de Mauro: a incidência no tempo e no espaço: a inexorabilidade do fortuito na vida de cada um. Seu pai jamais se encontrara com sua mãe. Ele próprio nascera cem anos atrás. Cada gesto, cada palavra, cada pensamento seu refletia-se nos outros, alterava-lhes a vida, comandava-lhes o destino. Ali, sentado no banco da praça, ele estava, por uma série de relações, ou ilações (gostava desta palavra) negativas, alterando o curso das coisas, talvez o curso da guerra.

— Vivo em mim a humanidade inteira! — e se erguia, entusiasmado.

Tema habitual de Eduardo: o tempo em face da eternidade. Caminhamos para a morte. O futuro se converte, a cada instante, em passado. O presente não existe. Vivemos a morte desde o nascimento.

— Nascemos para morrer.

E ficavam calados, solenizados, angustiados enfim, diante da gravidade do que Eduardo sentenciara.

— Para isso vivemos. E está certo, é a nossa chance, a que todos têm direito. Matar não é tão grave como impedir que alguém nasça, tirar a sua única oportunidade de *ser*. O aborto é o mais horrendo e abjeto dos crimes. Nesse ponto, Job estava completamente enganado: nada mais terrível do que não ter nascido.

Uma noite Eduardo e Hugo foram ao banco da Praça, já de madrugada, especialmente para chorar. Encontraram-se por acaso numa festa de carnaval. Em meio à animação reinante, o efêmero das coisas juntou-se ao tempo-versus-eternidade, e não resistiram: foram chorar na Praça o tempo perdido. Mais tarde viriam a saber que, por um desses milagres de afinidades eletivas que os unia, Mauro, em casa, naquele mesmo instante chorava também. A incidência no tempo e no espaço.

Mauro encerrava a sessão de angústia propondo que alimentassem a besta:

— Chega, gente, é demais. Forniquemos.

Sem dinheiro como viviam, o hábito era percorrer as ruas da cidade, noite adentro, à cata de mulatas.

— Uma grande instituição.

— O último ouro do Brasil.

Perdiam-se pelo Bairro dos Funcionários vendo em cada sombra de árvore ou em cada capote de guarda-noturno uma empregada a caminho de casa. Certa madrugada, Mauro abordou um vulto de mulher que seguia apressado, de braços cruzados.

— Sozinha, meu bem?

— Não — e a mulher lhe brandiu à cara um rosário. — Com Deus.

Impressionado, desde então Mauro pontificava:

— Nunca abordar mulheres de braços cruzados. Estão indo para a missa das cinco.

Eduardo esquivava-se, disfarçava: desde a primeira experiência, não estivera mais com mulher. Nada dissera a ninguém, chegara mesmo a inventar histórias. Em casa, a empregadinha deixava aberta a porta do quarto, que dava para a cozinha, expondo o corpo seminu aos seus olhos, quando ia tomar um copo de leite antes de dormir. Mas um incidente em casa de Mauro pusera água na fervura, temia que lhe acontecesse o mesmo, temia que seu Marciano descobrisse. Depois de várias incursões furtivas e bem-sucedidas até o quarto da empregada de sua casa, Mauro, pesado que era, quebrara estrepitosamente o catre onde dormia a mulatinha, acordando toda a família.

— Um filho meu!

— Não respeita o próprio lar!

A mãe de Mauro chorava, o pai de Mauro bramia:

— Vergonha! Nunca, na minha família! Amanhã você vai embora aqui.

No dia seguinte ia embora a empregada.

O ANCINHO do jardineiro desenterrou uma ossada humana no jardim da Praça. O encontro macabro foi noticiado, pelos jornais.

— Yorick ressuscitou.

— Precisamos celebrar.

Não foram longe, naquela noite: no caminho de um a outro bar, Hugo começou a sentir-se mal:

— Não sei o que estou sentindo... Meu Deus, me segurem!

E caiu. Eduardo e Mauro se precipitaram, ergueram-no do chão:

— Radiguet! Oh Radiguet! O que é que há com você, rapaz?

Raymond Radiguet entreabriu os olhos, arfante, apoiado nos companheiros:

— Não sei... Estou sentindo... Estou... Me segurem, já vou de novo. Me segu...

Tornou a desmaiar. Os dois se entreolharam, apreensivos, resolveram transportá-lo:

— Para onde?

No Pronto-Socorro, foram atendidos por um enfermeiro:

— Coma alcoólico — disse. — Que diabo vocês andaram bebendo?

— Cachaça, doutor.

— Não sou doutor. Me ajudem aqui. Vocês dois também não estão lá muito bons.

Ajudaram-no a descansar o corpo do amigo na mesa e o enfermeiro aplicou-lhe uma injeção de coramina.

— Daqui a pouco começa a espirrar feito um maluco, vocês vão ver só. Vai dizer que se resfriou.

Hugo voltava a si, olhava em torno, aparvalhado, dava um espirro.

— Peguei um resfriado.

Outro espirro. Cambaleou, ao tentar um passo, amparou-se nos companheiros:

— Meu Deus, essa gripe! — disse, entre dois espirros.

Na rua, mal podia caminhar. Apoiou-se ao muro, deu cinco espirros seguidos:

— Por favor, estou passando mal. Fico por aqui, vocês podem ir andando.

Curvou-se para a frente e emborcou. Contiveram-no a custo.

— Me larguem. Bestalhões. Cachorros.

Tentaram dominá-lo, mas ele se espalhava, aos safanões:

— Quem me encostar a mão, eu mato.

Sentou-se no meio-fio, escondeu a cabeça nos braços.

— Que porre mais esquisito. Está nos desconhecendo.

— Até que não bebeu tanto assim.

Sentaram-se ao lado do companheiro, na esperança de conquistá-lo com brandura:

— Hugo! Que é isso, rapaz? Somos nós.

— Não fica assim não, minha flor.

Ele afundou mais a cabeça entre os joelhos: estava vomitando. Entre seus sapatos, na sarjeta, surgiu uma mancha vermelha.

No dia seguinte o pai de Hugo telefonava ao pai de Mauro, seu velho conhecido.

— Esses rapazes estão impossíveis, Lombardi. O meu, ontem, me apareceu passando mal, completamente embriagado. Esteve por aí, na pândega, em companhia do seu.

— Eu estava mesmo para lhe falar sobre isso! — explodiu o outro. — Esse menino é a tragédia da minha vida. Ontem, por pouco não botou fogo na casa. Dormiu de cigarro aceso.

— O meu me preocupa por causa da saúde. Não é lá muito forte, e agora deu para isso...

— E o meu? Não sei como fui ter como filho um bandalho destes.

— Precisamos conversar.

— Isso! Conversar.

Um encontro: tratar do assunto, tomar providências. Mas era preciso convocar também seu Marciano, pai de Eduardo — a quem conheciam apenas de vista:

— E aquele é o pior. Já proibi meu filho de andar com ele — afirmou o Dr. Lombardi.

— Você desculpe, meu velho, mas o pior é o seu mesmo.

Telefonaram para seu Marciano, marcaram uma visita.

— Os pais de seus amigos vêm aqui — disse seu Marciano para o filho. — Se queixam de que vocês passam a noite na pândega.

— Esta palavra não se usa há mais de vinte anos. Na farra, o senhor quer dizer.

Seu Marciano olhou para o filho:

— Sei lá... Não entendo a mocidade de hoje.

— Estudantadas, papai.

— É isso mesmo — admitiu o velho.

Quando os dois vieram, solenemente, discutir a questão, seu Marciano procurou liquidá-la de saída:

— São moços, é preciso a gente compreender. Estudantadas.

— Estudantadas? No nosso tempo, estudante era algo respeitável...

— No nosso tempo... — começou o outro, seu Marciano fez um gesto:

— Ah! Não fale no nosso tempo, doutor.

— O senhor vai me desculpar, mas vou lhe dar um exemplo: ainda outro dia soube que seu filho ameaçou suicidar-se, subindo no alto do Viaduto...

— Suicidar? Meu filho? — seu Marciano arregalou os olhos, voltou-se para dentro: — Eduardo!

Eduardo veio até a sala.

— Estão dizendo que você ameaçou se suicidar, subindo no Viaduto.

— Eu? Suicidar? Quem disse isso?

— Meu filho me disse que você... — começou o pai de Hugo. Eduardo o interrompeu:

— Não tem perigo nenhum. Estou acostumado a saltar do último trampolim, lá na piscina.

— E posso saber que proveito você tira, arriscando assim a vida?

— Posso saber que proveito vocês tiram, não arriscando a sua? Seu Marciano mexeu-se na cadeira.

— Meu filho anda comprando bebidas na conta do armazém — denunciou o pai de Hugo.

— Isso não é nada! — e o pai de Mauro brandiu o punho: — O que vocês fizeram do meu esqueleto?

Voltou-se para os outros, desalentado:

— Sumiram com o meu esqueleto!

Seu Marciano custava a seguir o curso que a conversa tomava. Olhou interrogativamente o filho.

— Surrealismo, papai.

— Surrealismo?

Os dois visitantes se entreolharam, sem entender. Seu Marciano suspirou, mais descansado.

— Surrealismo: a libertação dos impulsos do subconsciente em forma de arte. A vitória sobre a censura do consciente. Sonhos, Freud, psicanálise — essa história toda.

— E vocês... são surrealistas?

— Que pretendem, afinal?

— Não sabemos ainda. Pretendemos — e o jovem inclinou-se para a frente, juntando os dedos, olhar brilhante — não a libertação do nosso subconsciente em forma de arte, o que os surrealistas já fizeram e cansaram de fazer — vocês nunca ouviram falar em André Breton? Não, pelo jeito nunca ouviram. Bem, mas eu dizia: não a libertação dos impulsos do subconsciente de cada um, compreende?, mas o desencadeamento das forças comuns a todo homem, de toda a humanidade, sabe como é?, adormecidas, há séculos, pelas exigências da vida em sociedade. Subjugadas pelos preconceitos. A moral burguesa. As convenções sociais. O lugar-comum. Essa coisa toda. Uma espécie de subconsciente coletivo, de que Freud não pensou, nem ele, nem ninguém.

— Você pensa que Freud... — e o Dr. Lombardi pigarreou. Eduardo não o ouvia.

— Estudaram a psicologia das multidões mas se esqueceram de levar o estudo até as profundas do inferno, isto é, do subconsciente da humanidade. Agora, esse subconsciente é que virá à tona, enfim liberto, e será belo, será terrível! Será o regime do terror, a própria loucura.

— Com loucura não se brinca! — advertiu. Dr. Lombardi.

— Você precisa descansar, levar uma vida mais regrada — disse o outro, persuasivo. — Está um pouco nervoso, excitado. Quando eu tinha a sua idade...

Seu Marciano acompanhou-os até a porta:

— Não se impressionem com o menino. Ele é assim mesmo. Fala essas coisas, mas, no fundo, é muito ajuizado.

— Cuidem de seus filhos, eu cuido do meu! — acrescentou, ao vê-los pelas costas. Voltou-se, ao dar com o rapaz: — Eduardo, escuta aqui uma coisa: está muito bonito que você escreva aí suas poesias, se encontre com seus amigos, façam surrealismo, etc. Só lhe peço uma coisa: termine seu curso de Direito, tire o seu diploma. Para isso, é preciso que você cuide de sua saúde, não deite tão tarde, não beba demais. Sei que não adianta falar, mas, enfim, estou cumprindo meu dever! Muito cuidado com a vida que você leva... Que história é essa de Viaduto?

— Não subo mais, prometo.

— Você subia lá em cima? Na parte mais alta?

— Naquele arco de cimento, sabe como é? A uns trinta metros do chão.

— Valha-me Deus! Você está maluco.

— É uma coisa à toa, papai. Muito mais difícil é saltar de trampolim.

— Você deixou mesmo a natação?

— Deixei: com o estudo, e a vida que eu levo, é difícil treinar. Mas meus recordes ainda não foram batidos.

— Quer dizer que você ainda é campeão.

— Sou.

Entreolharam-se, pai e filho. Seu Marciano pôs a mão no ombro do rapaz:

— Meu filho, não diga para sua mãe, ela se preocupa demais com você, não quero que comece a se preocupar também comigo. Mas você é exatamente como eu gostaria de ter sido.

— HUGO ontem vomitou sangue.

— Eu vi. Aquilo era sangue?

— Só podia ser.

Calaram-se, impressionados, ficaram pensando.

— Você acha que isso quer dizer...

— Não quer dizer nada. Isso acontece, o álcool costuma irritar a mucosa do estômago, pode ferir. Ele bebeu com estômago vazio. Não era hemoptise.

— E o doutor acha que devemos dizer a ele?

— Doutor é a mãe. Não, não diga nada, para que assustar o rapaz?

Em pouco chegava Hugo:

— Então a coisa ontem esteve feia, hein? Dei muito trabalho?

— Se deu. Mas o doutor aqui acha que você está fora de perigo. Sabia que Bouvard e Pécuchet estiveram lá em casa, hoje?

— Como foi a reunião dos três grandes?

— Papai chegou falando o diabo de você.

— Foi uma palhaçada. Mas não tem importância. Olhem: comunico-lhes, solenemente, que está fundado o terrorismo.

Base do novo movimento: preconizar e difundir o terror, de todas as maneiras, em todas as suas manifestações. O Terror nas Letras, cujo protótipo seria a novela "Metamorfose", de Kafka.

— Kafka era um terrorista. Incentivar todas as situações terroristas, estabelecer o pânico, lançar o terror.

— E a solução? — perguntou Mauro.

— A solução é a conduta católica — respondeu o amanuense Belmiro.

— A solução é o próprio problema, sabe como é? Não há solução. Imagino a seguinte cena: um congresso de sábios, os mais sábios do mundo, que se reuniram para resolver o problema dos problemas, o problema transcendental, o *Problema*, *tout-court*.

— O problema o quê?

— *Tout-court*. Vá à merda.

— Ah, *tout-court*. Merci.

— Pois bem: estão reunidos, os sábios, a postos para começar a trabalhar, encontrar a solução do problema, e o Presidente do Congresso dá por iniciada a sessão, anunciando que vai, enfim, dizer qual é o Problema que os reuniu. Faz uma pausa, e declara solenemente: "Meus senhores! O problema é o seguinte: *Não há problema!*"

— E daí?

— Daí os sábios terem de resolver o problema da inexistência do problema. É o terror.

— Confesso que não entendo.

— Vocês não entendem porque são burros: no nosso caso, é a mesma coisa. Só que *há* o problema, o que não há é a solução. Logo, está solucionado.

— E qual é o problema?

— O problema é o terror.

— Ah!

Calaram-se, os três, e riram, deslumbrados à idéia de que, agora sim, estavam completamente doidos — os pais tinham razão.

— *Es una cosa terrible, la inteligencia!*

— Unamuno *não* era terrorista.

— Dê três exemplos de situação terrorista.

— Um grito na igreja, uma gargalhada no velório, um árabe no elevador.

— Muito brando. É o que se pode chamar, apenas, de "terrorismo cor-de-rosa". O verdadeiro terrorismo é o absurdo mais terrível, por exemplo: o do homem que se apaixona por um fio de cabelo da amada, e quer viver com ele, dormir com ele, ter filho com ele...

— É, meus amigos, o inevitável aconteceu.

— Bom lema para o terrorismo: O *Inevitável Aconteceu!* Se considerarmos o *aconteceu*, aí, como substantivo e não como verbo.

— Precisávamos é de uma coisa para símbolo.

— A coisa — prosseguiu Eduardo. — A Coisa é o símbolo. Ninguém sabe o que é. Está em toda parte e não está em lugar nenhum. Assume todas as formas. Pode ser um sentimento, um objeto, uma cor — só que tem de ser uma *coisa*, isto é: um substantivo. Por isso concluímos, há pouco, que *aconteceu* não era verbo. Onde a Coisa estiver, aí estará o terror.

Os outros dois ouviam, um tanto apreensivos. Eduardo falava sem parar:

— Me lembrei de uma coisa inventada por Salvador Dalí — A Coisa era um pão. Sairia no jornal com manchete assim: "O Inevitável Aconteceu — A Descoberta do Pão". Um pão monumental, exatamente igual a um pão francês comum. A diferença estaria no tamanho: mediria dois metros de comprimento. O pão era encontrado na rua, levariam para a polícia. Estará envenenado? Conterá explosivo? Propaganda política? Os comunistas, o pão-para-todos? Anúncio de padaria? Os jornais comentavam e discutiam o que fazer do pão. Era só o assunto ir esfriando, e um pão maior ainda, de cinco metros, amanhecia atravessado no Viaduto. Toda a cidade empolgada com o mistério, a polícia desorientada, o pão analisado nos laboratórios. E continuava o problema: que fazer com ele? Para despistar, um de nós escrevia um artigo sugerindo que fosse cortado em milhares de pedaços e doado à Casa do Pequeno Jornaleiro. No Rio, em São Paulo, Recife, Porto Alegre começavam a aparecer pães, cada vez maiores, nos lugares públicos. Eram os membros de uma sociedade secreta já fundada, a Sociedade do Pão, que começavam a trabalhar. E um dia surgiria outro pão gigantesco em

Roma, outro em Londres, outro em Nova Iorque. A humanidade deixaria de se preocupar com seus problemas, as guerras seriam esquecidas, até que resolvessem o mistério do pão. Era a vitória pelo Terror.

— Você já pensou no tamanho do forno para assar esse pão?

— Isso não é problema para nós: a idéia é de Salvador Dalí, que, aliás, é um vigarista.

— É uma besta.

— Falso terrorista.

— Abaixo Dalí!

A noite avançava e, de súbito, a Praça ficou inteiramente deserta. Fora-se o último casal de namorados e só restavam os três, no banco de sempre: o coreto vazio, o busto de D. Pedro II entre roseiras, o repuxo no lago.

— Vamos descer, pessoal? — propôs Hugo. — Comer alguma coisa.

— Ou alguém — sugeriu Mauro. — Meu reino por uma mulata.

— Imaginem se o homem tivesse capacidade sexual limitada, digamos para trinta vezes. Idéia terrorista.

— Idéia cretina. Eu já teria gasto a minha há muito tempo.

— Os pródigos: aos vinte anos só teriam uma de reserva.

— Não, minha nega, tenha paciência, só me resta uma, não posso gastar com você.

— E os econômicos? Se continham a vida inteira e, na hora de morrer, se queixariam: e eu, que ainda tinha vinte e sete!

Mauro se ergueu, incontido:

— Proponho que gastemos imediatamente uma das nossas.

Foram para a zona boêmia. Eduardo já resolvera o seu problema, exatamente como no sistema terrorista: o problema existia, não existia era a solução. Haveria de arrastar, vida afora, o seu dilema, oscilando entre "as exigências da vida e sua ânsia de pureza" — como dizia num verso.

— Parece anúncio de sabão.

— O incorruptível Marciano.

— Eduardo, o Donzel Impenitente.

Mas Hugo acabava confessando, deprimido:

— Também não vejo solução: nos lugares mais puros, numa casa de família, na igreja, tenho os pensamentos mais safados. Ainda ontem, na missa, me surpreendi olhando as pernas de um menino. Numa casa de mulheres me sinto puro, tocado pela Graça. E passo a catequizar as putas, falando de Deus, na salvação eterna.

— Pois eu não — trovejava Mauro. — Me sinto sórdido!

E citava o poeta:

— "... uma pureza que não tenho, que perdi."

Continuavam a conversar por citações, insensivelmente. Já haviam incorporado à sua gíria familiar todos os versos do poeta que mais admiravam:

— Perdi o bonde e a esperança, volto pálido para casa, cismando na derrota incomparável, sem nenhuma inclinação feérica, com a calma que Bilac não teve para envelhecer, tudo somado devias precipitar-te de vez nas águas, seria uma rima, não seria uma solução — eta vida besta, meu Deus.

— Estive pensando... Por que não fundamos uma revista? Que fosse representativa de nossa geração, desse o nosso testemunho...

— E nos desse um dinheirinho...

Eduardo telefonando a Hugo.

— Radiguet, sabe de uma coisa? A Besta-Fera está querendo fundar uma revista.

Marcaram encontro para fundar a revista: selecionaram os colaboradores, conversaram horas.

— Como vai se chamar?

— "Revista" mesmo. Não vamos quebrar a cabeça com isso não: acaba não saindo.

— Por que não?

— Onde arranjar dinheiro?

— Se arranjarmos dinheiro não precisamos de revista.

E a revista morreu ali mesmo, transformada num plano qualquer de ganhar dinheiro:

— Tenho uma idéia: vender guarda-chuva em dia de chuva.

A gente compra uma porção de guarda-chuvas baratos, no tempo da seca (a cigarra e a formiga) e, à primeira chuva que cair, põe dois ou três meninos vendendo pela rua, ao dobro do preço. Estou certo de que é negócio.

— Essa sua idéia é uma indecência. É o que os comunistas chamam de mais-valia.

Um dia Eduardo chegou em casa com a novidade:

— Sabe, papai? Procurei o homem! Estou empregado.

Seu Marciano não estranhou. Acostumara-se aos repentes do filho.

— O diabo é ter de ficar lá, das onze às cinco.

Informava processos e lia escondido do chefe, o livro dentro da gaveta. Leu Machado de Assis, desistiu de ser romancista. Leu *"Dom Quixote"*, decidiu tornar-se picaresco. Toledo lhe emprestava livros de Azorin, Menendez y Pelayo, Ortega y Gasset. Que pretendia Toledo? Que ele se especializasse em literatura espanhola? Começou a ler Proust com dificuldade.

— Sabem de uma coisa? Não vai não.

Hugo protestou: seu autor de cabeceira.

— Você não tem sensibilidade para esse tipo de leitura.

— Pois um dia hei de ter: quando você não tiver mais.

E se afastou, ressentido. Mais tarde, reformaria o juízo sobre Proust, sobre a literatura em geral, sobre a vida.

— "A vida e o amor inclusive".

— Pois vou começar a estudar inglês. É uma vergonha a gente ainda não ter lido *Ulysses*.

Mauro se limitou a erguer os ombros: não precisava ler inglês para saber que a vida não valia a pena e a dor de ser vivida.

— Olha aqui, você lê, depois me conta. Agora não tenho mais tempo, também estou trabalhando: estou vendendo remédio.

Era uma pasta cheia de amostras que tinha de sair distribuindo pelos consultórios.

— Quem manqueja de sua influência cedo tardará — arrematou.

Tinha mania de inventar provérbios:

— Quem as ganha, as mágoas amarfanha.

— Quem de si faz alarde, cedo o rabo lhe arde.

Eduardo deixava o paletó na repartição, esquivava-se pela porta como se fosse ao mictório, ganhava a rua, ia encontrar-se com Mauro e sua pasta de remédios:

— Besta-Fera, está uma tarde belíssima. Vamos à Pampulha tomar uma cerveja.

— Você está doido? Não posso, de jeito nenhum.

— Não analisa não.

Era a palavra de ordem, espécie de lema que comandava o destino dos três, diante do qual nenhum obstáculo se sustinha. Acordo tácito, compromisso de honra: não analisar, porque do contrário surgiriam problemas, todos tinham seus problemas: esmiuçando motivos, prevendo conseqüências, nenhuma atitude seria possível, a vida perderia a graça. Tinham de viver em cada momento uma síntese de toda a existência, não analisar jamais! Mauro abandonou sua pasta de remédios no meio-fio:

— Pronto, não tenho mais emprego, não tenho mais nada, sou apenas um coração solitário. Vamos.

Tomaram o ônibus:

— Experimente olhar a cidade com olhos de turista. Olha aquela casa ali, que esquisita. Estamos em Beirute. Olha a cara das pessoas. Todo mundo tem dois olhos para ver, que coisa estranha. É preciso ver a realidade que se esconde além, onde a vista não alcança. Sob o manto diáfano da fantasia, a nudez forte da verdade. Palma Cavalão, você é uma flor por ter tirado o meu emprego, não trabalho mais. Não sou mais representante de remédios, não sou mais representante de coisa nenhuma, a não ser das minhas contradições mais absurdas. Você é a última flor do Lácio, inculta e bela! Devíamos ter trazido o Radiguet.

Hugo também estava trabalhando: arranjara um lugar de professor de português, num colégio particular. Vivia se queixando da saúde, não podia beber, tinha dor de cabeça, tinha de acordar cedo, de corrigir provas, um milhão e meio de encargos, era um infeliz, seu pai lhe pedira que pusesse uma carta no correio, como pôr uma carta no correio se não tinha selo? Como comprar selo, entrar na fila, esperar, oh, viver, como era difícil, não, não podia sair com eles, não tinha dinheiro, não tinha onde cair morto, estava mesmo para morrer, sentia umas cólicas, umas pontadas...

— Não posso, de maneira alguma.

— Não analisa não!

— Dentro de meia hora estarei aí.

Depois de várias cervejas, Eduardo propôs que fossem, aquela noite, a uma festa no clube. Mauro aceitou a idéia entusiasmado, Hugo vacilou:

— Festa no clube? Eduardo tem cada uma... Além do mais não tenho roupa de festa. Meu terno terá chegado do tintureiro? Mesmo que tivesse, eu não iria. Ou iria, não sei. Pois vá logo, senhor. Vá, tome um porre, deixe a vida correr. Se entrar em casa com o pé direito, vou. Por que você não foi à festa? Porque entrei em casa com o pé esquerdo — onde já se viu? Então fica resolvido assim: mais tarde eu resolvo. E chega! Pensar noutra coisa. Se eu fosse um sujeito bem-sucedido na vida, já teria arranjado emprego melhor. Mas não vou à festa, quer dizer, não vou pensar nisso agora. Meu Deus, esta vida, sem a eternidade, seria uma molecagem. Não vou de jeito nenhum. Depois de jantar vou... Vou? Vovô. O viúvo viu a ave. Ah, então vou, não é? Eu sabia que acabava indo.

Não foi, mas prolongou a agonia até as três da madrugada. No dia seguinte, queixou-se com Eduardo:

— Estou ficando cada vez pior: cheguei a me aprontar para ir, acabei dormindo vestido. Que tal a festa?

— A mesma coisa de sempre. Mauro amarrou um porre que só vendo. Tocou trombone na orquestra, dançou sozinho, acabou expulso do salão.

— E as raparigas em flor?

— Cada vez melhores. Conheci uma menina, filha de um ministro, veio passar uns tempos aqui.

— Bonita?

— Mais ou menos. Um pouco irritante.

Eduardo nunca mais se encontrara com Letícia.

SEU ROMANCE, iniciado na repartição. Agora, escrevia todas as noites — os amigos queriam, a viva força, arrancá-lo para a rua, ele inflexível:

— Não. Tenho de escrever.

Escrever toda noite. Se não tivesse o que escrever, pagar o tributo devido à arte. Começou a fumar, a instâncias de Mauro.

— Não sei por que diabo só você não fuma.

— Eu era nadador...

— Deixa de bobagem, rapaz. Vontade de ser diferente. Olha, toma aqui um cigarro.

A noite inteira a fumar, olhos pregados no papel em branco. O romance chegara a um impasse: não sabia o que pretendia, escrevendo-o. Os amigos telefonavam:

— Não analisa não.

Não funcionava mais: sem analisar, se recusava. Tinha de escrever.

— Gênio incompreendido.

— Está querendo é nos humilhar.

Havia datilografado e pregado em sua mesa duas citações em inglês:

"Here the man of creative imagination pays a ghastly price for all his superiorities and immunities. It is the particular penalty of those who pursue strange butterflies into dark forests, and go fishing in enchanted and forbidden streams."

MENCKEN

"We work in the dark — we do what we can — we give what we have. Our doubt is our passion and our passion is our task. The rest is the madness of art."

HENRY JAMES

— Ora, deixa disso, Lord Byron. Você não sabe inglês!

— Ele é bem capaz de estar estudando escondido.

Sorria, não dizia nada.

— Olha só o ar superior dele. Quer dizer o que significa isso aqui, *if you please*?

— Isso o quê?

— "Penalty of those", etc... É *penalty* mesmo, como em futebol?

Os dois saíram impressionados:

— Ele parece que resolveu mesmo levar a coisa a sério. Disse que escreveu 90 páginas, só aproveitou 10. Será verdade?

— Anda lendo coisas, o sacana. Quem é esse Mencken?

— Henry James eu sei: tem uma novela que já foi traduzida. Isso ele pode ter lido.

— Você não acha que é um desaforo ele não querer sair conosco? Disse que não há força humana que o tire de casa hoje.

— No que ele muito se engana.

Em pouco Eduardo recebia pelo telefone um recado: o reitor da universidade queria falar-lhe, que fosse urgentemente à reitoria.

— Comigo? — espantou-se.

Quase não freqüentava as aulas; escrevera um artigo censurando a atitude do corpo docente em face de uma greve... Saiu de casa preocupado, já buscando argumentos para defender-se. Na esquina, encontrou os companheiros:

— Uai, Henry James, resolveu sair?

Com aquilo iniciou-se uma fase em que nenhum dos três tinha segurança mais: vivia-se em estado de expectativa, desconfiança, precaução, mal o telefone tocava.

— Por que não juntarmos nossos talentos? — resolveram, afinal.

Durante certo tempo o telefone foi a fonte de mistério que envolveu quase todas as figuras conhecidas da cidade. Era o Terror; houve até quem pedisse providências à Polícia. Mas os três, eles próprios, jamais descobriram quem lhes telefonava, quase todas as noites, sempre à mesma hora tardia, para não dizer nada.

— Papai está furioso.

— Lá em casa quem atende sou eu.

Acusavam-se mutuamente: é você! Eu? Então você. Eu não! Pois se telefonam lá para casa também!

— É o próprio demônio — sentenciaram.

Impressionados, decidiram, prudentemente, suspender a brincadeira, sair para novas emoções.

O demônio existia — Hugo acabara de ler um livro sobre demonologia, passara-o a Eduardo. Mauro se recusou:

— Demônios, bastam os meus.

— Deve ser o Veiga, lá da oficina. Tenho a impressão de que escuto um ruído ao fundo, pode ser de linotipo...

— A essa hora? Que linotipo! Chacoalhar de ossos.

— E quem disse que no cemitério tem telefone?

— E quem disse que o Veiga não é o próprio demônio?

Até que os telefonemas acabaram cessando, o que era mistério continuou mistério. E, uma noite, Eduardo e Hugo viram o demônio.

Era uma noite clara, de lua. Os dois foram conversando até o Parque. Havia muito sobre o que conversar, como falavam! Devassavam as razões da existência, descobriam a natureza íntima das coisas, tentavam penetrar o mistério do ser.

— Estamos imprensados entre estes dois acontecimentos: o nascimento e a morte. Temos apenas 60 anos para resolver o problema, talvez menos.

— Não há problemas: só há soluções.

— Só há *uma* solução: morrer.

— As nossas contradições. Vivemos segundo nossas emoções do momento, procurando localizar, descobrir uma constante e dizer: isso sou eu.

— Ninguém entende nada de nada.

Passaram pela ponte rústica, de madeira já podre, ganharam a ilha deserta, no meio do lago já seco. Havia uma touceira de arbustos, um banco de pedra, uma estátua de mármore pálida de lua. Sentaram-se no banco e se calaram, tentando entender o silêncio. As palavras tinham um sentido além delas mesmas. O silêncio seria, sempre, o único meio de entendimento perfeito.

— Eduardo.

— O quê?

— Estou com medo.

— Eu também.

— Você não acha que este lugar...

Foram interrompidos por um ruído atrás do banco. Levantaram-se, assustados, voltaram-se, e viram — ambos viram — um homem alto, magro, lívido, vestido de *smoking*, um cravo vermelho na lapela, sorrindo para eles. Com um grito de pavor precipitaram-se para a ponte e, em poucos segundos, estavam na rua. Pararam ofegantes, e puseram-se a rir, um riso nervoso, descontrolado. Na fuga, Eduardo deixara cair a caneta do bolso, Hugo torcera o pé.

— Você também viu?

— Quem era?

— Vestido a rigor, no Parque, a esta hora? Só pode ser o demônio.

— Reparou no sorriso, na palidez?

— Que diabo estaria fazendo ali, atrás de nós?

— Quando chegamos não havia ninguém, tenho certeza.

— Naquelas touceiras, talvez...

— Eu estava justamente pensando na estátua de Anita Garibaldi, a solidão da estátua naquela ilha... Senti uma coisa... De repente, olho para trás...

— Alguém que tivesse saído de uma festa, talvez bêbado. O Automóvel Clube é ali perto.

— E aquele sorriso, aquela palidez?

— Algum pederasta.

— O que não exclui a hipótese de ser o demônio, pelo contrário.

— O melhor é a gente nem falar mais nisso.

— É melhor.

Ficaram pensando.

— Não posso suportar a solidão de Anita Garibaldi, naquela ilha, naquele ermo...

— De mármore. Deve ser muito pesada.

Comunicaram o plano a Mauro: arranjariam um automóvel, de madrugada removeriam a estátua.

— Para onde?

Não sabiam. E nenhum deles tinha automóvel. A idéia de voltar àquele lugar os apavorava. Falaram a Mauro sobre o homem de *smoking*.

— É o terror — dizia Mauro, entusiasmado, porque não tinha visto.

Subiam a rua em direção à Praça. Detiveram-se diante da coletoria:

— Já repararam como esta porta é fácil de abrir? Basta tirar os pregos da dobradiça.

— Então me ajude aqui.

Em menos de cinco minutos, a porta era retirada. E lá se foram os três, a transportá-la, deixando a coletoria escancarada. A princípio, sem plano nenhum, decidiram depositá-la no jardim do delegado. Mas a porta era pesada. Então a depuseram na varanda da primeira residência cujo portão encontraram aberto.

No dia seguinte os jornais noticiavam, em manchetes, o assalto à coletoria estadual. Alguém mais passara por ali, depois deles, dera com a porta aberta, resolvera entrar e arrombar o cofre. E o mistério era explorado: a porta fora encontrada na varanda de um antigo coletor estadual.

— Algum inimigo meu — protestava o homem.

— Isso é o cúmulo da coincidência.

— Até ele provar que não é elefante...

— O melhor é ficarmos quietos esses dias.

A porta foi fotografada, submetida à perícia. Amorim, o repórter de polícia, os preveniu:

— O delegado andou me baratinando. Disse que o esqueleto foram vocês que enterraram. E este caso da porta...

— Este caso da porta está me intrigando — disse o próprio delegado aos rapazes, no bar.

— Deixa disso, Barbusse. Você nos acha com cara de ladrões?

— Não sei, não... Vocês andam se excedendo.

Uma noite, afinal, envolveram-se em complicação maior. Esquecidos da prudência assumida, arrombaram a vitrine de uma casa de chapéus, pelo simples capricho de pôr na cabeça um chapéu de caçador.

— "Vamos caçar cutia, irmão pequeno!"

Um guarda, surgido inopinadamente da noite, prendeu-os. Tentaram argumentar, confundir o guarda:

— O senhor acha que pessoas de nossa categoria iam arrombar vitrine para furtar chapéu?

— A vitrine já estava arrombada.

— Foi justamente o que nos chamou a atenção.

O guarda protestava:

— Mas eu vi tudo! Estava ali, escondido atrás da árvore.

— Também, tem cabimento o senhor andar se escondendo atrás de árvores?

— Acaba vendo o que não deve.

— Não adianta, foram vocês — insistia o guarda. — Eu vi.

— As mãos são mais rápidas que os olhos.

— O que os olhos não vêem, o coração não sente.

— "O coração tem razões que a própria razão desconhece".

Todos os habitantes da cidade, inclusive o guarda, poderiam ter sido os autores do crime, exceto eles.

O guarda coçava a cabeça, confuso, mas irredutível:

— Qual, meninos, vocês são muito inteligentes, mas vão presos assim mesmo.

E pôs-se a apitar. Em poucos minutos acorriam guardas de todas as esquinas. Foram escoltados à delegacia.

— Quem mandou você rir?

— Quem riu foi você.

— Vamos ter de acordar o Barbusse.

Ficaram detidos até o nascer do dia, quando foram soltos sob fiança. Conseguiram, graças à intervenção do delegado amigo, ser autuados apenas por desordem e desacato.

— Outra que vocês fizerem, mando descer o pau.

Não gostaram da advertência. Sentiam no ar que a ameaça se concretizaria. Aquilo ainda acabaria mal: por pouco não foram apontados à cidade como ladrões. Não tinha nexo tamanha leviandade — eles próprios, agora, protestavam. E buscavam um sentido, além da simples espontaneidade de viver. Compenetravam-se: estava findo o Regime do Terror.

— VOCÊS pensam que podem reformar o mundo. Também já pensei assim. Com o tempo fui aprendendo umas tantas coisas. É preciso compreender, antes de julgar... A natureza humana é frágil, ninguém é perfeito. E é assim mesmo que o mundo tem de ir para a frente...

Começaram a olhar o Toledo com desprezo, não o poupavam:

— Literato *raté*.

— Academia com ele.

Agora se diziam socialistas. Toledo, complacente, ouvia-lhes as idéias, as violentas idéias: tudo errado, administração corrompida, acabar com tudo, instaurar uma nova ordem.

— Eu também sou socialista — dizia ele, tentando ainda captar a simpatia dos rapazes. — Está bem, está bem, é preciso consertar, começar tudo de novo. Mas não posso fazer nada. Tenho minha mulher, meus filhos — um dia vocês ainda hão de ver que isso é o mais importante.

— O mundo não vale o meu lar.

— Vocês hão de ver. Quem foi que disse que todo homem é incendiário aos vinte anos e bombeiro aos quarenta?

— Deve ter sido o Marquês de Maricá.

— Abaixo os vendidos! — e Mauro cerrava os punhos, em plena Praça Sete. Os transeuntes se voltavam, paravam para ver. Mauro subia ao pedestal do obelisco:

— Meus senhores!

Empolgava-se, pouco se importando que o estivessem ouvindo, que o tomassem por louco — até que um dos amigos lhe tirava o entusiasmo:

— Olha a cana chegando. Vamos dar o pira.

Em geral um popular, também entusiasmado, já havia tomado a palavra e se inflamava contra o governo. Este sim, acabava preso — quando os três já haviam partido, deixando o comício formado.

Freqüentavam a missa aos domingos, mas afirmavam, em seus artigos, que não se dobravam ante o clero reacionário:

— Política não é questão de dogma.

— Olhem o caso da Espanha.

— *Hay que vigilar*!

Liam Bernanos, Mauriac, Maritain — não chegavam até Santo Tomás, mas se diziam neotomistas. O que uma vez ou outra despejavam no confessionário na manhã de domingo, tornavam a fazer na noite de segunda-feira. Por exemplo: beber chope no bar até saírem bêbados, praticando desmandos pela rua. Pecado por intemperança. Mauro se rebelava:

— Vai ver que os verdadeiros pecados são outros. Não acredito em códigos, em listas de proibição. Abaixo os doutores da lei! Deus me deu um corpo, um animal a zelar.

E saía pela cidade à procura de mulher.

— Trinta vezes, não: uma vez. O homem tem capacidade para uma só vez, e gasta a vida procurando a mulher com quem realizar esta única vez. Depois disso, nada mais interessa — atingiu o máximo de si mesmo, deu tudo de si num só jacto, numa só ejaculação, concebeu o mundo à sua maneira, pode morrer. Ver Nápoles e depois morrer. O que é que vocês acham?

— Ligeiramente Bilac: "Há no amor um momento de grandeza"...

— E Raul de Leoni também: "Nosso amor conceberia o mundo", etc. e tal.

— Imbecis! Não é nada disso. A cópula única — o próprio mundo foi concebido assim. O mundo não é senão o fruto da intimidade de Deus consigo mesmo. Mas, vejam só esse espetáculo.

Era uma leva de retirantes dormindo debaixo do Viaduto. Haviam desembarcado na estação, não tinham para onde ir. Mais de cinqüenta famílias: homens magros, sujos, mulheres de olho fundo e cabelo desgrenhado, crianças encardidas e seminuas, trouxas de roupa, esteiras, baús, promiscuidade, mau cheiro, abandono. Revoltado, Mauro saiu dali e telefonou do primeiro botequim ainda aberto, para o palácio do arcebispo.

— Falar com o arcebispo? A esta hora?

— Quem está falando?

— É o irmão José, da portaria. Quem é o senhor?

— Um cristão. Basta?

— Um cristão?

— Chama o arcebispo aí, homem de Deus.

— A esta hora o arcebispo está recolhido, não pode atender — informou o irmão, cautelosamente.

— Não pode atender? Até uma farmácia pode atender dia e noite e o representante de Deus não pode?

— O senhor quer falar com o padre Marques? Ele está aqui.

Veio ao telefone uma voz macia, melíflua, delicada:

— Alô?

— Escuta, padre, quero que o senhor transmita um recado urgente ao arcebispo. Na cidade, debaixo do Viaduto, tem mais de cinqüenta famílias de miseráveis dormindo ao relento. São retirantes, parece. Cristãos, como qualquer de nós. E como cristão, exijo que sejam todos albergados aí no palácio.

— Aqui no palácio? — espantou-se o padre. — Mas não há lugar para tanta gente...

— Essa é muito boa: não há lugar! O senhor se esquece de que com sete peixes Cristo alimentou uma multidão inteira?

— Não posso fazer milagres...

— Olha, padre, que eu não estou brincando.

— O senhor podia dar o seu nome?

— Mauro Lombardi. Diga ao arcebispo que em nome de Nosso Senhor Jesus Cristo...

— Pois não... Pois não...

— São uns vendidos — disse ele, desligando o telefone. — Deviam dar o exemplo.

— Por que você não leva para sua casa? — sugeriu Hugo.

Mauro sofria crises intermitentes de misticismo: Cristo, dizei somente uma palavra. Seu catolicismo era feito de heroísmo e de conquista, renovado em iluminações brutais. O de Eduardo era sereno e humilde, de uma certeza sem problemas: Deus não abandona aqueles que não O abandonam. O de Hugo era atormentado e sofrido: Senhor, piedade para os que sofrem. Esperança, Fé e Caridade. Os três se reuniam e, juntos, celebravam a páscoa dos militares. Por que dos militares? Não, saberiam explicar.

Depois era a posição dos católicos na luta pelo "*amilhoramento* político-social do homem". *Rerum Novarum. Quadragesimo Anno.* Santo Ambrósio. Chegaram, enfim, a Santo Tomás: "um mínimo de conforto sem o qual a virtude é impossível". Escreviam longos artigos que falavam em honra, liberdade, direitos do homem — burlavam os agentes do governo, que viam neles agitadores comunistas ameaçando a segurança do regime. Todas as noites o censor revia a matéria já composta, cortava, proibia, modificava — então eles se davam ao trabalho de ir à oficina, tornar a escrever, tornar a compor. Abaixo os burgueses donos da vida. Abaixo os exploradores do povo, abaixo os fascistas, abaixo a tirania, viva a liberdade! Aos poucos, aceitando a linha de conduta imposta pelos defensores da democracia, endossando alguns postulados socialistas (falavam muito em reforma agrária, exploração do homem pelo homem, infra-estrutura, participação nos lucros das empresas, socialização dos meios de produção), foram ingressando naquela massa amorfa, que vinha a constituir a Oposição em plena atividade clandestina.

Mauro fazendo política estudantil — em pouco liderava os colegas. No dia em que o reitor da Universidade ia ser homenageado pela congregação dos professores, os alunos, convidados a comparecer, se recusaram, por verem nele um agente da ditadura. Mauro os incitou.

— Podemos ir. Deixem por minha conta.

Levou-os ao auditório da Reitoria, encheu a sala. O reitor e meia dúzia de professores surpreenderam-se com a presença dos estudantes — não contavam com reação tão acolhedora. Antes, entretanto, que o primeiro orador abrisse a boca, Mauro, do fundo da sala, gritou:

— Peço a palavra!

Sem que a palavra lhe fosse dada, anunciou que os estudantes ali estavam para manifestar sua repulsa a um homem indigno de ocupar o alto cargo de reitor da Universidade. E a um sinal seu todos se retiraram, esvaziando a sala.

Na rua os moços se reuniam, excitados, comentavam o incidente:

— Viu só a cara do reitor?

— Chegou a sorrir, pensou que Mauro fosse fazer uma saudação.

— Não esperava por esta.

No banco habitual da Praça, Mauro, inflamado, falava ainda na sua façanha:

— Você não achou formidável, Eduardo?

— Confesso que fiquei meio triste.

— Triste? Ora essa é boa! Triste por quê?

— Você viu só a cara do homem? Foi como cuspir-lhe na cara, como esbofeteá-lo, como tirar o brinquedo de um menino.

— Que menino! Já vem você com literatura. Um bom filho-da-puta, isso é o que ele é.

— Meio impiedoso.

— Impiedoso nada! Impiedoso é você, defendendo um sujeito que pactua com a ditadura. Você acha que nós estudantes devíamos ficar impassivos...

— Impassíveis — corrigiu Hugo.

— ... diante dessa indecência, homenagear um homem desses, que sempre foi contra nós, que nunca defendeu o direito de estudante nenhum, ficar de braços cruzados, não protestar?

— Não comparecer já era um protesto.

— E você acha que ele esperava que fosse alguém? Você acha, Hugo?

— Não sei. A discussão é de vocês dois.

Eduardo afirmava que não se humilha ninguém impunemente. Travassem uma discussão, um debate. Dessem ao homem oportunidade de se defender. Insultá-lo sem mais aquela e sair da sala não estava direito. Mauro afirmava que um verdadeiro revolucionário não tem dessas bobagens.

— Você é revolucionário lá para as suas negras.

— Para um reacionário feito você.

Irritavam-se, e não chegavam a resultado algum. Hugo sugeriu que resolvessem a discussão no braço.

— Boa idéia — entusiasmou-se Mauro. — Você topa, Eduardo?

Tiraram o paletó, subiram na grama e, entre as palmeiras do jardim, dispuseram-se a brigar. Mauro ria, satisfeito:

— Eduardo Marciano, eu vou te partir a cara.

Não chegou a haver briga. Logo ao primeiro soco, Mauro deu com o adversário no chão, aparentemente desmaiado. Precipitou-se para ele, fora de si:

— Eduardo! Eduardo! Eu te machuquei, minha flor?

Eduardo abriu os olhos, ergueu-se com dificuldade, ajudado pelo outro.

— É, você acertou de jeito.

— Quer dizer que eu ganhei a discussão.

— Ganhou.

— Pois então lhe presto uma homenagem indo embora, para que vocês dois possam falar mal de mim.

Depois que Mauro se foi, Hugo comentou:

— Eu não quis dizer nada, mas quem tinha razão era você.

Eduardo apalpava cuidadosamente a articulação do maxilar atingido:

— A Besta-Fera está cada vez pior.

E passaram mesmo a esculhambar o amigo ausente, como de costume, sempre que dois deles se encontrassem. (Não admitiam, porém, que ninguém mais o fizesse.) Mauro andava diferente, mudado. Metia-se com outros estudantes entre os operários, fazia discursos, incitava-os à greve. Fundara um jornal clandestino, violentamente contra o governo, era vigiado pela polícia. Hugo se limitava a assistir de longe, Eduardo não participava:

— Não nascemos para dar vaia em político no meio da rua, apedrejar casa de ninguém, pregar cartazes, pichar muros. Não somos moleques. Temos é de escrever, denunciar através da arte, dar nosso testemunho. Somos escritores, intelectuais, nossa missão é outra.

De repente se passaram seis meses.

— São uns vendidos — protestava Mauro. — Os políticos fazem conchavos com o governo, prevaricam, atraiçoam. Farinha do mesmo saco. Os comunistas são piores, aliam-se ao ditador, não têm nojo de nada. A Igreja se associa aos donos da vida. E todos cada vez mais gordos! Os intelectuais continuam intelectuais, inteligentíssimos, muito perfumadinhos, o encanto da sociedade. Sórdidos! Mas, e vocês? Não me procuram mais, me abandonaram, que é que há?

— Continuo doente — queixou-se Hugo. — Não tenho tempo para nada, não tenho gosto para nada, sinto um nojo desgraçado de tudo. A vida me esmaga, sou escravo de horários, não sou dono de mim, não sei mais de onde vim nem para onde vou. Mas aqui o Príncipe de Gales parece que vai bem. Está noivo.

— Ainda não — negou Eduardo. — Mas resolvi todos os problemas de minha vida numa fórmula só: a ter de me arrepender um dia, prefiro me arrepender daquilo que fiz e não daquilo que não fiz.

Resolveram aplicar imediatamente a fórmula de Eduardo e celebrar o encontro casual:

— Há quanto tempo não tomo um porre.

— Eu tomei um porre de política, chega.

— Se eu tomar um porre, morro no dia seguinte.

Ao quarto chope, Mauro começou a entusiasmar-se:

— Não sei, estou sentindo que este nosso encontro é para celebrar alguma coisa mais do que nosso encontro. Afinal de contas, aqui estamos juntos os três, até quando? Ninguém sabe, a verdade é esta.

— O que você pensa que é a verdade talvez não seja o que eu penso — comentou Hugo. — Somos traduzidos em palavras. As palavras não querem dizer nada. Servem só para formar uma verdade comum a todos, que afinal não é de ninguém.

— Hoje nós estamos afiados para puxar uma angustiazinha.

Mauro propôs que, pela primeira vez na vida, fossem verdadeiros. Dizer cada um a sua verdade, o que pensava ser verdade.

— Dizer o que pensamos uns dos outros e de si mesmo. Dizer no duro, sem contemplações. Você topa, Hugo?

— Não sei... Há certas verdades que eu não digo nem a mim mesmo.

— Desde que nos comprometamos a engolir calados, não protestar, não brigar. E, saindo daqui, esquecer.

Debaixo do sorriso de aparente despreocupação, os três se haviam feito graves, sérios. Sentiam no ar a ameaça, o perigo da experiência, sentiam medo. Tiraram sorte, coube a Mauro começar.

— Bem: primeiro, o que eu penso de mim. Antes de mais nada, sou um sujeito inteligente, bastante inteligente. Mas de uma inteligência intuitiva, nada lógica, feita de iluminações, de clarões... Não sei se vocês estão me entendendo.

— Estamos. Continue. Começou bem.

— Inteligência de poeta. Sou um poeta. Agora: sou um desajeitado para viver. Não sei comprar uma camisa. Sou grosseiro, vulgar, suado, me sinto proletário, emigrante, pesado, sujo. Amo as pessoas e as coisas...

— E as mulatas.

— Não avacalhem. Amo as pessoas e as coisas mais do que sou amado. Sou um pobre-diabo, mas um pobre-diabo lírico, cheio de riqueza interior. Que não troco pela satisfação bem-comportada dos ricos em espírito. Sou um sujeito...

— Chega. E nós?

— Você, Hugo, é um sujeito bom. Sua maior qualidade. Mas, como todo sujeito bom, é um fraco. Talvez influência da saúde, você é fraco e doentio, um sujeito que morre cedo. Não sei explicar... Você não tem mau caráter: tem caráter fraco, é isso. Indeciso, medroso. E como todo medroso, capaz de rasgos de coragem, subir no Viaduto, fazer um discurso em praça pública — Eduardo jamais fará um discurso.

— Não sou orador: sou escritor — interrompeu Eduardo.

— Capaz de nos surpreender com um rasgo de heroísmo, mas também capaz de nos surpreender com um rasgo de mesquinharia. É inteligente, não tem dúvida, mas de uma inteligência maliciosa, insinuante, irônica, o que não é bom sinal, pelo contrário: serve para a perfídia, a maledicência, a traição...

— Chega — pediu Eduardo, já incomodado. Hugo se mantinha imóvel, olhos fixos, nada dizia. — Eu agora.

— Você, Lord Byron, é inteligente também, mas uma inteligência fina, penetrante, como aço, como uma espada. Ao contrário de mim, você é mais capaz de se fazer amado do que de amar. Sua lógica é irresistível, mas impiedosa, irritante. É desses remédios que matam a doença e o doente. Você tem sentimento poético, e muito — no entanto é incapaz de escrever um verso que preste. Por quê? Sei lá. Há qualquer coisa que te contém, que te segura, como uma mão. Sua compreensão do mundo, da vida e das coisas é surpreendente, seu olho clínico é infalível, mas você é um homem refreado, bem-comportado, bem-educado, flor do asfalto, lírio de salão, um príncipe, o nosso Príncipe de Gales, como diz o Hugo. Tem uma aura de pureza não conspurcada, mas é ascético demais, aprimorado demais, debilitado por excesso de tratamento. Não se contamina nunca, e isso humilha a todo mundo. É esportivo, é atlético, é saudável, prevenido contra todas as doenças, mas, um dia, não vai resistir a um simples resfriado: há de cair de cama e afinal descobrir que para o vírus da gripe ainda não existe antibiótico.

— Opinião de estudante de Medicina — e Eduardo procurava ocultar seu ressentimento com um sorriso. — Você, agora.

Hugo limpou a garganta, tentou controlar-se:

— Bem, eu vou falar porque prometi. Mas acho esta brincadeira meio de mau gosto. Vou falar assim mesmo. E não me poupo como você fez; sei que sou um fraco, um vendido, um covarde...

— Não exagere! — os outros dois tentaram ainda um resto de alegria.

— Me deixem falar. Sou tudo isso, mas sou, também, dono de uma verdade que não se traduz em palavras e, sim, em gemidos. *"Je cherche en gémissant"*. Sou inteligente, sei disso, mas a minha inteligência não é capaz de iluminações, nem de distribuir justiça, como a de vocês.

— Primeiro você, depois nós.

— É inteligência de defesa. Defesa de menino, sou um menino que não aprendeu a viver e que se defende. Sou um pária, um marcado pela morte, um amaldiçoado.

— Em suma: outro pobre-diabo.

— E eu? — cortou Mauro.

— Você é uma besta. Aquela besta de carne que você tanto alimenta. É um poço de contradições. É um impulsivo, um bardo de esquina, um poeta de opereta, um barítono de banheiro, um mascate de sentimentos.

— Você está me esculhambando — Mauro se pôs a rir.

— Estou dizendo a verdade. Não é para dizer a verdade? Nem sempre adianta... Pois a verdade é esta: você é um peso-pesado, não há sensibilidade capaz de dar conta dessa tonelada de sensualismo. Tudo sensualismo, comércio obsceno, transação com os sentidos. "São uns vendidos!" Tudo para você, afinal, se traduz em termos de compra e venda. Quem fala em sangue, e não está sangrando, é um impostor. Seu amor ao povo, aos semelhantes, aos oprimidos, é uma válvula de escape de sua inclinação para o que é comum, fácil, vulgar. Você não tem verniz. Tudo em você é ostensivo, você é ostensivamente amigo. E eu sou seu amigo. Mas tenho em mim uma coisa que você se esqueceu de dizer: a capacidade de amar anonimamente, sem pedir nada em troca, sem reconhecimento, sem perdão.

Calou-se. Ficaram os três em silêncio, compenetrados, pensando... Hugo estava visivelmente emocionado. Seria difícil aliviar a tensão que agora pairava entre eles. Voltou-se com esforço para Eduardo:

— E você, Eduardo. Você, o puro, o intocado, o que se preserva, como disse Mauro. Seu horror ao compromisso porque você se julga um comprometido, tem uma missão a cumprir, é um escritor. Você e sua simpatia, sua saúde... Bem-sucedido em tudo, mas cheio de arestas que ferem sem querer. Seu ar de quem está sempre indo a um lugar que não é aqui, para se encontrar com alguém que não somos nós. Seu desprezo pelos fracos porque se julga forte, sua inteligência incômoda, sua explicação para tudo, seu senso prático — tudo orgulho. O orgulho de ser o primeiro — a vida, para você, é um campeonato de natação. Sua desenvoltura, sua excitação mental, sua fidelidade a um destino certo, tudo isso faz de você presa certa do demônio — mesmo sua vocação para o ascetismo, para a vida áspera, espartana. Você e seus escritores ingleses, você e sua chave que abre todas as portas. Orgulho: você e seu orgulho. De nós três, o de mais sorte, o escolhido, nosso amparo, nossa esperança. E de nós três, talvez, o mais miserável, talvez o mais desgraçado, porque condenado à incapacidade de amar, pelo orgulho, ou à solidão, pela renúncia.

Hugo não disse mais nada. E os três, agora, não ousavam levantar a cabeça, para não mostrar que estavam chorando. O garçom veio saber se queriam mais chope, ninguém o atendeu. Alguém soltou uma gargalhada no fundo do bar. Lá fora, na rua, um bonde passou com estrépito.

— Vamos embora — murmurou Eduardo, afinal.

— Não: falta você — protestou Hugo.

Eduardo se ergueu:

— Eu me recuso, simplesmente. Se nós mesmos, que nos conhecemos mais do que ninguém, somos de tal maneira precários no julgamento de cada um, é porque não sabemos nada, não somos donos de verdade nenhuma, temos de buscá-la fora de nós. A consciência é inútil, sem uma convicção adquirida. Isso que estamos fazendo é inútil, é masoquismo. Não temos importância, somos apenas três coisas largadas, desarvoradas, aflitas. Está acima de minhas forças dizer alguma coisa mais...

III — O ESCOLHIDO

ERAM VISTOS em toda parte: no cinema, na Praça, na Avenida, nas confeitarias.

— Como é que um ministro deixa que sua filha...

— Um rapaz como aquele, boêmio, farrista.

— Boa coisa ela não deve ser.

Antonieta viera para uma temporada na casa dos tios:

— O calor do Rio está insuportável. Todo verão vamos a Poços. Este ano a política se complicou, papai não pôde sair, resolvi conhecer Belo Horizonte. Titia insistia tanto! Ela é muito boazinha, você querendo pode ir lá me visitar.

Eduardo se esquivava. Afinal de contas, simples namoro — não significava compromisso. Moça do Rio, outros hábitos, outra espécie de gente — gente importante, vida de luxo e conforto, talvez — ele mesmo não sabia explicar como e por que começara aquilo. Ela o aceitava como namorado antigo, e, até agora, nada sabiam um do outro. De mãos dadas, num banco da Praça — o mesmo banco dos amigos:

— Você é diferente de todo mundo.

— Diferente por quê? — perguntava ela.

— Não sei. Diferente.

Às vezes se abria com o Veiga:

— Meu caso com essa menina me preocupa. Acabo me envolvendo muito, quando abrir os olhos será tarde.

— Afinal, ela não tem culpa de ser filha de ministro.

— Não é por isso. É que... Você sabe, não nasci para isso.

— Para que você nasceu?

— Não sei. Para escrever, talvez.

— E que tem uma coisa com a outra?

— Ora, você não entende.

— Não vejo incompatibilidade entre literatura e casamento.

— E quem falou em casamento?

— Fala-se...

— Você não me conhece, Veiga.

Não durou muito: a tia da moça começou a ouvir os comentários, ficou preocupada, achou prudente comunicar ao irmão. E o ministro mandou buscar a filha. Encontraram-se pela última vez:

— Foi melhor assim. Não dava certo mesmo.

— Tinha de acabar.

Estavam na Praça. Noutros bancos, namorados de mãos dadas se esqueciam, entregues, felizes, alheios à discreta vigilância dos guardas, entre os canteiros. O sentimento de despedida era pungente.

— Antonieta.

— Que é?

— Você me escreve?

— Não sei. Valerá a pena?

Separou-se dela com estranha sensação de alívio. Pronto, estava acabado. No dia seguinte encontrou o Veiga na redação, contou-lhe que a moça tomara o avião para o Rio.

— Não há mais problema.

— E você? O que está sentindo?

— Fome. Podíamos jantar na cidade.

Jantaram na cidade. Veiga lhe contava o enredo de um conto que pretendia escrever, ele não prestava atenção. Conversaram sobre política — Eduardo pôs-se a descompor o governo com imprevista violência:

— E Minas em tudo isso? Já se foi o tempo em que Minas dava as cartas. Agora o Brasil é um feudo dos gaúchos.

— Pelo menos um ministro tem genro mineiro...

— Ora, não chateie, Veiga.

— Você está apaixonado.

— Apaixonado uma ova.

Depois do jantar se encontraram com Hugo, puseram-se a beber cerveja num bar do centro. Às onze horas, já alegres, voltavam pela avenida ainda movimentada:

— *Ai, Minas Gerais.*
Quem te conhece,
Não volta aqui mais.

Cantando em plena rua — aquilo lhes trazia um pouco dos velhos tempos. A presença do Veiga, compenetrado e apreensivo, os constrangia.

— Pena que o calabrês não esteja aqui.

Sentaram-se na escadaria da igreja São José. Veiga protestava:

— Vamos, não façam isso. Olha só quanta gente aí. Vocês afinal não são moleques. Se comprometem à toa, não fica bem para vocês.

— Veiga, você é uma flor de sujeito.

— Veiga, você é uma graça.

— Sabe de uma coisa, Veigote? Damos para você tudo que é nosso, não é mesmo, Hugo? Até a nossa roupa do corpo.

Eduardo começou a despir-se, ali mesmo. Hugo o imitou. Tiraram o paletó, a gravata, a camisa e, gravemente, iam depositando tudo nos braços perplexos do jornalista.

— Por favor, parem com isso. Vocês acabam presos. Olhem o caso da vitrine. Já está juntando gente. Por favor.

— Então não podemos dispor do que é nosso?

— Estamos ou não estamos numa democracia?

— Meus senhores! — berrou Hugo, segurando as calças.

O povo se aglomerava, curioso; era hora da saída dos cinemas. Veiga não esperou mais: antes que os dois tirassem o resto da roupa, abriu caminho e disparou a correr. Que foi? Que aconteceu? — perguntava-se ao redor. Eduardo não podia de tanto rir:

— Sabe, Radiguet? Você ainda é dos bons!

— É o nosso protesto — prosseguia o orador para a massa estupefata. — Não podemos admitir, passou dos limites! Que nos levem a roupa do corpo, que nos tirem tudo — nossa dignidade ficará de pé!

— O que ele está dizendo?

— Por que sem camisa?

— O que ele está...

— Muito bem! Apoiado! — saltou uma voz familiar no meio da multidão já submissa. Alguém abriu caminho enquanto Hugo falava, veio subindo de costas os degraus — era Mauro, já deitando falação:

— Eis um comovente espetáculo, meus senhores! Um homem que protesta é o mais comovente, o mais legítimo, o mais generoso dos espetáculos, se em nome do povo, pelo povo e para o povo! Um homem que se despe é a imagem desse mesmo povo, perseguido e humilhado, despojado da própria roupa para vestir os poderosos!

Os outros dois se vestiam apressadamente:

— Vamos embora, Besta-Fera, que daqui a pouco começa a guerra.

Alguém mais iniciava um discurso, enquanto os três escapuliam.

— Eu ia passando num bonde, vi o ajuntamento, vim ver o que havia. Quase morri de rir, quando dei com vocês dois no meio do povo, sem camisa, e o Veiga fugindo espavorido...

— Mas que coincidência! Você também está bêbado?

— Não, mas posso ficar. Vocês estão?

— Não pensei que ainda fôssemos capazes.

— Há quanto tempo, hein?

— Que há com ele? — perguntou Mauro. Eduardo se pusera a gemer em voz alta.

— Dor-de-corno, você não está vendo?

— Por quê?

— A ministrinha foi embora.

— Por que ele não foi também?

Hugo se entusiasmou:

— Isso! Eduardo Marciano, você está na obrigação de ir também.

— Como é que deixa sua namorada escapulir assim, sem mais nem menos?

— Você é homem ou não é?

— *Soy un gitano legítimo*. Vamos ali, na Telefônica. Vocês têm dinheiro?

Juntaram o que dispunham — dava para alguns minutos de conversa. Já passava de meia-noite quando Eduardo conseguiu a ligação.

— Tenham paciência, arredem para lá, me deixem falar.

— Nós também pagamos.

A moça foi acordada, chamada ao telefone:

— Tem cabimento, meu bem? A esta hora!

— Você fez boa viagem? — era tudo o que conseguia dizer. Quando desligou, ficou-lhe uma impressão de fracasso.

— Querem saber de uma coisa? Dane-se.

— Pois agora você vai: nem que seja à força.

— Não pode deixar a menina esperando, uai. Você disse que ia.

Naquela noite dormiu abraçado a ela. Na manhã seguinte procurou Toledo:

— Quero que você me arranje um passe. Preciso ir ao Rio, de qualquer maneira, estou sem dinheiro.

Sua vida se iniciava naquele instante.

— Só se for sem leito.

O que iria mesmo fazer no Rio? Passado o efeito da bebida, a idéia parecia-lhe louca e sem sentido. Tudo considerado, nada havia a fazer, ela se fora para sempre, não queria coisa alguma com ele.

— Melhor assim.

— Não dava certo mesmo.

Mas era evidente que não dava certo — por quê, então? Vida diferente da sua, amigos que não conhecia, carioca, outros namorados talvez, um mundo que não era o seu, impenetrável, hostil. Filha de ministro.

— Os ministros passam, as filhas ficam — concluiu.

Olhava, pela janela do trem, a estrada passando rápida: uma casa, um barranco, um cavalo pastando, a cerca de arame farpado. A esta hora, meu bem, tem cabimento? "A esta hora", ela dissera. E tinha razão: aquilo não era hora para se telefonar para filha de ministro. Ele, Eduardo Marciano, morador de Belo Horizonte, telefonara para a filha de um ministro, no Rio, depois de meia-noite. Sorriu, satisfeito. Estudantadas. Estudante de Direito, escritor, boêmio, farrista, não servia para nada, quem diria para Antonieta. Dera trabalho vir. Convencer os pais, licença na repartição, dinheiro. Seu Marciano ele próprio lhe adiantara quinhentos cruzeiros:

— Já que você quer ir de fato, meu filho, tome aqui uns cobres.

— Não é preciso, papai.

— Toma: vai por conta da firma. Você se lembra quando fomos ao Pão de Açúcar?

Não dissera a verdade ao velho: iria ao Rio ver se arranjava editor para o seu livro. Agora se arrependia:

— Papai, vou por causa de mulher.

Que diria ele? Certamente haveria de compreender. Seu Marciano compreendia mais do que deixava transparecer. Mulher — mas Antonieta não era uma mulher. Era uma menina, era uma...

— Este lugar está ocupado?

Endireitou-se na poltrona:

— Não, pode sentar.

Recolheu sua mala para que o intruso se acomodasse. Haviam passado Barbacena, restava uma noite inteira de viagem pela frente.

— Nós já não nos conhecemos?

— Tenho uma vaga lembrança.

— Ciro Leitosa... Não se lembra?

— Ah...

Eduardo não se lembrava.

— Sou professor da Faculdade de Medicina.

— Sei.

Se da Faculdade de Medicina, era lógico que não podia lembrar-se. Não conhecia os professores da Faculdade de Medicina. E aquele homem não tinha nada de professor de faculdade nenhuma — a não ser os óculos, de lentes grossas. Que estaria fazendo ali, surgindo naquele instante, a meio caminho do Rio? Teria embarcado em Barbacena?

— O senhor deve ser professor de um amigo meu — experimentou.

— Quem?

— Mauro Lombardi.

O homem sorriu, satisfeito:

— Filho do Dr. Lombardi? Conheço muito. É um jovem inteligente. Um pouco irrequieto, mas inteligente. Meio poeta. Você também escreve, não?

— De onde o senhor me conhece?

— Não me chame de senhor. Afinal, não sou tão velho assim... Você não tem travesseiro?

Enquanto falava, retirou da mala um pequeno travesseiro:

— É um transtorno isso de viajarmos sentados. Olha, acho que dá para nós.

Eduardo recostou-se a contragosto, sentindo a proximidade desagradável de outra cabeça, o cheiro de outros cabelos. A mão do professor tombara, naturalmente, sobre o seu joelho, parecia vir subindo... Incomodado, fingiu que dormia, aguardando o momento de mudar de posição sem ofendê-lo. Seria proposital? A idéia de que pudesse ser proposital, ao mesmo tempo que o chocou, trouxe-lhe inesperada volúpia, uma inércia feita de susto, expectativa e prazer. Excitava-o imaginar o homem também fingindo que dormia... e a mão, num movimento quase imperceptível, leve, delicado, subindo sempre. Não tinha mais dúvida — e a surpresa o paralisava num quase gozo pela sordidez daquilo, a baixeza, o escuso, o inconfessável. Como poderia aquele homem, o professor Leitosa, da Faculdade de Medicina, tê-lo escolhido para aquilo? E se ele se levantasse ostensivamente, descompusesse o atrevido, acusando-lhe a perversão para que os passageiros ouvissem? Ninguém parecia reparar em nada: no trem, àquela hora, todos cochilavam como podiam. Eduardo permanecia imóvel, mas tenso de emoção. Era preciso reagir, não deixar: logo seria tarde. Bem notara no homem certo ar melífluo, untuoso... aquela oferta do travesseiro, a maneira de o abordar, puxar conversa. Lembrou-se de Afonso, que o escolhera para vítima. Este o escolhia como homem — antes que a mão o tocasse intimamente, tudo já se consumava num estremecimento.

— Com licença.

Ergueu-se, num ímpeto, o homem chegou a assustar-se. Sentia uma súbita náusea, não podia conter-se. Precipitou-se até o toalete do trem, lavou-se, molhou o rosto e os cabelos. Depois, foi para a plataforma: ficou vendo, entre fagulhas luminosas, a noite gelada correr lá fora, enquanto tentava pensar no acontecido. Como permitira? Pensou em Antonieta, sentiu-se sórdido, lágrimas começaram a rolar-lhe nas faces. Ele, o puro, o escolhido, o que não se contaminava — trazia em si o germe do pecado e da podridão. Não voltou mais ao seu lugar; para castigar-se, viajou na plataforma até o amanhecer, de pé, imóvel, perplexo, estarrecido com as contradições desta vida. Somente quando o trem passava pelos subúrbios, já dia claro, voltou para localizar sua mala. Não tornou a ver o professor Leitosa.

DA ESTAÇÃO telefonou à casa de Antonieta. Temia que o próprio ministro atendesse.

— Dona Antonieta foi à praia.

Esquecera-se de que estava no Rio de Janeiro, esquecera-se da existência das praias. Esmagava-o a consciência de uma vida mais rica, movimentada, complexa, que Antonieta levaria, vida a que jamais teria acesso, e que o humilhava.

Tomou um táxi, mandou tocar para o Hotel Elite, no Catete, onde estivera da primeira vez. O tio de Mauro, o prêmio, o ministro da Educação.

— Eduardo Mariano.

Assim eram os ministros — assim deveria ser o pai de Antonieta. Depois, a sordidez do hotel, o arroz com formiga, a revista comprada na esquina, o conto premiado: cem mil-réis.

— Você é muito precoce.

Seu Marciano chegando, o Pão de Açúcar, seu Marciano a abraçá-lo:

— Meu filho, você é exatamente como eu gostaria de ter sido, não conte para sua mãe.

Fez a barba pensando no pai — por que a espuma? Por que uma vez para cima e outra para baixo? Imitou-o ao terminar:

— Uma de menos.

Tomou banho, vestiu-se e saiu sem destino certo. Tomou um ônibus, foi a Copacabana e ficou a ver os banhistas na areia. Certamente nenhum deles sabia nadar. Mulheres seminuas, belas e lânguidas, inatingíveis: nem ao menos o olhavam. Mas, também, não era possível que homem algum as conquistasse, jamais seriam de ninguém. Ônibus, cheiro de óleo queimado, maresia — era o Rio de Janeiro. Almoçou sozinho no primeiro restaurante que encontrou, ousou pedir camarões, tomou chope. Voltou a telefonar a Antonieta.

— Está no cabeleireiro. Quer deixar recado?

Deu o nome e desligou, contrariado. Arrependia-se de ter vindo. Meteu-se num cinema, voltou a telefonar, ao anoitecer.

— Eduardo! — disse ela, aflita. — Estava preocupada, sem saber onde você se hospedou! Já telefonei para tudo quanto é hotel. Hoje vou a uma festa, mas você também vai, encontra-se comigo lá.

Então era assim? Sem a menor surpresa por ele ter vindo, como se fosse a coisa mais natural deste mundo: só comprar a passagem, encher o bolso de dinheiro e embarcar. Ela jamais se lembraria de telefonar para o Hotel Elite.

— Não vou, não.

— Mas, por que, meu bem? É a única maneira de nos vermos hoje ainda. No Cassino Atlântico, uma festa de caridade. Você trouxe traje a rigor?

Por pouco não dissera um palavrão, ao desligar. Esse palavrão, repetia agora, para si mesmo, andando horas sem rumo pelo centro. Sentou-se numa mesa de calçada, pediu um refresco, ficou a olhar o movimento. Não, aquilo não tinha mesmo sentido: jamais se entenderiam. Traje a rigor. Era preciso que ela o aceitasse como ele era. Era preciso que ela soubesse da existência da vida cá fora, o Hotel Elite, a formiga no arroz, viagem sem leito, o professor Leitosa. Sacudiu a cabeça com desgosto: a vida era mesmo sórdida. Chamou o garçom:

— Ponha aí uma dose de gim.

— Na laranjada?

— Na laranjada. O que é que tem?

O garçom o atendeu e depois ficou a observá-lo, disfarçado, a poucos passos. Provou a bebida: intragável. Teve ódio do tipo, fingiu que bebia com prazer. Esperou que ele se virasse, derramou o resto no chão, sob a mesa. O garçom o olhava, sorrindo.

— Me traga outra — desafiou. — Com gim.

Logo se arrependeu. Começava a fazer asneiras. Gastar dinheiro à toa, já era noite, deveria pensar em comer. Em vez disso, provou de novo a bebida: já não lhe pareceu tão enjoativa. Acostuma-se com tudo nesta vida. Antonieta não sabe como vive um escritor. Ora, Antonieta.

Alguém estava de pé a seu lado: era Amorim.

— Você por aqui? — espantou-se.

— Deixei o jornal, não se lembra? Vim para o Rio. Estou numa agência de publicidade... Melhor do que ser repórter de polícia. Conhece Sílvio Garcia?

Eduardo se ergueu, emocionado, para cumprimentar o homem baixo e ainda jovem que via à sua frente — mais jovem do que imaginava.

— Conheço de nome — sorriu, querendo dizer ainda alguma coisa, não sabia o quê. Não o chamaria de senhor: — Pensei que fosses mais velho. Não quer sentar-se um pouco?

Sentaram-se. Amorim agora se voltava para o amigo:

— Eduardo também escreve. Trabalhávamos juntos, lá no jornal em Minas.

— Trabalhávamos é um modo de dizer.

— Bem, eu trabalhava — corrigiu Amorim. — Eles faziam o diabo. Um dia roubaram um esqueleto.

Eduardo, mais à vontade, pôs-se a contar para Sílvio Garcia a história do esqueleto. Depois se arrependeu: deveria continuar triste, preocupado, pensando em Antonieta. Esquecera por completo a namorada. Surpreendeu-se já falando ao poeta em Mauro e Hugo, no que pensavam de sua poesia.

— E você o que escreve?

— Oh, bobagens — e acrescentou: — Escrevi um artigo sobre seu último livro.

Percebendo o que dissera, perturbou-se e começou a rir. O poeta também ria:

— O que você está bebendo?

Eduardo hesitou:

— Laranjada com gim — confessou afinal.

— É capaz de ser bom — e o outro sacudiu a cabeça, pensativo. — Com gim, mas sem açúcar.

E pediu uma também para si.

— E você — perguntou Amorim. — O que é que está fazendo por aqui? Passeando?

— Mais ou menos. Vim ver uma mulher.

Mais uma vez se arrependeu. "Devo estar causando uma péssima impressão", pensou.

— Nós também vamos ver uma mulher — disse Sílvio Garcia, e apontou o companheiro: — Esse calhorda me tirou de casa para isso.

— É uma admiradora do poeta — confirmou Amorim, sorrindo. — Estou fazendo o cafetão.

Sílvio Garcia:

— Espero traçar essa admiradora ainda hoje.

Eduardo observava o poeta, que ele também admirava. Não era possível! Enfim, a vida tem dessas surpresas. Gostaria de discutir literatura, perguntar, expor suas idéias — em vez disso levantou-se:

— Tenho de ir embora, sabem? Vocês me desculpem.

Não deixaram que ele pagasse a despesa.

Afinal de contas, tanto fazia sair como ficar — já andando pelas ruas, sem ter aonde ir. Ele também me causou péssima impressão. Sílvio Garcia, ora vejam: um poeta de gravata-borboleta.

Andando sem destino, aqui uma confeitaria, um teatro, entrar outra vez num cinema não teria cabimento, a esquina, outro bar. Gim com laranjada? Pediu um chope:

— Me traz também um sanduíche.

Hoje vou a uma festa, você também. Tudo resolvido, decidido de antemão, como se ele não contasse, nem o sacrifício da viagem, o passe, os quinhentos cruzeiros. Traje a rigor. Não era palhaço para se prestar a semelhante papel. Então está bem — ela dissera, me telefona amanhã. Outro chope. Para ela devia ser indiferente que ele fosse ou não. Festa de caridade, tinha lá dinheiro para essas coisas? Dona Antonieta foi à praia. Dona Antonieta foi ao cabeleireiro. Telefona amanhã: pois sim. Nunca mais ouviria falar dele.

— Garçom, mais um.

Não pensar nisso, pois. E o Amorim, quem diria. Morando no Rio, amigo de Sílvio Garcia. Agência de publicidade — ares de grande jornalista, não sabia juntar duas palavras. Que queria dizer *calhorda*?

— Estava preocupada, já telefonei para tudo quanto é hotel.

E daí? Jamais o encontraria. Nem sequer garantira a sua vinda, viera sem mais nem menos, de trem... o professor Leitosa. Não, isso não: que diria Antonieta, se soubesse? Sílvio Garcia era possível que risse. Aceita laranjada com gim, e ainda diz que é bom. Traçar essa admiradora ainda hoje — estou fazendo o cafetão. Todos da mesma espécie, tudo se confundindo na mesma sordidez. O tempo passando, outro chope, ele ali sozinho, numa cidade estranha, fazendo o quê? Enfim, a vida tem dessas. Dessas contradições, costumava dizer seu Marciano.

— A nota, faz favor.

Ergueu-se, procurando firmar-se nas pernas. Já na rua, fez parar um táxi. Ordenou ao chofer:

— Cassino Atlântico.

Depois suspirou satisfeito, e recostou-se. Fez todo o percurso prestando atenção no ruído do taxímetro, procurando calcular quanto marcaria.

Foi barrado logo à entrada:

— O senhor não pode entrar assim.

— Assim como.

— Hoje é a rigor. Só para o salão de jogo. À esquerda.

— Está bem, está bem...

Ficou a observar o movimento de uma das roletas, com a segurança que o álcool lhe comunicara. Depois de aprender como se jogava, comprou vinte cruzeiros de fichas, espalhou-as pela mesa. Única maneira de nos encontrarmos hoje, ela dissera. Telefonei para todos os hotéis. Afinal, não podia imaginar que ele estivesse no Hotel Elite. Fiquei tão preocupada, meu bem. Disse meu bem? A festa talvez fosse apenas pretexto para vê-lo. Não disse. Filha de Ministro não pode ficar saindo assim à toa não. Por que você não quer ir, meu bem? Certeza que disse.

Em meia hora, ganhou duzentos cruzeiros, foi recebê-los na caixa.

— E então? — perguntou depois ao porteiro.

— Então o quê?

Inclinou-se, persuasivo:

— Tenho a maior urgência de entrar aí, é importantíssimo. Fiz uma longa viagem só para isso, cheguei hoje.

— Desculpe, mas só traje a rigor.

— Eu sei, mas... Um minuto só!

— O senhor nem convite tem.

— Tenho coisa melhor, olha aqui.

O porteiro ficou a olhar, perplexo, para a nota de duzentos cruzeiros que o moço lhe depositara na mão.

— Não posso. Olha, faz de conta que o senhor foi entrando, eu não vi nada, estava de costas. Um minuto só, hein?

E voltou-lhe as costas. Eduardo se perdeu na confusão da sala, entre as mesas, procurando Antonieta. Surpreendeu-a no momento em que se erguia para dançar.

— Antonieta.

Enlaçou-a antes do outro, saiu dançando.

— Eduardo, você está louco? Me larga. Como é que você pôde entrar assim?

— Dei duzentos cruzeiros ao porteiro.

— E ainda por cima embriagado. Pelo amor de Deus, vai embora.

— Que eu ganhei no jogo.

— Todo mundo reparando! Papai ali na mesa...

— Vim aqui só para dizer que te amo.

— Você está louco. Vai embora, me deixa voltar para a mesa.

— Ouviu o que eu disse?

— Não se faz uma coisa dessas. Eu te avisei que era traje a rigor.

— Que tem isso? Já não estou aqui? Você quer mandar mais que o porteiro?

— Vai embora, por favor.

— Você me convidou.

— Não assim. E você disse que não vinha. Tem outras pessoas...

— Você disse que eu viesse.

— Por favor, não faz escândalo.

— Bonito o seu vestido.

— Por favor.

— Eu te amo.

— Fala baixo...

Viu o porteiro a procurá-lo, um garçom o apontava. Despediu-se.

— Telefona amanhã — pediu ela.

Não ficara cinco minutos ali: duzentos cruzeiros! Assim como veio, foi. Pensou em tentar de novo a sorte no jogo, e, de repente, veio-lhe um irreprimível desalento ante tudo aquilo. Agora que o efeito do álcool ia passando, percebia como faltava sentido aos seus impulsos, como eram incoerentes as suas sucessivas reações. Cansado de tudo, foi andando ao longo da praia, vendo as luzes da rua se multiplicarem. Sentia-se miserável — tudo inútil, vazio, inócuo, despropositado. Ninguém entenderia jamais o que ele sentia naquele momento — bastava parar, sentar num banco da praia, meditar com calma, e faria dele um desses momentos capazes de decidir todo um destino. Um desses momentos — todo um destino.

Em vez disso, tomou um ônibus, foi para a cidade.

HOTEL ELITE. Viera a pé desde a praia, cadenciando os passos no pensamento preguiçoso de que só lhe restava dormir. Apanhou a chave atrás do balcão, sem se importar com o rapazinho da portaria, que parecia cochilar na cadeira. No elevador, subiu também uma mulher morena, de cabelos pretos — o elevador era antigo, de grades, e rinchava como se fosse desmantelar-se.

Despiu-se devagar e, vencido pelo cansaço, apagou a luz, estendeu-se na cama assim mesmo, nu. A janela, aberta para o beco, deixava entrever uma lua baça, cuja luz avançava pelo chão do quarto, subia pela cama, vinha manchar-lhe o peito encalorado. Era uma noite quente — por que aquele súbito estremecimento, como se uma brisa gelada houvesse soprado? Não se ouvia o menor ruído, e o corpo imóvel, pés voltados para cima, parecia o de um morto. Pensou na morte, que *existia* como alguém respirando a seu lado.

Levantou-se, para espantar a sensação vertiginosa de morrer sozinho ali, num quarto de hotel. Deu dois passos em direção à janela. Ao mesmo tempo uma coisa escura, como um saco, passou lá fora ante seus olhos, quase ao alcance do braço. Recuou de susto. Que seria aquilo? Ouviu uma pancada lá embaixo, nas latas da marquise, seguida de um baque seco. Alguém no quarto ao lado resmungou sonolento: "Que barulho!" Depois mais nada, senão a treva e o silêncio.

Correu à janela. A princípio, pôde ver apenas algo de forma indefinível tombado na calçada, junto ao meio-fio. A marquise estava amassada, como se tivesse recebido pesado impacto. Pequenos ruídos noturnos agora pontilhavam o silêncio: tosse, miado de gato, música distante de algum *dancing*. Quantas horas seriam? Umas três, não mais. Alguém acabava de surgir da esquina e vinha caminhando, mãos nos bolsos. Ao aproximar-se do vulto estendido na calçada, curvou-se, riscou um fósforo... e saiu correndo em direção à outra rua. Da janela Eduardo também pudera divisar um corpo caído — corpo de mulher, o vestido arregaçado, pernas à mostra.

Lembrou-se da mulher que subira com ele no elevador. Uma criatura caía lá de cima e ninguém aparecia, todas as janelas fechadas. Era preciso fazer alguma coisa, e ele não tinha ânimo, sequer, de se mover. Quanta coisa para um só dia! Viu então as pernas se crisparem lentamente.

— Ela está viva — falou em voz alta, e foi como se despertasse: vestiu às pressas a capa de chuva e precipitou-se até o telefone, no corredor:

— Caiu uma mulher lá de cima.

Voltou à janela, na expectativa de que o rapaz da portaria aparecesse na rua. Como ele demorasse, tornou a sair, lançou-se precipitadamente pelas escadas. Na portaria encontrou o rapaz, todo assustado:

— Aonde?

— Aí fora, no beco — e ia levá-lo à rua, quando viu um guarda passar correndo, seguido de dois homens (o que vira o corpo certamente dera o alarme). Voltou à janela e, mais calmo, ficou a assistir ao espetáculo. Em volta da mulher se formara um ajuntamento: gente vinda de todos os lados, não se sabia de onde, como brotada da terra. Luzes se acendiam ao longo do beco, perguntas corriam de janela a janela. "Eu bem que ouvi um barulho", explicava um sujeito em camisa de meia, debruçado à esquerda.

Meia hora depois chegava a ambulância. Os enfermeiros abriram caminho, puseram a mulher na maca, recolheram-na e partiram. A multidão foi-se dissolvendo, entre comentários: em breve, já não havia ninguém na rua. As janelas foram-se fechando, as luzes se apagaram, e a noite continuou.

Eduardo tornou a deitar-se. Era inútil: o acontecimento o precipitara numa zona de angústia em que ele agora se debatia, prisioneiro de um insuportável nojo da vida. Imagens se sucediam na sua cabeça, o professor Leitosa, Sílvio Garcia, o porteiro do cassino, Antonieta. Nauseado, levantou-se para vomitar. Devia ser a mistura de bebidas, o estômago vazio, os camarões do almoço. E era a noite que parecia querer envolvê-lo na sua miséria, nos seus ruídos ignóbeis, na sua trama de súbito revelada. Ansiava pelo novo dia que vinha nascendo para libertá-lo; às cinco horas pôs-se a arrumar a mala apressadamente: libertava-se também da cidade hostil, que não chegara a vencê-lo. Desceu até a portaria:

— Tire a minha conta. Quero ver se ainda alcanço o rápido mineiro.

O rapazinho não sabia explicar nada sobre o suicídio.

— O senhor vai embora? Olha lá, podem precisar de testemunha...

— Testemunha, eu? Sei tanto quanto você.

— Eu dei meu nome...

— Pois então? Olha, isso aqui é para você. Será que eu arranjo um táxi a esta hora?

Na estação correu à bilheteria:

— O rápido para Minas já saiu?

—- Calma, calma — disse o homem. — Mineiro não perde trem.

Logo ficou sabendo que perderia o seu: o passe não servia senão para o noturno.

— Mas é a mesma coisa!

— A mesma coisa? Olha, eu vou lhe explicar.

Desanimado, viu o trem sair sem que o bilheteiro se rendesse aos seus argumentos. Finalmente o cansaço o dominava — sentia o corpo moído, os olhos pesados. Duas noites sem dormir! Tomou um café, perambulou pela estação sem saber o que fazer, acabou se decidindo a voltar para o hotel. Mas não aquele — entrou no primeiro que encontrou nas proximidades.

— O senhor vem de onde? — perguntou o gerente, um gordo em mangas de camisa.

— De Minas.

— A esta hora? — estranhou o homem.

— Vim de ônibus.

Pior do que o outro — mas pelo menos tinha uma cama, e era tudo. Dormiu até as três horas da tarde. Tomou banho, fez a barba e saiu para almoçar. Comeu espaguete num restaurante da Lapa, o melhor que já comera em toda a sua vida. Depois, mais feliz, pôs-se a andar à toa. De súbito se deteve numa esquina: e por que não? Afinal, tudo considerado, ela não lhe fizera nada, pelo contrário: ele é que fora grosseiro, estúpido, vulgar. Telefona amanhã, ela dissera.

— Você me desculpe a cena de ontem à noite. Devo ter-lhe causado péssima impressão.

Não chegou a dizer nada disso:

— Telefonei só para...

— Eu também te amo — interrompeu ela, apenas.

— Hein? O quê?

— Onde você está?

— Bem, obrigado — murmurou ele, confuso. Ela riu:

— Perguntei *onde* você está.

— Ah! No centro da cidade. Estou falando de um café. Mas o que foi mesmo que você disse?

— Quero me encontrar com você.

— Eu vou embora hoje — explicou ele, sem saber mais o que dizer. Não entendia mais nada. Eu também te amo! Ainda bem que tomara banho, fizera a barba.

Encontraram-se mais tarde numa confeitaria. Ela pediu um sorvete que mal provou, ele pediu um vermute para impressioná-la.

— Que história é essa de ir embora hoje? — e Antonieta estendia a mão sobre a mesa, apertava carinhosamente a sua.

— Você não ficou zangada por causa de ontem?

— Zangada não; fiquei assustada. Quase morri de rir, depois.

— Também não vejo motivo para graça.

— Que foi engraçado, foi. Você entrando assim, de repente... Papai perguntou se eu estava dançando com um artista do *show*. Tive de inventar uma porção de mentiras para explicar.

— Engraçado, então, estava seu pai.

— Não liga, não: ele é assim mesmo. Vamos sair daqui?

Levantou-se e foi saindo. Parecia não saber que se pagava a despesa, esperava troco. Juntou-se a ela na porta:

— Para onde, agora?

— Vamos a um cinema.

No cinema Eduardo beijou-a pela primeira vez — mais fácil do que esperava. Era como se tivesse entrado ali para isso. Depois ela ficou prestando atenção no filme, mas ele, excitado, não desviava os olhos dela — queria abraçá-la, beijá-la outra vez.

— Tenha modos — sussurrou ela, enlaçando-lhe os dedos. — Os outros estão reparando.

À saída, ele se lembrou do suicídio, comprou um jornal. Lá estava, na terceira página: morrera ao dar entrada no hospital. Não era hóspede do hotel, não fora identificada, morrera sem dizer uma palavra.

— Amanhã você vai à praia comigo?

Não era hóspede do hotel? Então que diabo estaria fazendo lá?

— À praia? — e ele dobrou o jornal, pensativo. — Mas eu ia embora hoje...

— Vai amanhã.

— Não trouxe calção.

Ela riu:

— Mineiro mesmo. Então você não pode comprar um?

— Você pensa em tudo...

Não podia ficar comprando muita coisa, não. Nisso ela não pensava.

— E trocar de roupa aonde?

— Na praia mesmo. Vai de calção por baixo. Até logo, meu bem, estou atrasada. Telefona, sim?

Na esquina um carro oficial a esperava.

Eduardo saiu assobiando pela rua, foi comprar um calção. Comprou também um livro, jantou, e, sem ter mais o que fazer, tomou o caminho do hotel.

Do Hotel Elite, por distração. Quando deu pelo engano, já se achava em frente ao velho prédio. Dobrou a esquina, ficou a espiar o beco, o lugar onde a mulher havia caído, a marquise amassada. De que janela teria saltado? Naturalmente da que ficava logo acima da sua, que agora estava fechada e às escuras. Falecera ao dar entrada no hospital — o jornal dizia. Afastou-se com alívio daquele lugar. A lembrança da noite anterior de novo o deprimia. Foi para seu novo quarto e ficou lendo até que o sono viesse.

GRUPO de moças e rapazes estendidos na areia da praia, Antonieta no meio deles. Eduardo constrangido, sorriso forçado a cada fase da conversa sem rumo de que não chegava a participar.

— És mineiro? — perguntou uma das moças.

— Sou mineiro pela graça de Deus — arriscou, e foi bem-sucedido: todos riram.

— Pois então vamos batizar o mineiro de Antonieta.

— Todo mundo n'água!

Eduardo se deixou ficar. Antonieta se deteve junto dele, o corpo jovem à mostra na exígua roupa de banho. Era bonita, vista assim de pé contra o azul do céu, indócil, incontida:

— Você não vem?

— Não, vou esperar.

— Não precisa ter medo que não vamos muito no fundo. Você sabe nadar?

Os outros gritavam por ela. A moça partiu em disparada e foi diminuindo até a orla de espuma branca, a água verde... A vida é boa — pensou ele: nos proporciona um ângulo de visão, uma perspectiva — o ser que eu amo lá longe, distante, não mais que uma mancha cor-de-rosa e negra, que daqui a pouco virá crescendo de novo para mim... Antonieta atirou-se n'água.

Levantou-se em movimentos preguiçosos e seguiu em direção ao mar. Desviou-se do grupo de banhistas, já dentro d'água, em braçadas lentas e seguras foi-se distanciando da praia. Passou a arrebentação e continuou nadando ainda algum tempo — depois mergulhou.

Outras eram as suas águas — doces, macias, envolventes. Aquelas eram vivas e pareciam rejeitá-lo como um intruso — o sal ardia nos olhos e o gosto na boca era amargo. Nadou mais um pouco, logo se cansou. Voltou nadando de costas e já na areia aproximou-se dos outros corpos nus que secavam ao sol. Ninguém parecia ter notado que ele nadava tão bem. Estendeu-se na areia ao lado de Antonieta.

Depois, à tarde, era a confeitaria, Antonieta já em meio a outra roda de amigos. Desta vez ele protestou, chamando-a à parte:

— Escuta, meu bem, quero ficar sozinho com você um instante. Afinal de contas, vou embora hoje...

Tiveram pouco tempo para conversar, sentados num banco da praia.

— Já estou sentindo saudades suas — confessou ele, inquieto, olhando para os lados. Não foi possível beijá-la. Da estação, como sobrasse tempo, ainda lhe telefonou para despedir-se mais uma vez:

— Você me responde se eu lhe escrever?

Foi uma viagem longa, monótona, interminável. Ao chegar, uma surpresa o aguardava: fora convocado, juntamente com

Mauro e outros, para o serviço militar. Hugo obtivera dispensa por motivos de saúde.

— Acharam aqui o nosso homem com o pulmão meio carunchado — explicou Mauro. Hugo protestou:

— Pára de falar isso! Daqui a pouco todo mundo começa a me tratar com se eu fosse tuberculoso.

Mauro o olhou, surpreendido:

— Uai, que é isso, Radiguet? Você agora está com preconceitos burgueses?

— E nós, para onde vamos? — perguntou Eduardo.

— Para a Cavalaria. Começa no fim do mês.

— Justamente nas férias!

— Isso é que é pior.

Estavam numa leiteria, cercados de outros amigos. Eram estudantes, mais jovens ainda.

— O Veiga está protegendo os meninos, ajudando, publicando, pontificando. Daqui a pouco começam a desancar o Veiga, como nós.

— Deviam desancar é conosco — comentou Eduardo. — Dizer que nunca fizemos nada, somos uns canastrões.

— Espera aí! Estamos com vinte anos.

— Aos vinte anos Radiguet já tinha morrido, Rimbaud deixado de escrever.

— Radiguet morreu com vinte e três.

— Álvares de Azevedo, então.

— Eles agora estão descobrindo Rilke.

— Daqui a pouco estão subindo no Viaduto.

— Agora é que nós devíamos estar fazendo essas coisas. Somos umas bestas, uma geração temporã, amadurecida antes do tempo.

— Tudo murcha, Eduardo Marciano.

— Apanhamos o fruto verde e deixamos que ele apodreça nas nossas mãos.

— Deixe de literatura.

— Literatura coisa nenhuma. Você nem queira imaginar a impressão que esses meninos estão me dando, discutindo aí problemas de estética. Parecem anões. De noite, na cama... você sabe. Nós ao menos na idade deles já tínhamos as mulatas.

Lembrou-se da viagem, o professor Leitosa. Mexeu-se na cadeira, procurando fugir ao pensamento. Mauro lhe respondia:

— Não exagere: ainda temos. Nem tanto ao mar, nem tanto à terra. Quando não temos... Eu não me envergonho disso não, acho uma contingência natural da solidão. Somos imaginativos, isso é inevitável. Só que não temos mais aqueles temores ridículos da infância, preconceitos religiosos, a submissão a tabus, medo do pecado, horror de ser castigado por Deus.

— Vai devagar, Besta-Fera. Você agora é ateu?

— Ateu, não: agnóstico.

— Pois eu te dou quinhentas pratas se você me disser o que quer dizer essa palavra.

— Ora, para começar, você não tem quinhentas pratas. Estou conversando a sério e você me vem com molecagem. Acho que Deus é uma coisa, os padres outra. O ranço das sacristias me enoja. Tenho horror ao bafo clerical dos confessionários! O bem que a confissão pode nos fazer é o de uma catarse, um extravasamento, que a psicanálise também faz, e com mais sucesso. Estou mesmo com vontade de me especializar em psiquiatria.

— Só mesmo um doido te procuraria.

Mauro não pôde deixar de rir. Eduardo acrescentou:

— Você vai ter de se curar primeiro para depois curar os outros.

— É isso mesmo — concordou o outro, sério. — Estou exatamente preocupado com o meu próprio caso. Já iniciei o que eu chamo de "a minha libertação".

— E o que eu chamo de "a sua imbecilização".

— Vista pela sua, que já é completa. O que eu chamo de libertação é a possibilidade de me afirmar integralmente, como homem. O homem é que interessa. Se Deus existe, posso vir a me entender com ele, mas há de ser de homem para homem.

Aborrecido, Eduardo não lhe deu resposta. Hugo deixou os outros com quem conversava e voltou-se para eles, neutralizando a discussão já armada:

— Então, Eduardo, como é que foi a coisa?

— Qual coisa?

— A coisa lá no Rio.

— Conheci Sílvio Garcia. O tipo do cafajeste.

— Pois saiu um poema dele no domingo que é uma beleza. Mas não é isso que eu estou perguntando.

— O que é que você está perguntando?

Cheio de evasivas, Eduardo se recusou a falar da viagem: mudava de assunto, evitava tocar no nome de Antonieta.

— Sabe de uma coisa? — concluiu o outro: — Você está mesmo apaixonado. Quando começa assim...

Estava apaixonado. Só foi reconhecer quando se viu a telefonar para Antonieta quase todas as noites, da Companhia Telefônica. Não se arriscava a escrever-lhe, temia que ela não respondesse. E não havia dinheiro que bastasse. Tinha de conversar com os olhos no relógio, contando os minutos. A moça não parecia dar conta deste problema, prolongava a conversa, e nada tinham a conversar.

— Você gosta de mim?

— Muito. E você?

— Quando é que você vem me ver de novo?

— Tão cedo não posso: fui convocado.

— Talvez vá com papai a Poços. Ele acabou resolvendo ir...

— Vai sentir saudade de mim lá?

— Vou.

— Jura?

— Não é preciso.

— Você me ama?

— Ora, meu bem.

— Então até logo.

— Um beijo para você.

— Até logo, meu amor.

No fim do mês começou o serviço militar. Todas as manhãs seguia com Mauro para o quartel no alto da Serra. Às vezes, quando à noite se encontravam para um chope ou uma conversa, que se prolongava até alta madrugada, já saíam fardados de casa, seguiam direto do banco da Praça para a instrução. E não agüentavam o sono e cansaço, caíam do cavalo. Sentados nos travões da cerca, os oficiais assistiam ao treinamento dos recrutas, entre risos:

— Bate as pernas, sua besta!

— Olha aí, vai refugar!

— Larga a patilha, animal!

À tarde, na repartição, Eduardo lia ora Flaubert, ora Stendhal. Ficou na dúvida, acabou preferindo Stendhal.

— Preciso arranjar um emprego melhor — pensava.

RECEBEU um aviso de que deveria comparecer à Polícia Central. Intrigado, compareceu imediatamente:

— O que é que há, Barbusse? Não fizemos nada.

— Há muitas coisas. Primeiro que tudo, pára de me chamar de Barbicha! Fui transferido para aqui e se isso pega eu estou perdido.

— Henry Barbusse, um romancista francês.

— Olha, tenho aqui uma precatória do Rio para te fazer umas perguntas. Antes de mais nada: o que é que você foi fazer no Rio?

— Já sei de que se trata: deve ser sobre uma mulher que pulou da janela, não é?

Contou-lhe tudo que sabia — o escrivão tomava notas. Depois de fazê-lo assinar o depoimento, o delegado deixou que ele se fosse:

— Não se preocupe. Se for preciso, te chamo de novo.

— Acho que não vai ser preciso, vai?

Em casa, resolveu contar o caso ao pai. Ao contrário do que esperava, seu Marciano ficou preocupado:

— Você fez mal, meu filho. Não devia ter saído do hotel assim de repente.

— Mas eu não tinha nada com o caso!

— Você disse que a mulher subiu com você no elevador?

— Subiu uma mulher. Nem posso afirmar que fosse ela.

Olhou o pai com estranheza:

— O senhor não está pensando que estou escondendo alguma coisa, está?

— Não; estou com medo de que eles pensem.

— Qual, bobagem...

O velho se alarmava à toa, não entendia bem certas coisas, vivia um pouco fora do mundo.

Dias depois, contudo, Eduardo o procurava, irritado:

— O senhor tinha razão: fui chamado de novo à Polícia.

— Vou com você — disse o pai.

— Aquele depoimento não serviu — explicou o delegado. — Se eu fosse você dava um pulo no Rio.

— No Rio? Para quê? Não haveria um jeito de evitar isso?

— Acho melhor você ir, meu filho — decidiu seu Marciano.

O delegado procurou tranqüilizá-los:

— Essas coisas, quanto mais depressa esclarecer, melhor.

Eduardo resolveu concordar; ir ao Rio significava ver Antonieta. No dia seguinte tomava um avião — seu Marciano facilitou-lhe tudo. Antes de se apresentar na delegacia, porém, procurou o Amorim:

— Me lembrei de você. Esse negócio de polícia você entende melhor do que eu.

— Não sou mais repórter de polícia, você sabe disso. Ainda mais aqui no Rio! Prefiro não me meter.

— Custei tanto a te encontrar! Em todo caso, muito obrigado.

Irritou-se com a má vontade do outro, foi sozinho. Depois de duas horas de espera foi atendido por um comissário. Repetiu tudo o que sabia, respondeu a várias perguntas. Desta vez ninguém tomava notas.

— Você disse que naquela noite esteve no Cassino Atlântico?

126

— Estive.

— E na mesma noite deixou o hotel, voltou para Minas.

— Isso mesmo. Quer dizer, deixei o hotel mas não pude embarcar: minha passagem só servia para o noturno.

— Embarcou à noite, então.

— Na noite seguinte.

— Voltou para o hotel?

— Para outro hotel.

— Por quê?

— Bem, porque...

— Você não voltou ao Hotel Elite?

— Quando?

— Na noite seguinte.

— Não. Isto é, passei lá por curiosidade, não cheguei a entrar. O hotel em que eu estava hospedado...

— Isso não tem importância.

O comissário pediu-lhe que esperasse, e saiu da sala. Quando Eduardo já se dispunha a protestar contra a demora, apareceu com um papel na mão:

— Assine aqui, e está dispensado.

— Posso ler?

— Pode — o homem ergueu os ombros, indiferente.

— É mais ou menos isso mesmo — disse Eduardo, enquanto assinava. — O senhor tem boa memória, guardou tudo na cabeça.

O homem sorriu. Eduardo se deteve, ao sair:

— Me diga uma coisa: como é que o senhor sabia que eu estive lá perto na noite seguinte?

— O porteiro — concedeu o comissário. — Isso também não tem importância...

— O criminoso sempre volta ao local do crime — gracejou Eduardo. Quem era ela, afinal?

— Ainda não foi identificada. Mas vai ser.

Eduardo o olhou, estarrecido:

— Quer dizer que... ainda não está enterrada?

— Por enquanto está.

— Por enquanto?

— Não se preocupe. Tudo isso é mera formalidade.

Agora, a parte da viagem que mais o interessava: rever Antonieta. Telefonou, e lhe disseram que tinha ido para Poços de Caldas.

— Nem para me avisar — queixou-se, amargurado.

Ao regressar, porém, soube que lhe haviam telefonado de Poços de Caldas.

— Deixaram algum recado?

Seu Marciano quis saber o que acontecera no Rio.

— Nada. Bobagem. Essa gente de polícia trata testemunha como se fosse criminoso. Mas quando é que telefonaram? O senhor disse que eu estava no Rio?

Foi imediatamente para a Companhia Telefônica. Com o dinheiro que lhe sobrara da viagem — passara apenas uma noite num hotel do centro, tomara o primeiro avião de volta — pôde localizar Antonieta depois de vários telefonemas:

— Por que você não me avisou?

— E você, que foi ao Rio sem me avisar!

— Isso é outra história. Depois te explico. Como é que vamos fazer?

— Fazer o quê?

— Não posso passar mais tempo sem te ver.

Dois dias depois Antonieta lhe telefonava:

— Tenho uma notícia para você. Conversei com papai sobre nós dois, falei quem você era, consegui convencê-lo de que não havia nada de mais. Ele acabou deixando que eu passasse uns tempos aí na casa de titia.

Eduardo queria prolongar a conversa, pedir detalhes, mas a presença de dona Estefânia na sala o constrangia.

— Conversamos quando você chegar.

Agora os dois se viam quase todas as noites, na varanda da casa dos tios. Às vezes a velha aparecia para uma conversa — revelara-se uma boa criatura, afinal — mas a maior parte do tempo os deixava a sós. Nesses momentos, abraçados, falavam de si, revelando-se mutuamente, se experimentavam, maravilhados, descobriam pontos de contato, afinidades insuspeitadas. Recompunham o mundo à sua maneira, tentavam um entendimento completo além das palavras.

— Nunca pensei que isso fosse possível.

— Nunca pensei que você pudesse entender.

Isso o quê? Entender o quê? Não sabiam. Suspiravam apenas, olhavam-se nos olhos, beijavam-se a cada instante. Eduardo procurava conter-se, mas isso sim, nem sempre era possível. Continuava arredio e distante de mulheres, ainda que às vezes desse uma escapada furtiva à zona boêmia, de onde voltava cheio de nojo, decepção e arrependimento. Antonieta, tão pura! Era preciso ao menos preservá-la, conservar-se também puro, respeitar o seu amor. Uma noite não resistiu, acariciou-lhe os seios — outra noite seus corpos se misturaram, deitados no sofá da sala, numa das ausências da tia. Eduardo se martirizava — era uma baixeza deixar que tais coisas acontecessem. Quando por acaso iam a alguma festa, dançava com ela como dançaria com uma mulher de cabaré! Era preciso resistir — foi o que lhe disse um dia, quando enfim se abriu com ela, revelando-lhe o motivo de sua aflição. Antonieta ficou pensativa:

— Achava que se a gente gosta um do outro...

— Não. Está errado.

— ... fosse uma coisa natural.

— Não é natural... E você tem de me ajudar.

— É pecado? — perguntou ela. — Eduardo olhou-a, intrigado:

— Não é por isso, mas... Sim, é pecado, você tem dúvida? Você é católica?

— Acho que sou...

Acabou procurando um padre para se confessar. O padre o ouviu com paciência, mas não deu muita importância aos seus pecados:

— A moça tem razão, vocês sentirem desejo é natural. O que não é natural é essa situação de namoro com tantas facilidades, com tantas ocasiões de tentação. Não prolongue isso por mais tempo. Trate de casar-se logo que puder.

— Casar?

Não, o padre não compreendia. Como casar-se, na sua idade, sem terminar o curso na Faculdade, não ganhava nem para o seu sustento! De qualquer maneira, precisava melhorar de vida. Ninguém vive de literatura — era o que seu Marciano costumava dizer. Um dia falava com entusiasmo a Antonieta sobre sua necessidade de publicar imediatamente um livro — iniciar a carreira, firmar-se como escritor — a moça o desapontou com um único comentário distraído:

— Você não acha que é um pouco cedo?

— Nunca mais hei de tocar neste assunto com ela — decidiu, magoado. — Ela também não entende.

Ao saber da vaga de assistente de português, num colégio secundário, procurou o Toledo, que lecionava lá. Hugo não era professor? Também poderia ser.

— Acho difícil — ponderou o amigo. — E não lhe aconselho. Não há vida mais miserável.

— Eu continuaria com meus outros empregos...

— Que outros empregos?

— A repartição e o jornal.

Seu salário no jornal, onde trabalhava na parte da tarde, fora finalmente fixado.

— Uma miséria. E na repartição também. Você acabaria feito eu. Escuta uma coisa, Eduardo: não tenho nada a ver com isso, mas esse namoro com a filha do ministro...

— Não sei o que *ela* tem a ver com isso.

— Desculpe ter tocado neste assunto. Mas eu perdi minha oportunidade, não gosto de ver você perder a sua.

— Que oportunidade?

— A de escrever. Vá em frente, rapaz. Case-se, mude para o Rio, fuja disso aqui enquanto é tempo. Antes que você acabe oficial-de-gabinete, feito eu. Conquiste sua independência, vá escrever.

— Mas não era você mesmo que me dizia estar arrependido de ter-se casado?

— Psiu, fale baixo, rapaz! Você quer provocar uma tragédia no meu lar? *Isso* é diferente: casando ou deixando de casar, a gente se arrepende sempre. Não tem importância.

— O que é que tem importância, então?

— Para mim? Mais nada. Para você, escrever. Fazer do seu arrependimento uma boa literatura.

— Não me arrependi ainda. Talvez ainda possa evitar...

— É impossível. O sentimento não é bem de arrependimento, é uma espécie de nostalgia — já lhe disse isso. Nostalgia daquilo que a gente não é, dos lugares onde não esteve, das coisas que não chegou a fazer. Se você não tiver isso, se um dia se sentir satisfeito, pode ter a certeza de que você não é mais escritor.

— E será ruim, isso?

— O quê? Não ser escritor?

— Não: se sentir satisfeito, não ter essa espécie de nostalgia.

— Seria até bom, se não fosse o risco de ficar apenas com a outra espécie de nostalgia: a de tudo que a gente realmente viveu. Uma precisa da outra, para se transformar em experiência.

— Bem, mas eu não posso viver de nostalgia. Que devo fazer, então?

— O ministro lhe arranja um emprego. Por este lado você não tem com que se preocupar.

— Você mudou de idéia a meu respeito.

— Não entendo.

— Dizia que eu não cometesse o erro que você cometeu.

— Pensei que seu caso fosse diferente... Mas você também não soube escolher, foi escolhido. Agora agüente.

Eduardo se irritou:

— Ainda está em tempo, Toledo. *Eu* não sou um vendido.

— E eu sou — é isto o que você quer dizer. Qual, essa linguagem do Mauro não serve para você, por favor, perceba!

Mauro se engrandece assumindo atitudes assim. Você apenas se compromete.

— Não tenho medo do compromisso.

Toledo deu uma gargalhada:

— Não, você não tem medo! Tem apenas um horror cego ao compromisso, e sabe por quê? Pois eu vou lhe dizer: porque para você o importante não é se comprometer, e sim cumprir o compromisso assumido. Está certo, mas aquele que quiser salvar a sua vida... Também já lhe falei isso uma vez, vamos agora falar de coisas agradáveis: aqui entre nós, você está mesmo gostando da menina?

ANTONIETA lhe comunicou inesperadamente que iria embora:

— Papai chega amanhã. Vai com o governador a uma exposição pecuária em Uberaba, quer que eu vá com ele. De lá seguimos direto para o Rio.

Logo agora, que tinham tanto a conversar! No dia seguinte, de volta do quartel, era ele que lhe contava pelo telefone:

— A visita de seu pai é oficial. Fomos escalados para a escolta do ministro logo mais, da estação ao palácio.

— A cavalo? Ah, eu quero ver! Então vou também.

Era a primeira vez que os recrutas cumpriam missão tão importante. Compenetrados, nervosos, formavam o piquete de cavalaria, armados de lanças e capacetes emplumados. Eduardo, em menino, mais de uma vez saíra à rua para ver os famosos cavalos do Esquadrão. Agora era um dos cavaleiros e olhava por cima a curiosidade agitada de outros meninos, a cercá-los na praça da estação.

O ministro seguiu para o palácio em carro aberto, ao lado da filha que fora esperá-lo, e acompanhado pelo piquete em trote curto. Ao primeiro momento Antonieta localizou o namorado — chegou mesmo a acenar-lhe com a mão, o que mais tarde foi motivo de gracejo entre os recrutas. Esta etapa da missão foi por eles cumprida com galhardia. Quando, porém, o carro deixou o palácio a caminho do Grande Hotel, onde se hospedaria o visitante, deu-se o imprevisto: esquecido da escolta, o motorista tocou o carro em disparada, rua abaixo, os cavalos galopando doidamente ao seu encalço. Escorregavam nos trilhos do bonde, nos paralelepípedos, se dispersavam em confusão. Alguns cavaleiros deixavam cair a lança na ânsia de conter os animais. Alguns enveredavam pelas ruas transversais, outros passavam de muito o Grande Hotel, iam parar no centro da cidade. Dois ou três sofreram quedas, e entre eles Mauro, que se contundiu, teve de ser levado ao Pronto-Socorro. O ministro e a filha não deram conta de nada.

Ao chegar em casa, horas mais tarde, cansado e trôpego, Eduardo soube que Antonieta lhe havia telefonado, convidando-o para a festa do clube naquela noite, em homenagem ao pai.

— Será a rigor? — resmungou.

— Não — estranhou seu Marciano. — Ela insistiu mesmo em dizer que você podia ir, não era a rigor. Você não tem aí o seu...

— *Smoking*, papai.

Vestiu-se e foi para a festa. Ao vê-lo, Antonieta atirou-se em seus braços:

— Meu bem, você não está ferido? Só agora soubemos, eu estava morrendo de aflição, pensando que fosse você.

— Souberam o quê?

— Que um de vocês se feriu gravemente. Pois imagine que nem vimos nada...

— Não, ninguém se feriu gravemente — Eduardo tranqüilizou-a, displicente: — Foi o cavalo de Mauro que boleou, isto é, caiu para trás. Ele não teve nada, só torceu o pé. Mas então você pensou mesmo que tivesse sido eu?

— Vem — disse ela, puxando-o pela mão. — Quero te apresentar ao papai.

O ministro estava rodeado de gente. Cumprimentou Eduardo com jovialidade:

— Então: deram hoje um galope extra, tenente?

— Tenente, não: soldado raso — sorriu Eduardo, tentando o mesmo tom.

A vida de soldado raso não era atraente: tinha de estar no quartel às cinco horas, lavar cavalo, dar ração a cavalo, encilhar cavalo, montar a cavalo. Eduardo e Mauro se rebelavam, desafiando os superiores, fugindo às instruções:

— Hoje você responde chamada para mim, amanhã eu respondo para você.

Naquela manhã, Eduardo foi direto da festa ao quartel, mal teve tempo de vestir a farda. Mauro se aproximou mancando:

— Meu tombo ontem, você viu? Fiquei preso pelo pé. Vou pedir dispensa ao capitão Pílulas.

O capitão Pílulas era o médico que atendia os recrutas:

— Pílulas, que negócio é esse? Todos os dois machucados? Você não caiu, Eduardo.

— Cair, a gente cai todo dia... Levei um coice.

Foram examinados sumariamente, Eduardo obteve licença de três dias.

— E eu? — pediu Mauro, impaciente.

— Você não tem nada — tornou o capitão. — Você é um desenquadrado, não quer nada com o Exército. Enquanto Eduardo estuda, se interessa, você vive na farra, pílulas! Não aprende nem a montar a cavalo. Mire-se no exemplo do seu colega!

Mauro, perplexo, olhou para Eduardo como para um espelho.

— Mas eu caí ontem! — insistiu.

— Não posso dispensar os dois. Coice é mais importante. Cair, você cai todos os dias.

Mauro saiu maldizendo o capitão e o amigo:

— Você procedeu como um autêntico sacana.

Eduardo ria:

— Vou dar um jeito nisso.

Foi de novo ao departamento médico e dentro em pouco voltava:

— Pronto, o Pílulas te deu uma semana de licença. Mas você tem de fazer uma reportagem.

Mauro não queria acreditar:

— Reportagem? Reportagem sobre o quê?

— Sobre qualquer coisa: sobre o serviço médico no Exército, por exemplo. Contanto que você cite o homem. Ele vai te dar os dados. Você pede ao Veiga para publicar.

— Depois o Veiga não publica...

— Bem, esse problema é seu.

Ao chegar em casa, soube que fora chamado de novo à polícia.

— Pílulas! — explodiu.

O delegado lhe disse que o caso devia ser mais complicado do que parecia à primeira vista.

— Pelo jeito você vai ter de ir de novo ao Rio.

— Mas será possível!

— Estou cumprindo ordens, filho.

— E eles? O que é que estão pretendendo?

— Não sei... Essas coisas são assim mesmo.

E o delegado se inclinou, mudando de tom:

— Escuta aqui, Eduardo: se a tal mulher estava com você, pode dizer, não há nada de mais nisso. Ficou provado que ela pulou...

— Nunca a vi mais gorda.

— No elevador?

— No elevador vi *uma* mulher, não sei se foi ela. Não cheguei a ver o corpo de perto.

— Não esteve no seu quarto? Nem um instante?

— No meu quarto? Você está doido? Nem dava tempo. Pulou do quarto acima do meu dez minutos depois que eu cheguei.

— Meia hora.

— Quem te disse?

O delegado o segurou pelo ombro, paternal, levou-o até à janela:

— Aqui dentro a gente fica sabendo de tudo. Olha, eu não devia, mas vou te contar: já soube, por exemplo, que o quarto acima do seu estava trancado.

— E o de cima?

— Do quinto andar? — e o delegado debruçou-se à janela:
— Veja. Estamos no quinto andar. Você acha possível alguém pular daqui lá embaixo e não morrer imediatamente?

— Em resumo: levei a dona para o quarto, joguei pela janela e fui avisar o porteiro.

— Não precisa se zangar! Estou exatamente procurando a melhor maneira de te tirar dessa história. Convém ficar por aí esses dias, aguardar um aviso meu.

— Quer saber de uma coisa, Barbusse? — respondeu Eduardo, mal-humorado: — Esta brincadeira já está passando dos limites.

— Engraçado... Você brincou a valer, pintou o diabo, agora se queixa: pensa que aquele esqueleto não me deu trabalho até apurar? E a porta da coletoria?

Acompanhou-o até a saída!

— Mas fique tranqüilo que isso dá em nada.

Eduardo se sentiu realmente tranqüilizado, nem contou nada a seu Marciano. Não pensou mais no assunto, e naquele mesmo dia embarcou para Uberaba: seguia com a orquestra encomendada para o baile. Conseguira que o Veiga o mandasse pelo jornal, para fazer a reportagem da exposição pecuária.

— Deixo Mauro no meu lugar. Ele tem aí uma reportagem para fazer, você vai ver só.

— A passagem está arranjada — disse o Veiga. — O resto por sua conta.

— O resto por minha conta — repetiu.

O resto era Antonieta. Não lhe falara nada, queria fazer-lhe uma surpresa. E durante a festa no clube a idéia de segui-la ainda mal ganhara corpo. Despediu-se com intensidade:

— Estão sempre nos separando...

— Ninguém há de nos separar.

Buscaram a varanda para um último beijo. Abraçados a um canto, já nada diziam. Naquele clube se haviam conhecido, naquele clube se separavam. Estas foram as últimas palavras que trocaram. Agora, ele seguia para Uberaba num trem desconfortável — foram 36 horas de viagem penosa, ao fim das quais encontrou a cidade em festa, hotéis superlotados, confusão. Ninguém se entendia, milhares de pessoas tinham vindo de outras cidades para ver, se divertir, negociar:

— Quanto você quer pela novilha? — diziam, num café.

— Não vendo por menos de doze contos.

— Doze contos? É muito. Dou dez.

— Então dá onze — arrematava o outro.

O governador, o ministro e até o presidente da República estavam presentes — a prefeitura local inauguraria várias obras com o nome de cada um deles. Eduardo se hospedou com a orquestra num grupo escolar, em meio a outros forasteiros que dormiam em colchões, pelo chão. Logo nos primeiros minutos lhe furtaram uma caneta-tinteiro — de um dos músicos furtaram o saxofone. Conseguiu trocar de roupa e saiu à procura de Antonieta.

REGRESSOU a Belo Horizonte dois dias depois, num trem cheio de retirantes. Sua cabeça fervilhava, tinha o corpo moído de cansaço: estivera com ela, é verdade, mas foram dois dias e duas noites de permanente agitação: festas, recepções, banquetes, solenidades, nas quais a moça sempre arranjava jeito de incluí-lo, em meio a oficiais-de-gabinete, autoridades, jornalistas, admiradores.

— Essa gente não serve para você — queixou-se ele, num dos raros momentos em que se viram a sós. — Essa vida que você leva...

— Está com ciúme? — desafiou ela.

— É possível. O Aragão, por exemplo: quem diabo é afinal esse Aragão? Por que tem tanta familiaridade com você? Passou a noite me explicando seu temperamento, assumindo um ar de proteção.

Aragão era um rapaz da comitiva oficial, em cujo quarto no hotel, graças a Antonieta, Eduardo fizera pouso.

— Você já o conhecia, meu bem: esteve conosco aquele dia na praia, não se lembra? É aviador. Filho de um amigo do papai.

— E eu, o que é que sou? — disse ele, dramaticamente.

— Você? É o meu namorado.

— Eu não sou nada — continuou, sem ouvir. — Fico no meio dessa gente feito um importuno, um admirador a mais. Você é minha! E eles nem sabem. Precisamos ficar noivos, para que nos respeitem.

— Vou conversar com papai.

Deixaram o assunto para o dia seguinte. Eduardo estava irritado com tudo e com todos. Queixou-se de que a polícia continuava a aborrecê-lo com o caso do Hotel Elite.

— Vai ver que você estava mesmo com a mulher — gracejou ela, o que ainda mais o irritou. E, deixando-o, saiu para dançar. Estavam numa festa. Antonieta tinha que dançar com um e outro, largando-o sozinho a cada instante. Desta vez, ele trouxera o seu *smoking*, mas se arrependera: não devia ter-se metido naquilo. Ela é que tinha de vir para a sua vida. Filha de ministro, do Rio de Janeiro, tão diferente dele, obscuro rapaz de Minas — outro ambiente, outra educação. Não dava certo.

— Foi melhor assim.

— Tinha de acabar.

Pois então por que diabo não acabara mesmo naquela ocasião no banco da Praça? Para se sentir cada vez mais infeliz por uma coisa que não teria nunca?

No dia seguinte, ao acordar, sentiu no ar algo de diferente, um silêncio lá fora, uma calma... Não viu no quarto do hotel as coisas do Aragão. Chegou à janela: os empregados da Prefeitura removiam as faixas com os dizeres "Bem-vindo Seja a Uberaba" e as bandeirolas festivas com que haviam enfeitado a rua. Vestiu-se, desceu à portaria. Informaram-lhe que todos tinham partido naquela manhã, o presidente voltara inesperadamente ao Rio, de avião, o governador voltara a Belo Horizonte.

— E o ministro? A filha do ministro?

Sem um bilhete, uma despedida! Arrumou as coisas e ia saindo, acabrunhado, carregando a mala, quando o homem da portaria o deteve:

— Quer sua conta agora?

— Conta?

— O senhor não está de partida?

— Estou, mas... faço parte da comitiva — explicou, confuso.

— O seu nome não consta...

— Com o Aragão — acrescentou, a voz mais firme. — Aquele aviador. Eu estava no quarto dele.

— Bem, mas...

— Ele pagou a conta? — perguntou, irritado.

— Não: *ele* era da comitiva. O nome dele...

— Pois então, paciência! Também não pago. Em que ele é melhor do que eu?

O homem ergueu os ombros e continuou firme: não cederia.

— Não quero favor de ninguém — disse Eduardo, afinal. — Quanto é?

E aquele sujeito a tratá-lo cheio de mesuras, quando passava com Antonieta pela portaria! Examinou a conta com raiva: duas diárias completas, dez por cento de gorjeta.

— Não almocei nem jantei aqui. Dormi uma noite. Na outra mal cheguei e saí. Pago uma diária, o que já é roubo. E não dou gorjeta.

Atirou a nota no balcão, a única de que dispunha, e saiu a passo firme, sem esperar o troco. O que era um contra-senso: afirmara que não daria gorjeta. Não nascera para aquilo. Vou usar botinas e deixar crescer o bigode — se prometeu, enraivecido. Com os níqueis que lhe sobraram, comprou pastéis e um sanduíche — foi sua única refeição até Belo Horizonte. A orquestra não voltou, ficara por lá. Teve de ir para casa a pé, ao peso da mala. Naquela mesma noite, mal refeito do cansaço, procurou o velho Marciano.

— Papai, tenho um assunto importante a tratar com o senhor.

Seu Marciano mandou que esperasse: assuntos importantes, só depois do jantar, na varanda. Ele próprio, sentindo a importância da conversa, não quis que dona Estefânia participasse.

— Antes de mais nada, meu filho: o Mafra, aquele seu professor de natação, está atrás de você.

— O que ele quer?

— Não sei: pediu para você procurá-lo assim que chegasse.

— Bem, deixemos isso — e Eduardo limpou a garganta: — O problema é o seguinte: eu quero me casar, papai.

— Casar? — e o velho procurou disfarçar o espanto. — Mas antes de casar você tem de ficar noivo, meu filho.

— Eu estou noivo. Isto é, quero ficar noivo. É isso: ficar noivo.

— Mas para isso era preciso que você tivesse uma situação, terminasse seu curso... Você não acha que é um pouco cedo? Está com vinte anos, não? Sempre quis que você se formasse. Veja o meu caso: se eu tivesse me formado...

— Eu me formo — cortou Eduardo, impaciente. — Quanto a isso não tenha dúvida. Já prometi, pois então acabou-se. Acho que não adianta nada, mas me formo. O problema não é esse.

— Qual é o problema, então?

— O problema é que...

Seu Marciano resolveu abrir-se com o filho:

— Você sabe, nunca falei nisso porque esperava que um dia você viesse conversar comigo. Hoje você veio, pois vamos conversar: eu já sabia do seu caso com essa moça — não tenho nada contra ela, pelo contrário, já soube que é moça distinta. Mas isso é uma coisa que vem me preocupando muito, ultimamente. A mim e à sua mãe. Principalmente a ela. Já por duas vezes ela quis conversar com você, eu é que não deixei. Quando você foi ao Rio e agora a Uberaba. Acontece que essas coisas o povo fala muito, meu filho, não perdoa nada. E ainda mais se levarmos em conta a situação da moça, sua posição social...

— Fala o quê? — protestou o rapaz: — Não vejo motivo para falarem de nós.

— Falam exatamente isso que você está me falando: que vocês estão precisando casar. Só que tem que falam com malícia, e nem sempre sem razão. Também já fui moço, sei como são essas coisas. Noivado, quando chega a um ponto, é preciso casar mesmo.

— Mas eu nem noivo estou — protestou Eduardo.

— Pois é isso: nem noivo está — e o pai o fitou, percebendo que tinham voltado ao ponto de partida.

— Antonieta ficou de conversar com o pai dela.

Era a primeira vez que Eduardo mencionava o nome da moça para seu Marciano.

— Então depende dele, não de mim.

— E se ele consentir?

— Se ele consentir...

E os dois ergueram o ombro, olhando-se com simpatia. Não havia problema, pois. O problema é o seguinte: não há problema.

— Como é que o senhor ficou noivo, papai?

Naquele mesmo dia o delegado lhe telefonava:

— Você foi embora sem me avisar. Te avisei que não saísse da cidade.

— Você sabe de tudo, hein, Barbusse? — retrucou Eduardo, bem-humorado. — Pois então fique sabendo que resolvi mandar às favas esse caso. Não volto aí nem que você ponha toda a polícia atrás de mim.

— Não vai ser preciso. Já tomei providências, não vão te aborrecer mais. O caso foi encerrado.

Na redação do jornal, Eduardo encontrou Mauro às voltas com a reportagem.

— Olha só o que você me arranjou. O capitão Pílulas montou na minha alma: está me chateando, não me larga mais.

Eduardo se lembrou, começou a rir:

— E o que é que você está escrevendo?

— Sei lá! Você agora me tira disso. É lógico que o Veiga não pode publicar esta merda.

Leu o que Mauro havia escrito. Era uma digressão sobre a restauração das liberdades democráticas em todo o país.

— Está ótimo, mas não sei aonde você quer chegar.

— Agora vou entrar no papel do Exército, etc... Até chegar no Pílulas.

— Não faça isso. Dá encrenca na certa.

— Quer aproveitar para a sua reportagem sobre Uberaba?

Eduardo sentou-se à máquina e continuou no mesmo tom: entrou a atacar as iniciativas governamentais, acabou falando em pecuária. Citou o triste espetáculo da exposição de Uberaba, para especulações entre os negociantes de gado: membros do governo, ministros, e até o presidente, se valiam do pretexto para festas dispendiosas, enquanto a carne subia de preço. E o povo passando fome.

— Isso, rapaz — Mauro aplaudia, entusiasmado, lendo por cima do seu ombro. — Estou gostando de ver! O Veiga não vai publicar.

— Se eu assinar, ele publica.

Na mesma noite telefonou para o Rio, soube de Antonieta que a viagem fora decidida na última hora, não tivera tempo de despedir-se.

— Fiquei com tanta pena, deixar você lá sozinho... Voltamos no avião do presidente.

— Conversou com seu pai?

— Conversou o quê?

— Já esqueceu?

— Ah! Mas assim tão depressa? Preciso aguardar uma boa oportunidade, para não estragar tudo. Ele está muito bonzinho, interessado em você. Falei com ele sobre aquele caso do suicídio, ele deu ordem para não te amolarem mais, não.

— Então foi isso...

Na manhã seguinte não havia instrução no quartel. Lembrou-se do Mafra, foi procurá-lo:

— E então?

Encontrou-o à borda da piscina, o quebra-luz de celulóide verde na testa, treinando os novos nadadores.

— Veja só o estilo daquele menino — o treinador apontou um jovem que cortava a água em braçadas lentas. — Não tem nem dezesseis anos e já está fazendo 1,4.

— Vai bater meu recorde, então.

— Se continuar, vai. Se for como você, interromper... Mas precisamos conversar.

Levou-o para a sede do clube:

— Como é que você vai de saúde?

— Bem, obrigado.

— Fumando muito?

— Não: pouco. Por quê?

— Daqui a um mês será o campeonato. Estamos com os pontos contados, o pessoal do interior vem forte este ano. Há um nadador de Juiz de Fora que vai ganhar os cem livres, não tenho ninguém para ele. Pela primeira vez vamos perder, a menos que... Pensei em você.

— Em mim? — Eduardo, espantado, começou a rir. — Só se for para juiz... Você está doido, Mafra? Há séculos que não entro n'água.

— Temos ainda trinta dias.

— É pouquíssimo. Estou com o corpo duro de montar a cavalo, sem fôlego, perna-de-pau. Morro afogado. Nem para encher raia.

— Que encher raia! Para ganhar. Te ponho em forma. Em trinta dias você estará fazendo o seu tempo novamente.

— E aquele menino do 1,4?

— É fraco para o outro. Só mesmo você. Não custa tentar.

As férias iniciavam-se naqueles dias. Eduardo começou a treinar, entusiasmado. Nos primeiros treinos o técnico não quis tomar-lhe o tempo, para não desanimá-lo.

— A coisa vai. É preciso intensificar. Onde você foi arranjar essa puxada de mão esquerda? Muito rápida. Observe a pegada dupla.

Mafra deixou os outros nadadores entregues ao treinamento costumeiro, dedicou-se inteiramente a Eduardo: castigava-o com massagens, ginástica, regime especial.

— Dormir cedo, não comer fora de hora. Nada de álcool, nem de mulher.

— É inútil, não tenho mais fôlego — queixava-se o nadador, desconsolado.

— É o cigarro. Não tem importância: você ainda agüenta. Uma prova só.

Aos poucos o cronômetro começou a registrar as baixas de tempo. Em vinte dias Eduardo já estava a dois segundos do seu antigo recorde.

— Acho que até aquele menino vai ganhar de mim.

— Agüenta a mão, rapaz. Experiência também conta. O braço esquerdo já está perfeito, agora é melhorar a saída e as viradas.

— Eu morro — gemia Eduardo.

— A partir de domingo você pode morrer.

O treinador era de uma persistência fria e impiedosa, que se fazia contagiante. Eduardo se empolgava agora pelo desejo de vencer:

— Quanto faz esse rapaz de Juiz de Fora?

— O mesmo que você.

— E quanto eu estou fazendo?

— Não é da sua conta.

E Mafra esfregava as mãos, satisfeito:

— Vamos ter surpresa.

Os jornais anunciavam a volta de Marciano, o recordista dos cem metros, faziam prognósticos. Eduardo se via na sua antiga atmosfera, familiar e agitada, feita de expectativa, ansiedade, obstinação. No dia da competição se sentiu estranhamente calmo, seguro: era o único nadador veterano; os outros eram mais jovens, não vinham de seu tempo. Rodrigo apareceu no vestiário para abraçá-lo:

— Você é duro na queda, hein? — e o antigo companheiro de prova o olhava com admiração.

— Idéia do Mafra — sorriu, encabulado. — E você? Nunca mais nadou?

— Eu? Vou à praia, de vez em quando... Estou morando no Rio, entrei para a aviação. Vim passar as férias aqui, vi seu nome no jornal... Olha, você tem de ganhar. Apostei em você, não vai me fazer perder meu dinheirinho.

— É lógico que vou ganhar.

Tirou a roupa, Rodrigo lhe fez massagens nos braços:

— Fui ver ontem o treino desse menino de Juiz de Fora na piscina do Atlético. Não se impressione com o ritmo dele: tem uma braçada muito curta.

— De que lado ele respira?

— Do esquerdo. Mas eu se fosse você não me preocupava com isso: nade sozinho.

E Rodrigo o abraçou, se despedindo.

— Conte comigo — prometeu Eduardo, inesperadamente emocionado.

— Eu quero ver sangue — incentivou Mafra, satisfeito, ao se aproximar a hora da prova.

Foi apresentado ao adversário à borda da piscina: um jovem magro, esguio, de cabelos louros. Quis puxar conversa mas Eduardo o observava como a um inimigo. Ele há de ver comigo — dizia, para si mesmo. Por inexplicável movimento de pudor que aos outros e à própria assistência pareceu antiesportivo, recusou-se a ser fotografado ao lado dele.

Todas as raias seriam ocupadas. Feito o sorteio, o nadador de Juiz de Fora ficou à sua esquerda. "Melhor", pensou, "só serei visto na volta".

— Respire de um só lado — advertiu Mafra.

— Atenção!

Já na banqueta, de súbito pôs-se a tremer. Que idéia, essa de voltar! A luz dos refletores o deslumbrava, a água verde e ondulante lhe parecia traiçoeira como a de um pântano, os gritos da assistência, aclamando-o, o tonteavam. E aquela vontade de urinar à última hora, aquele enjôo, aqueles bocejos tão seus conhecidos. À sua direita o nadador que fazia 1,4 aguardava, sereno, imóvel, o tiro de largada. Pronto, o apito! O juiz de saída ergueu o revólver. Eduardo crispou-se, armou a saída, perdeu o equilíbrio e caiu n'água. A vaia costumeira saudou o incidente. Isso nunca lhe acontecera! Acontecia sempre com algum outro, nunca com ele. Aproveitou-se para molhar o corpo, em movimentos deliberadamente livres, harmoniosos. Não costumava molhar o corpo, como os outros nadadores, preferia nas provas de curta distância o impacto violento da água fria. Nadou uns vinte metros, a assistência finalmente identificou o seu belo estilo, tão conhecido antigamente, prorrompeu em aplausos, procurando incentivá-lo.

Foi dada a partida. Logo às primeiras braçadas o ritmo acelerado do outro o surpreendeu. Como se fosse o tiro final? Estaria fazendo aquilo para confundi-lo? Toda a emoção, toda a ansiedade de segundos antes passara por completo. Sentia-se firme, seguro, confiante: trazê-lo sob controle, custasse o que custasse, conquistar uma pequena frente — e a volta faria o resto.

Viraram juntos. Agora era dar tudo o que tinha, naquela conhecida sensação de estar nadando sempre no mesmo lugar, cavando obstinadamente a água. Os últimos cinco metros lhe pareceram terríveis, como sempre: teve tempo de odiar tudo aquilo, mandar Mafra ao diabo, a natação, e a vontade de vencer... Mal conseguia respirar, quando sua mão tocou a borda, e o treinador teve de retirá-lo da piscina.

— Ganhei? — perguntou, ansioso.

Mafra o consolou, batendo-lhe nas costas: tirara o terceiro lugar. Foi para casa sozinho, a cabeça em tumulto. Por que tudo aquilo, santo Deus? Que idéia descabida, que estranha teimosia aquela, esquecer tudo durante um mês, para dedicar-se como louco a experiência tão dura, que não lhe traria proveito algum! Vaidade? Solidariedade com seu clube? Ora, bem sabia que tais coisas não existiam mais para ele. Por que, então?

O pai lhe dissera, apreensivo: "Você está exagerando, meu filho. Isso não pode fazer bem." Não lhe dera ouvidos, e agora o resultado ali estava: pela primeira vez, terceiro lugar, seu recorde batido até pelo outro nadador do clube, o jovem de dezesseis anos. Ele próprio conseguira apenas fazer o tempo que antes fazia — o que já era muito. Mas o outro, o de Juiz de Fora... Mafra lhe havia mentido. Escalara-o apenas para encher raia, para fazer pontos.

— Então, meu filho?

Estranhou encontrar o pai ali, àquela hora, na cadeira de vime da varanda. Deixou-se cair na outra cadeira com um suspiro resignado:

— É... O senhor tinha razão.

— Eu estive lá — disse então seu Marciano. Eduardo se espantou:

— Lá na piscina?

— Não tinha nada a fazer, me deu vontade de ir — confessou o velho.

— E gostou? — perguntou Eduardo, amargo.

— Sabe de uma coisa, meu filho? Não entendo disso, mas se me perguntar minha opinião, achei que você nadou muito bem.

— Grande consolo.

— Escuta, Eduardo — e o velho se inclinou para ele: — Para que um ganhe, é preciso que o outro perca. Só que hoje foi você esse outro... Não passa de uma espécie de jogo. Se você ainda tivesse feito feio, chegando muito atrás...

— Seria engraçado.

— Não sei... — sorriu o velho, sem entender. — Enfim, você teve vontade, não custava tentar. Não tem importância nenhuma. Vamos dormir?

Não tem importância — tentava acreditar, nos dias que se seguiram. Mafra o enganara, o nadador era melhor do que ele jamais fora, não poderia ganhar. Ainda mais em trinta dias! Impressionado ele próprio com a violência de sua determinação, agora obsessiva, continuou a freqüentar a piscina. Longe dos olhos do técnico, fora das balizas de treinamento, continuou a exercitar-se. Pedia a Chico, o roupeiro, que lhe cronometrasse os *tiros*. Deixou de fumar, fazia ginástica respiratória. Passou a coordenar, ele próprio, o tempo das passagens:

— Não posso cair mais de 4 segundos em cada 25 metros — calculava.

Sua luta era contra o cronômetro. Corrigiu a posição da cabeça e ganhou alguns décimos de segundo; aperfeiçoou a pegada dupla, treinou saídas, viradas e batidas de perna até a exaustão, ganhou mais alguns décimos. Ao fim de um mês dirigiu-se a Mafra, que o observava de longe, intrigado, fingindo não ver:

— Pode convocar os juízes da Federação.

— Você vai querer que alguém te puxe?

— Não: prefiro nadar sozinho.

Marcaram a tentativa para um sábado à tarde, depois de encerrado o movimento da piscina. Aos olhos apenas de um pequeno grupo de pessoas — juízes da Federação Aquática, cronometristas, dois jornalistas, o próprio Mafra — Eduardo fez calmamente a sua ginástica, foi massageado pelo roupeiro.

— Seu novo técnico — gracejaram.

Subiu à banqueta e olhou com carinho a piscina clara e amiga: sabia que ia lutar agora contra o seu maior adversário, e pela última vez.

— Pronto?

— Atenção... Já!

A nova marca oficial, estabelecida naquela tarde, levaria alguns anos para ser superada. Eduardo saiu d'água, enxugou-se, agradeceu os cumprimentos, despediu-se e deixou a piscina para sempre.

De súbito, a caminho de casa, lágrimas de raiva e despeito saltaram-lhe dos olhos. Era um choro nervoso e sem sentido, odiava a si mesmo e o que fizera. Tudo aquilo, afinal, para quê? Tanto sacrifício! Perdera tempo, esquecera os amigos, os livros, a literatura quase de todo abandonada. Sentou-se num banco da Praça, buscou acalmar-se olhando os jardineiros que, indiferentes, aparavam a grama no jardim. Eles, sim, sabiam viver. Nenhuma pressa, nenhuma aflição: obedeciam ao ritmo que lhes era imposto, harmonizavam-se à ordem das coisas ao redor. Era como se ele, apenas ele, excedendo a si mesmo, num movimento brusco saltasse fora da engrenagem e, desgovernado, pudesse ver de longe o mundo pacífico e feliz de que não sabia participar.

POUCO falara com Antonieta ultimamente. A idéia do noivado fora adiada: por acaso caíra sob os olhos do ministro a sua reportagem sobre Uberaba, o homem nem queria ouvir falar nele:

— Vejam só a ousadia desse menino: diz aqui que eu fui uma das figuras mais importantes da exposição de animais.

— Como é que você teve coragem... — queixou-se Antonieta.

— O que me admira é que nosso noivado, nossa vida inteira, vá depender de uma bobagem dessas. Também, como é que eu podia imaginar que seu pai ia acabar lendo um jornal de Minas?

Os telefonemas agora corriam por conta de seu Marciano.

— Meu filho, você deixou a repartição? Anda faltoso, relapso...

— Perco meu tempo naquela burocracia estúpida e o que ganho é uma vergonha. Minha vida não vai para a frente, não, às vezes me dá vontade de desistir de tudo e sair por aí...

— Tome juízo, menino — censurava dona Estefânia. — Não fale assim que Deus te castiga.

— Ora, Deus... Deus anda mesmo muito preocupado comigo.

— E seus estudos? — perguntava o pai.

— Não tenho nada para estudar: as aulas não prestam, os professores são umas bestas.

— Meu filho, você não era assim.

— Pois agora sou — retrucava.

Terminara o serviço militar, fora promovido, aguardava convocação para o estágio. Uma noite Antonieta lhe telefonou com uma notícia inesperada:

— Papai está disposto a lhe arranjar um emprego aqui no Rio, mas disse que antes precisa conversar umas coisas com você.

— Umas coisas? Que coisas? E que reviravolta foi essa?

— Não sei: disse que precisa te dar uns conselhos...

— Diga a ele que não estou querendo emprego nem conselhos.

— Então paciência.

Discutiram e brigaram pelo telefone, sem saber direito por que Eduardo estava nervoso, excitado, doente: o esforço com a natação o extenuara. Seu Marciano chamou-lhe a atenção:

— Meu filho, você não tem razão: o homem quer te ajudar, não vejo por que se ofender.

— Não estou pedindo conselho a ninguém.

— Não está pedindo? — seu Marciano ficou lívido. — Você nunca me falou nesse tom.

— Falo no tom que quiser.

O pai encarou-o fixamente: quis dizer alguma coisa ainda, não conseguiu. Estava ofegante, descontrolado. Eduardo, imóvel, viu que ele afinal lhe dava as costas e se afastava sem mais uma palavra, indo sentar-se na varanda. Resolveu sair e passou por ele de olhos baixos, constrangido, sem coragem de olhá-lo. Entrou num cinema, mas não conseguiu distrair-se. Voltou para casa — o velho ainda estava no mesmo lugar:

— Papai, eu... — e sentiu a voz quase sufocada num soluço.

— Meu filho, você anda precisando descansar um pouco.

— Eu não devia ter respondido assim, papai, me desculpe...

— Agora, também, não exagere.

— Mas eu não queria dizer que não preciso de *seus* conselhos. Não preciso dos conselhos dele.

— Não vejo motivo para tanto orgulho.

— Não é orgulho, papai, é tédio dessa vida...

— Muito bonito, um rapaz de sua idade, forte, sadio, inteligente, se queixando de tédio da vida. Não tem cabimento. Onde já se viu isso?

— Está bem, está bem: aceito o emprego, acabado. Contanto que fique noivo.

Dias depois comunicava sua decisão a Antonieta. Ela, porém, o surpreendeu:

— Papai anda nervoso com a situação política, não sei... Mudou de idéia, disse que antes precisa colher umas informações sobre você.

— Informações sobre o quê? Com quem?

— Me dê mais alguns dias — pediu ela. — Vou tentar convencê-lo.

Ainda bem que ele é viúvo — pensou: senão ela teria também de convencer a mãe... Mais alguns dias e Antonieta lhe telefonava chorando:

— Briguei com papai por sua causa...

— O que está se passando, afinal?

Os telefonemas foram interrompidos. Melhor assim, não havia dinheiro que bastasse — concluiu ele. Foi inesperadamente convocado para o estágio em Juiz de Fora. Mauro requereu baixa, foi dispensado como terceiro-sargento.

— Faça o mesmo, rapaz. Deixa de ser besta.

— Não: prefiro ir. Já não agüento esta vida aqui.

O que se passava com ele? Sua inquietação, sua vontade de encerrar uma fase da vida e inaugurar outra era algo que saltava aos olhos de todos. Passou três meses em Juiz de Fora, servindo na caserna. Conheceu uma moça chamada Helga — era alta, loura, serena — tão diferente de Antonieta.

— Sabe, Helga? Eu devia ter te conhecido antes...

Helga não dizia nada e o beijava, lânguida.

Continuava a pensar em Antonieta. Não sabia como tudo havia acabado, assim de repente, sem nenhuma explicação. Um sábado, afinal, tomou um ônibus e foi até o Rio, procurou-a:

— Eu quero saber apenas o que foi que houve, afinal.

— Você não quis mais saber de mim.

— Você é que não quis. Eu estou aqui, não estou?

Ela riu:

— Eu também estou.

Não houvera nada, pois. Beijaram-se, como antigamente, ela prometeu conversar com o pai:

— Quando é que termina essa história de exército?

Começou a aproveitar as folgas de sábado e domingo para ir ao Rio: passava a noite numa pensão, encontrava-se com Antonieta na praia, iam ao cinema.

— E então?

— Meu pai quer me mandar para a Europa. Disse uma porção de coisas de você...

— De mim? O que é que ele sabe de mim?

— Nada, não precisa de se ofender. Só que você é muito moço ainda, não sabe direito o que quer...

— No mês que vem faço 21 anos e você já tem dezoito. Diga apenas isso a ele.

— Por quê?

— Se você quiser eu mesmo digo.

No quartel, para distrair-se, passava o dia treinando arduamente equitação — o que o dispensava de outras tarefas: ia haver um concurso de saltos. Foi classificado em segundo lugar — os oficiais superiores vieram cumprimentá-lo:

— Você tem jeito para a coisa, rapaz.

— Grande vantagem. Não ganhei o concurso...

Escreveu uma longa carta a Mauro e outra a Hugo se queixando por não ter ganho o concurso. Recebeu resposta de ambos: enquanto você cavalga, nós pastamos — dizia um; você deixou o barco quando já estava fazendo água — dizia o outro. Não se viam senão raramente. Mauro reclamava que Hugo dera para andar com uns meninos, os novos gênios da praça — Hugo dizia que Mauro recomeçara a salvar a pátria pelas esquinas e prometia candidatar-se a deputado, caso houvesse eleições.

Findo o estágio, foi direto ao Rio. Antonieta veio ao seu encontro ansiada, nervosa:

— Consegui convencer papai. Mas ele disse que primeiro precisa conversar umas coisas com você. Pode ir, não tenha medo.

— Medo, eu? Por que haveria de ter medo de seu pai?

Naquele mesmo dia foi ao gabinete do ministro. Assim que deu seu nome, fizeram-no entrar. Havia duas ou três pessoas na sala, mas o ministro o tomou pelo braço, familiarmente, levou-o a um canto:

— Escuta, meu rapaz: antes de mais nada, me conte tudo, mas tudo mesmo, hein?, sobre a morte da meretriz. Pode falar sem susto, não me esconda nada.

Eduardo o olhou, estupefato:

— Que meretriz?

Percebeu logo que o homem se referia ao suicídio do Hotel Elite.

— Não sei nada sobre aquela mulher. Nem sei se era meretriz. Fui só testemunha do suicídio, ficou mais do que claro na época. Mas vou lhe contar tudo o que aconteceu.

O ministro o ouviu, silencioso e concentrado. Quando Eduardo terminou, disse apenas:

— Muito bem. Quer dizer que você jura que não estava com ela?

— Não estava — disse o rapaz, veemente.

— Pois me disseram que você tinha vindo com ela do Cassino Atlântico. Levou-a para o quarto, estava completamente nu quando ela se atirou. Se é mentira, eles hão de ver.

— É mentira. Quer dizer, é mentira que eu tenha jamais visto aquela mulher na minha vida. Agora, quanto a estar nu... Eu ia vestir o pijama quando ela pulou. Me lembro que pus uma capa e...

— Você *viu* quando ela pulou da janela?

— Vi. Isto é, não vi *pular* e sim... — Eduardo afinal perdeu a paciência. — Ora, ministro, o senhor parece que está querendo me confundir. O que eu vi já contei. Se o senhor não quer acreditar, o que é que eu hei de fazer? Que interesse eu tinha em negar, se a mulher estivesse comigo? Afinal de contas, não sou casado. Não devo satisfação a ninguém. O senhor mesmo disse que era uma meretriz. Eu não estaria fazendo mais do que todo mundo faz. Pouco me importava que viessem a saber. Se o senhor acha que por causa disso...

— Bem — interrompeu o ministro com decisão. — De qualquer maneira, o inquérito já foi encerrado. Queriam pedir prorrogação do prazo, eu é que não deixei. Não havia mais nada a fazer. Mesmo que você tivesse visto a infeliz se atirar da janela, que poderiam alegar? Você não teria culpa nenhuma. A não ser a de ter dado falso testemunho, de ter mentido. Você jura que não mentiu?

Eduardo respirou fundo. Tudo iria principiar novamente, e já não suportava mais repisar aquele caso: estava exausto. Era como se enfim percebesse uma conspiração que aos poucos se armava contra ele — era o Terror.

— Não pense mais nisso, meu jovem — disse o ministro, com simpatia, vendo-o tão abatido. Bateu-lhe nas costas. — Também já fui moço. Apareça lá em casa uma noite dessas.

Eduardo saiu do gabinete irritado: afinal, nem se mencionara o nome de Antonieta. Fora dela, o que é que aquele homem tinha com sua vida? Também já fui moço — queria dizer talvez que não acreditava numa só palavra sua, mas que tudo ficava por isso mesmo.

— Dane-se — concluiu.

Na manhã seguinte, porém, Antonieta o surpreendeu com a notícia:

— Papai concordou com o noivado! Parece que ficou bem impressionado com você. Sobre o que vocês conversaram?

— Sobre Kafka — resmungou.

Antonieta se voltou, desanimada:

— Você nem parece ter ficado contente.

— Fiquei. É que estou muito cansado.

— Ele impôs uma condição: disse que ainda somos muito moços para casar, temos de esperar pelo menos um ano. Você concorda?

— Concordo.

E ficaram olhando um para o outro, sem ter mais o que dizer.

Na mesma noite telefonou ao pai:

— Acho que o senhor vai ter de dar um pulinho aqui ao Rio.

Passou horas sob a estranha impressão de que não havia mais nada a fazer. Tinha vencido, afinal. Conseguira o que queria. E daí? Esperar, casar, morar, ter filhos, amar, sofrer, esquecer, envelhecer. Oh, viver era tão fácil, tão sem gosto e sem estímulo, o que importava era morrer.

Seu Marciano atendeu o chamado, mas agora estava apreensivo, intimidado:

— Escuta, meu filho, e se o homem não estiver para graças, me passar uma corrida? Você está certo de que...

Eduardo ria:

— Pode ficar tranqüilo, papai, não há problema nenhum. Já está tudo resolvido.

— E o que vocês pretendem fazer? Morar no Rio?

— Quanto a isso, não sabemos ainda. Esperar um ano, é o que o homem quer. Em um ano há muito tempo para resolver. De vez em quando venho aqui, Antonieta passa uns tempos lá...

— Só faço questão de uma coisa, que você...

— Termine meu curso. Se vier morar no Rio posso terminar aqui.

Seu Marciano ficou calado.

— Eduardo — disse afinal. — Não sei, às vezes tenho a impressão de que você é apressado demais, para tudo: fala depressa, anda depressa, pensa depressa. Agora há pouco eu ainda nem tinha falado...

— O senhor não fala outra coisa, papai.

— Você vive muito depressa, meu filho.

Foram os dois à casa do ministro, ambos de terno novo. Iam nervosos, mas seu Marciano procurava disfarçar a perturbação, estava loquaz, jovial:

— Quando eu fiquei noivo... Você me perguntou como eu fiquei noivo? Pois olha, não fiquei: sua mãe é que ficou.

E ria, excitado. À entrada segurou o braço do filho:

— Escuta, moço: se o homem me der um contravapor, você vai ver comigo.

Antonieta os recebeu, fez companhia aos dois na sala. Em pouco chegava o pai, seu Marciano se compenetrou:

— Senhor ministro...

Antonieta se ergueu e saiu — mais tarde contou a Eduardo que ficara atrás da porta. Seu Marciano foi direto ao assunto:

— Creio que o senhor já sabe o que nos traz aqui.

— Acho os dois muito jovens — foi tudo o que disse o ministro, num tom paternal. — Mas pode crer que hei de querer muito bem a seu filho. Aceita um vinho do Porto?

Estava selado o noivado. Na rua, seu Marciano respirou aliviado, dando o braço ao rapaz:

— Sabe, Eduardo? Confesso que agora é que eu gostaria de tomar um vinho do Porto.

Eduardo também respirou aliviado:

— O senhor se saiu muito bem. Melhor do que a encomenda.

— O que é que você queria? — e o velho sorriu, satisfeito. — Então seu pai não sabe conversar com um ministro?

Regressaram dois dias depois — seu Marciano fez um relato à mulher:

— O ministro está mais gordo, envelhecido... Não se parece com os retratos. Sabe, Estefânia? Nos tratou muito bem, foi muito distinto. Disse que o Eduardo é mesmo que filho dele.

Antonieta veio passar uns tempos em casa dos tios. A notícia do noivado correra, todos felicitavam Eduardo:

— Muito bem! Você agora manda neste país.

Em pouco começaram a aparecer os primeiros pedidos, os agrados, os elogios. Eduardo se surpreendeu: não esperava por aquilo. Pessoas que nem conhecia lhe tiravam o chapéu, e eram homens idosos, alguns até importantes. Um dos secretários do governo um dia deteve o carro oficial em plena avenida para oferecer-lhe condução:

— Você é meu funcionário, não?

Na repartição o tratavam com despeito:

— Me admira você continuar trabalhando aqui.

Eduardo se desgostava, queixava-se aos amigos. Veiga riu de seus cuidados, mas Mauro o levou a sério:

— Agora você não pode recuar: o jeito é ir para a frente. Faça carreira, se insinue, interfira, influa. Você tem uma grave responsabilidade, está destinado a exercer um papel qualquer, quem sabe você é quem vai um dia tirar o país desta miséria?

Hugo era mais prático:

— Ou quem sabe você é quem vai nos arranjar um bom emprego?

Mauro:

— Em seu lugar eu começava por botar o ministro em pânico: desancava com o regime, me revelava um agitador, um perigoso anarquista...

Hugo:

— Se eu fosse você me casava, trazia a moça para cá, alugava uma casinha na Gameleira e ia criar galinhas.

Sozinhos, porém, os dois se olhavam, apreensivos:

— Que será dele, afinal?

O delegado veio um dia visitá-lo. Estava lépido, jovial:

— Então, mestre, como vão as coisas? Cumpri ou não minha promessa? Você não foi mais incomodado, foi?

— Não quero nunca mais ouvir falar naquele caso.

Depois de algum rodeio, disse a que vinha:

— Conseguir do ministro a minha transferência para o Rio. O que eu ganho aqui já não dá para viver.

— A vida no Rio é muito mais cara...

— Bem, mas lá o campo é outro. Você querendo, tudo se arranja. Basta uma penada.

Eduardo explicou-lhe que não se sentia em condições de pedir o que quer que fosse ao ministro. O delegado desapontou-se:

— Bem, se é assim...

DECIDIRAM morar no Rio quando se casassem:

— Papai arranja um emprego para você.

— Não é preciso: posso trabalhar em jornal. Sei ganhar minha vida.

Encontravam-se à noite na casa da tia de Antonieta — voltava o problema que tempos atrás os havia atormentado:

— Precisamos tomar cuidado.

E se perdiam em carícias, ansiosos, descontrolados; às vezes se cansavam um do outro, descobriam motivos para discutir:

— Eu soube que você namorou uma moça em Juiz de Fora.

— Quem você queria que eu namorasse? Um soldado?

— Uma moça chamada Elza.

— Elza, não; Helga. E não foi namoro. Foi...

Ao fim de três meses Antonieta resolveu regressar ao Rio:

— Isso já está ficando demais. Deixe que eu convenço papai.

— Ele queira ou não queira.

A data do casamento foi marcada: assim que ficasse pronto o enxoval. Eduardo mudou-se para o Rio, tomou posse no emprego que o ministro lhe arranjara, e viu, num misto de apreensão e deslumbramento, aproximar-se o grande dia. Teve de enfrentar, depois da cerimônia, o longo desfile de cumprimentos de gente que via pela primeira vez.

— Pela primeira e última vez — assegurou a Antonieta, e escapou com ela da recepção na casa do ministro. Os únicos rostos familiares ali eram os de seu Marciano e dona Estefânia, compenetrados e contrafeitos.

— Deus te faça muito feliz, meu filho — disse-lhe a mãe, comovida, procurando ajeitar-se ainda dentro do vestido novo.

— Não tenho jeito para essas coisas — confessou-lhe o velho, os olhos, úmidos, e abraçou-o em despedida. Pela primeira vez Eduardo percebeu que os deixava a sós, e para sempre.

Depois foram dias de intimidade passados num hotel fora do Rio, noites de abandono nos braços um do outro, e de súbito ela quis voltar.

— Precisamos começar a viver, Eduardo.

— E não estamos vivendo? — mas ele se sentia fora de seu mundo, esquecido de tudo, pacificado, feliz. O regresso, o apartamento alugado, a mobília comprada, a vida em comum afinal feita realidade. Tudo acontecia numa seqüência rápida, sem trégua, mal ele tinha tempo de acomodar-se a uma transformação em sua vida, e logo vinha outra, ainda maior. Que viria agora? — ele se interrogava, sem saber o que fazer de si, pela primeira vez sozinho, quando ela enfim, alegando cansaço, recolhera-se mais cedo. Sentia vagamente que se tornara instrumento de desígnios outros, poderosos, desconhecidos — já não era dono de si mesmo. Você não soube escolher — lhe dissera Toledo: foi escolhido. Escolhido por quem? Para quê? Desígnios de Deus? Lembrava-se do diretor do ginásio, séculos atrás: você acredita em Deus? Já nem sabia em que acreditava, não tinha tempo para pensar. Você vive muito depressa — o pai tinha razão, era isso, depressa demais. Essa ganância de viver. Gostaria de ser um homem sereno, comedido, um escritor como Machado de Assis. Era preciso ir devagar — saber envelhecer. O fruto que apanhava ainda verde, deixava apodrecer na mão. Casado. A vida o afastava de sua origem, de seus amigos. Já nem sempre estaria presente na lembrança deles, o tempo empurrava com força demais e isso era terrível. Mal podia sentir o gosto das novas experiências, já não eram novas, ficavam logo para trás, o passado, ele que não tinha presente, não tinha nada, não fizera nada — por que não podia parar um pouco, descansar, não dar mais um passo? Queria adquirir seus hábitos também, certa maneira de ser, ele que era moço. Sozinho. Muito precoce, aprendeu a ler sozinho, fazia o que queria, bastava arranhar o rosto. Antonieta sua mulher, dia e noite, enfim conquistada: nada mais a fazer? Sozinho, o tempo passando, ignorava tudo que ficara para trás: Mauro fizera um poema e ele não sabia, Hugo lhe mandara um telegrama, apenas um telegrama lhe mandara Hugo. Assim, eles iam mudando: nada de intimidades. Uma suave cortesia. Uma distinta amizade. Amabilidades de parte a parte. E falsidade, hipocrisia, conveniência. Pois não, também acho, com prazer. Com quem puxar angústia agora? Nascemos para morrer — nada pior do que não ter nascido. A vida tem dessas contradições, dizia o pai. Onde as verdades eternas? O tempo levava tudo, ele não tinha onde se ancorar. Oh, o Toledo era um tratado de psicologia. Tudo isso é natural, diria ele, natural, viver é assim mesmo. O tempo acontece, o que tinha de ser já foi, agora a nostalgia de já ter sido em experiência, etcetera, etcetera. Conheceria novas pessoas, pensaria outras coisas, ouviria em silêncio prudente e compassivo opiniões alheias que um dia já foram suas. E está certo! Não se pode fazer das dúvidas de outrora o pão nosso de cada dia: não posso responsabilizar ninguém pelo destino a que me dei. Sozinho: sozinho no mundo com uma mulher. O que significa isso? Significa que terei de amá-la, zelar por ela, sustentá-la, cumprir os chamados deveres de estado. Pois então o que é que estou fazendo aqui, sozinho? Não sou um homem? Um marido, não sou? Há uma fresta em minha alma por onde a substância do que sou está sempre se escapando mas não vejo onde nem por quê. Depressa, não há tempo a perder. Também tenho o meu preço mas ninguém conseguirá me comprar, todo o dinheiro do mundo não basta, hei de escapar como água entre os dedos da Coisa que me aprisionar entre os dedos — hei de fluir como um rio, dia e noite, nem que tenha de dormir de pé porque esta é a cama estreita que conduz ao reino dos céus. Não adianta pensar, a mão de Deus é pesada mas me protege a cabeça, tudo que faço nasce feito, sozinho, não adianta chorar, meu Deus, nem tenho motivos para isso, muito pelo contrário, é preciso reagir, a literatura não adianta, e os livros na estante e o cinzeiro cheio de cinza e a luz da cozinha acesa, poderia fazer um café, Antonieta dormindo e o botão do pijama, meu Deus, livrai-me do pijama, quero ser reto, quero ser puro, quero servir, pois vai trabalhar, moço, deixa de vaidade, tu és muito pretensioso, uma missão a cumprir, ora vejam, perdulário que tu és, a vida é breve, não incomoda os que trabalham, os trabalhos do homem são penosos, estou casado, estou cansado, estou abatido, em verdade estou destroçado, andei depressa demais, agora chega, basta, pára, pronto! acabou.

Assim. Fique quieto. Que nenhum som te denuncie. Calma. Não olhe. Não mexa. Não queira. Não estou dormindo, estou vigilante, *hay que vigilar las tinieblas, capisca?* ai, Minas Gerais, já ter saído de lá, tuas sombras, teus noturnos, teus bêbados pelas ruas, Eduardo Marciano, minha mágoa, minha pena, minha pluma, merecias morrer afogado, o barco te leva para longe, a praia está perdida, mas voltarás nem que tenhas de andar sobre as águas.

De tudo, ficaram três coisas: a certeza de que ele estava sempre começando, a certeza de que era preciso continuar e a certeza de que seria interrompido antes de terminar. Fazer da interrupção um caminho novo. Fazer da queda um passo de dança, do medo uma escada, do sono uma ponte, da procura um encontro.

SEGUNDA PARTE

O ENCONTRO

I — OS MOVIMENTOS SIMULADOS

— TÉRSIO ficou de aparecer — disse Eduardo.

— Ele arranjou o tal emprego?

— Não sei. Disse que precisava muito falar comigo. Deve estar sem dinheiro.

— Grande novidade.

— Pode ser outra coisa também, Antonieta. Não sei por que essa má vontade com ele.

— Não tem perigo: ele se arranja.

Calaram-se, ficaram olhando o mar. Estavam no bar aa praia onde faziam ponto quase todas as noites, tomando chope ao ar livre com sua nova roda de amigos. Térsio, um rapaz de Belo Horizonte, viera tentar a vida no Rio, Eduardo procurava ajudá-lo:

— Térsio é um poeta. É preciso entender as pessoas como elas são.

— Você fala como se eu não gostasse dele. A única coisa nele que me implica é andar desleixado daquela maneira. Sílvio também é poeta e no entanto faz a barba todos os dias.

— É diferente: Sílvio tem recursos, nome feito, é conhecido de todo mundo. E tem Vânia para cuidar dele.

— Então o que Térsio está precisando de arranjar é uma mulher — encerrou Antonieta.

Sílvio Garcia, o poeta, costumava aparecer em companhia da mulher. Estavam sempre chegando do cinema:

— Saímos no meio — dizia Vânia. — Não agüentei, minha filha. E esse pateta insistindo em ficar.

— Da próxima vez me avisem — pedia Antonieta. — Eduardo não me leva nunca, tem sempre uma desculpa.

— Da próxima vez vamos nós dois, Nietinha — Sílvio prometia. — Eles não entendem de cinema. Vânia quer ser uma mulher diferente, não gosta de filme ruim.

Térsio comentava com Eduardo os últimos acontecimentos políticos:

— O homem custou mas caiu, você viu só?

— Caiu feito um fruto podre!, como diria o Vítor.

Vítor era jornalista de oposição, vinha fazendo campanha contra o partido comunista:

— Ele acha que nós todos devíamos escrever: eu, você, até o Amorim.

— O que ele está pretendendo com aquilo? Ninguém sabe ainda qual vai ser a posição do partido!

— Ninguém sabe nem qual vai ser a posição do Amorim...

Amorim também costumava aparecer:

— Eu mostro a ele qual a minha posição. Você mudou o penteado, Antonieta?

— Tirei a franja. Lêda esteve aqui, disse que é para você deixar a chave debaixo do capacho.

Lêda era a mulher do Amorim — dizia-se que os dois estavam em vias de se separar.

— Debaixo do capacho? O que mais que ela disse?

— Foi uma pena — disse Sílvio. — Você ficava um amor de franja.

Aos poucos o bar ia-se enchendo de fregueses, mulheres com vestidos leves, rapazes de camisa-esporte. O garçom renovava os chopes com regularidade. Amorim tomava conhaque, Sílvio se recusava a beber:

— Hoje estou celebrando.

— Celebrando o quê?

— Você hoje está com um ar muito misterioso.

— Fiz uma coisa que não fazia há muito tempo — disse Sílvio, com um ar misterioso.

— Dito assim fica meio indecente, meu bem — Vânia comentou.

Sílvio fez circular pela mesa um poema, todos leram. Térsio o devolveu em silêncio.

— Como é? Não gostou?

— Não.

— Acha que estou decadente?

— Acho.

— Obrigado pela franqueza.

Eduardo levava novamente o assunto para a política:

— Ninguém se lembrou de falar no último golpe dele.

— Qual foi o último golpe dele?

— As 48 horas que pediu para se retirar do palácio. Devia ser preso e deportado. Acabou saindo com todas as honras. Acaba voltando, você vai ver.

Térsio tinha de fazer um tópico de experiência para ser admitido num jornal:

— Queria até uma sugestão sua. Vou aproveitar essa idéia: o último golpe.

— Era isso que você queria comigo? — e Eduardo sorriu significativo para Antonieta.

— Vamos embora? — pediu ela. — Não estou me sentindo muito bem.

— O que é que você está sentindo?

— Não sei: estou meio tonta. Esse calor...

— Então pára de tomar chope.

Alguém fez um gracejo qualquer sobre gravidez. Antonieta protestou:

— Bate nessa boca.

— Já estava em tempo...

— Ela acha que ainda é cedo — disse Eduardo.

— Pois eu fiquei logo no princípio — e Vânia contava: — Continuei levando a vida de sempre. Só parei de beber no último mês.

Sílvio:

— E eu em casa de resguardo.

— Cínico! Imaginem que ele uma noite me apareceu em casa que era areia só: a cabeça, a roupa, o sapato, tudo um verdadeiro areal. Sabem que explicação me deu? Disse que ia passando pela praia com Vítor, estavam meio de pileque, resolveram deitar na areia para descansar...

Os outros riram:

— Com Vítor?

— Vítor entrou nessa areia como Pilatos no Credo.

Sílvio mudava rapidamente de assunto:

— Comprei hoje um álbum fabuloso de Duke Ellington, estou louco para ouvir. Vamos até lá em casa?

— Nossa vitrola está estragada, meu bem.

— Então vamos para minha casa — Eduardo sugeria. — Sílvio vai até a dele buscar os discos.

Todos se erguiam. Eduardo pagava a despesa, mandava que o garçom embrulhasse duas garrafas de Macieira. Térsio lhe pedia duzentos cruzeiros emprestados. Antonieta lhe devolvia o sorriso significativo.

— Sílvio está demorando! — disse ele, já em seu apartamento. Antonieta, de *short*, comodamente sentada, pernas nuas sobre o braço da poltrona. À sua frente, Amorim, recostado no sofá, cálice de conhaque na mão. Térsio à janela, Eduardo sentado no tapete — como resposta ao que acabava de dizer, bateram à porta: Era Sílvio, em companhia de Maria Elisa, mulher de Vítor:

— Ele ficou lá discutindo política com Vânia — explicou ela. — Sílvio fez questão de me trazer. Eles ficaram de vir mais tarde.

Recusou o conhaque que Eduardo lhe oferecia:

— Vocês, que pensam como o Vítor, deviam escrever alguma coisa também. Ele vai ser muito atacado.

— E você quer que também nós sejamos atacados?

— Isso é bom para ele, que é jornalista.

— E vocês, o que são? — perguntou ela.

Antonieta respondeu por Eduardo:

— Funcionário da Prefeitura.

— Eu ia dizer "romancista", mas Antonieta já respondeu por mim.

Sílvio respondeu por Térsio:

— Ele ia dizer "jornalista", mas ainda não foi contratado.

— É isso mesmo. Por enquanto sou *chômeur*.

— Que é isso?

— Pergunte ali ao Amorim, que atualmente também é.

— *Chômeur* é ser uma coisa e não ser, compreende?

— Hamlet, por exemplo, era um *chômeur*.

— É o "não-poder-ser" de que nos falava Bergson...

Todos riam. Maria Elisa voltava para um e outro os olhos claros, irresoluta, sem saber se devia rir também. Amorim tirava os sapatos e se estendia de comprido no sofá:

— Quando vocês conversarem alguma coisa de útil, me acordem.

Eduardo servia mais conhaque. Os discos de Duke Ellington se repetiam com estrépito na vitrola.

— No meu edifício não se pode fazer o menor barulhinho — disse Maria Elisa. — Vítor nem pode escrever à máquina de noite.

— Pois aqui nunca reclamaram. Ainda na semana passada fizemos uma macumba, parecia que o edifício vinha abaixo. Foi um sucesso, pena o Vítor não ter te trazido.

— Acho que você cometeu uma gafe, Eduardo — disse Antonieta, ante o silêncio da outra.

— Não, eu sabia que ele tinha vindo — esclareceu Maria Elisa.

— Veio também um admirador seu — disse Sílvio.

— Olha só como ela ficou encabulada...

— Eu, por exemplo, vim e sou admirador seu.

— Nós todos somos.

Estavam já sob o efeito da bebida. Amorim acrescentou, sem se mover, os olhos pesados de sono:

— Ouvi dizer que ele recebeu dez contos adiantados para fazer um painel em São Paulo. Precisamos pegar o homem de jeito para beber os dez contos dele.

— Dele quem? — perguntou Maria Elisa.

— Do Joubert, ora de quem. Acabou o conhaque, Eduardo?

Eduardo abriu a segunda garrafa. Alguém mais acabava de chegar, era Lêda. Ficou indecisa à entrada, quando viu Amorim.

— Você é engraçadinho, hein? — decidiu-se afinal, caminhando em direção ao marido. — Fiquei lá até agora procurando a chave. Tinha um cachorro vagabundo rondando a porta, fiquei até com medo de que ele tivesse engolido.

Amorim lhe estendeu a chave:

— Com certeza você esperava que eu fosse até lá só para deixar a chave debaixo do capacho. Quede a sua?

— Ficou com aquele sujeito lá em casa.

— Sujeito? Que sujeito?

— Você estava tão bêbado que nem se lembra. Apareceu com ele ontem, disse que era seu hóspede. Me arranja cada amigo! Se enxugou com a minha toalha, ficou com a minha chave e ainda me pediu cem cruzeiros emprestados.

Amorim começou a rir:

— Eu tinha me esquecido! É o Java. Um bom sujeito. Lá do jornal de Minas. Você se lembra dele, Eduardo: aquele revisor. Estava por aí, num porre tremendo, e sem saber aonde ir.

Sílvio renovava os discos na vitrola:

— Duke Ellington está ficando muito sofisticado, metido a Stravinski. Olhem só este solo de trompete. Vem dançar isso comigo, vem.

Puxou Maria Elisa pelo braço:

— Você está usando *falsies*, menina?

— *Falsies*? Que é isso?

— Seios postiços.

— Ih, Sílvio, você é tão vulgar! Nem parece poeta.

— Sabem de uma coisa? A conversa está muito boa, vocês são muito simpáticos, mas eu estou morta de sono. Me desculpem, mas vou para o quarto dormir um pouco.

Antonieta foi para o quarto dormir um pouco. Alguém assobiava insistentemente lá fora, na rua. Térsio se debruçou à janela:

— É Joubert. Parece que está meio alto. Mando subir?

— Já começou a gastar os dez contos.

— Manda — e Sílvio parou de dançar com Maria Elisa, veio espiar. — Aquele calhorda me prometeu um quadro, deu para Gerlane.

— E você mesmo queria dar o quadro para Gerlane — concluiu Maria Elisa.

— Essa aí ouviu cantar o galo e não sabe onde — concluiu Amorim.

— Eu nem conheço essa Gerlane — escusou-se Eduardo.

— Ele sabe muito bem a quem estou me referindo.

Térsio, da janela:

— Como é? Mando Joubert subir?

Sílvio, já com um copo d'água na mão:

— Espera! Vamos jogar água nele.

Despeja o copo pela janela. Ouve-se lá fora meia dúzia de palavrões como resposta.

— Não faz isso com o coitado — pediu Maria Elisa.

— Não faz isso com a Elisinha — emendou Amorim.

— Então manda ele subir.

— Eu vou-me embora — disse ela. — Vítor está demorando muito. Sílvio, você quer me levar em casa?

— Como é: mando ou não mando?

— Joubert te leva em casa.

Lêda, olhando para o marido, que já está dormindo:

— Vou com vocês, então. Esse aí já está dormindo.

Maria Elisa, não olhando para ninguém:

— Não quero que Joubert me leve. Ele já está bêbado.

Térsio, gritando da janela:

— Joubert! Você não vai levar ninguém! Você está bêbado!
— e volta-se para dentro, rindo. — Ele mandou uma banana e foi
embora danado da vida.

Sílvio recolhe os discos da vitrola e se dispõe a sair com as duas.

— Bem que Antonieta podia fazer um cafezinho — sugere
Térsio, já a sós com Eduardo. — Para tomar com esse conhaque.

— Antonieta já está dormindo. Tem cerveja na geladeira,
você quer?

Eduardo vai buscar a cerveja. Térsio vai ao banheiro urinar, e
não se dá ao trabalho de fechar a porta, pode-se ouvir da sala o
ruído da urina caindo. Depois é o silêncio, quebrado apenas pela
respiração forte de Amorim a dormir. Por um momento o ar,
pesado de fumaça e exalação de pulmões, fica parado e morto. A
noite começa a apodrecer. Eduardo e Térsio voltam à sala ao
mesmo tempo, ficam bebendo cerveja, naquele silêncio de amigos que já não precisam falar para se entender. Notam-se em
seus rostos os sinais da vigília inútil, ficaram um dia mais velhos,
mais uma noite a eles se incorporou.

Vítor veio encontrá-los assim, calados, ficou a olhar um e
outro, o corpanzil oscilando sobre as pernas. Depois apontou o
corpo de Amorim estirado no sofá:

— Morto?

— Ainda não. Onde é que você esteve até agora?

— Vocês estão com um ar de velório... Maria Elisa foi embora há muito tempo?

Deixou-se cair na poltrona com um suspiro:

— Fiquei tomando uma coisinha com Vânia, conversa vai,
conversa vem, me atrasei. Vocês leram meu artigo de hoje?

Passou logo a censurar a indiferença dos dois:

— Vocês mineiros são engraçados: muito prudentes, muito
hábeis, muito cépticos, muito discretos... Essa nova geração de
vocês é mesmo uma merda. Ai, estou com a garganta seca.

— Toma cerveja.

— Não. Vou até o bar. Eu hoje estou com vontade de esva-
ziar a alma até o rabo, como nos romances russos. Vocês ficam?

— Antonieta já está dormindo — disse Eduardo, indeciso.

— Você é que está dormindo...

Ergueu-se, ergueu um dedo e ergueu a voz:

— Acorda, rapaz! Vamos embora, Térsio.

Vítor e Térsio saíram, sem se despedir. Amorim, incomodado com a conversa, havia-se passado do sofá para o divã no escritório, onde continuava a ressonar. Eduardo pôs-se a recolher os copos e os cinzeiros. Voltou-se: Antonieta acabava de surgir à porta do quarto, estremunhada, vestindo o *peignoir*:

— Uê, você está aí sozinho? Ouvi alguém gritar: "acorda"!

— Foi Vítor — disse ele rindo e puxando-a para perto de si: — Acabou de sair com Térsio. Amorim está dormindo ali no escritório. Maria Elisa e Lêda foram embora com Sílvio.

— Não estou entendendo mais nada.

— Escuta, meu bem: você não fica zangada se eu te disser uma coisa?

— Não. Pode dizer.

— Você não devia ter apontado aquela palavra feia no poema do Sílvio.

Ela o olhou, surpreendida:

— Uê! Mas se foi ele que escreveu! Você tem umas bobagens...

— Não devia ter chamado a atenção. Fingisse que não viu.

— Ora, também você está cheio de coisas: e os palavrões que Vânia fala toda hora?

— Vânia é diferente, mais velha que você, ela é assim mesmo, que se há de fazer? Meu amor, pode parecer puritanismo de minha parte, mas não gosto que você ouça palavra feia, não gosto que você seja feito essa gente. Você não é feito eles. Já notou como te tratam de maneira diferente? Como certas coisas não falam na sua presença?

— Não notei nada.

— Pois então preste atenção, para você ver. O caso dessa tal Gerlane com Amorim, por exemplo...

— Com Amorim, não: com Vítor. Com Amorim já acabou.

— Como é que você sabe?

— Todo mundo sabe.

— Bem, podem saber, mas não falam nisso com você diretamente.

— Me acham muito criança. Amanhã nós vamos ao cinema?

— Não é questão de ser criança; é que você é muito pura para eles. Essa gente não tem moral, não tem princípios nem nada.

— Então por que você anda com eles? Entenda-se.

— Porque são meus amigos, ora essa. Mas o fato de serem amigos não quer dizer que eu tenha de ser como eles. Eu não sou como eles. Veja o caso do Térsio, por exemplo. Ele é como eu, da minha idade, da minha geração. Sabe as mesmas coisas que eu sei, é um excelente poeta. A gente se entende.

— Nunca li nada dele.

— Não é preciso ler para saber. Já vem você com sua implicância. Mas o que é mesmo que eu estava falando?

— Que amanhã nós vamos ao cinema.

— Está bem, está bem — e Eduardo sentou-se, puxou-a para o colo. — Vamos ao cinema. Aliás, já estão levando o "Cidadão Kane", Térsio me disse que é muito bom.

Fez uma pausa, ficou pensando.

— Gostei da franqueza dele com Sílvio. Também não achei bom aquele poema.

— E por que não falou?

— Porque exige muita explicação, não é só ir falando como Térsio "não gosto" e acabou-se. Afinal de contas, você tem de reconhecer que pelo menos Sílvio *é* um poeta. Mas anda frouxo, relaxado, não sei... A poesia é boa, não tem dúvida, versos muito bem-feitos, mas... Você veja: em matéria de arte...

— Tenho de ir ao cabeleireiro amanhã cedo. Você acha que ainda posso usar franja?

— Não sei... Gosto de você assim. De qualquer maneira fica bem.

— Tenho medo de pensarem que estou querendo parecer criança.

— Você *é* uma criança — e puxou-lhe o rosto para si. Antonieta esperou que ele a beijasse e depois se ergueu, espreguiçando-se, disse-lhe que ia dormir. Ele perguntou se ela não queria antes fazer um café. Ela pediu desculpa, mas estava morrendo de sono. Quer dizer que você não pode me esperar, ele perguntou então. Ela pediu que não ficasse zangado, mas estava tão cansada. Ele disse que não tinha importância, ela saiu. Ele continuou a recolher os copos e os cinzeiros. Por um momento se deteve e ficou a olhar fixamente, como se quisesse enxergar alguma coisa além da mesa e além do chão. Depois foi para a cozinha.

— Foi bom ele ter ido embora. Não agüenta a parada — dizia Vítor, uma hora mais tarde, no bar da praia. Estava em companhia de Joubert e ambos, já embriagados, bebiam chope e conhaque alternadamente.

— Não agüenta não.

— Tércio é metido a gente, mas qual! Esses meninos de hoje não sabem beber.

— Não sabem não.

— Não sabem o que é dor-de-corno, daquelas boas!, das legítimas.

— Das legítimas.

— Pára de me repetir!

— Só estou falando...

— "Só tô falano". Você não está falando, está grunhindo — e Vítor soltou uma gargalhada. — Você está é de porre, olha aí.

— De porre, eu? Facilita comigo não, que hoje sou muito homem de te mandar a mão na cara.

— Homem coisa nenhuma, seu pintor de merda.

Joubert empunhou um garfo:

— Repete que eu te arranco o olho com este garfo e depois chupo, está ouvindo? Depois chupo.

— Chupa essa, olha aqui.

Joubert se ergueu num ímpeto, avançou para o companheiro, que também se ergueu, ambos perderam o equilíbrio. O garçom interveio, conciliador:

— Parem com isso, onde já se viu? Amigos há tanto tempo, brigando à toa.

Joubert, voltando a sentar-se:

— Então me traz um conhaque. Hoje eu vou até o fundo do poço.

— De onde nunca deveria ter saído — Vítor deu outra gargalhada.

— Pára com isso, rapaz! Olha, se você está com dor-de-corno, cuidado comigo, que também estou. Hoje eu mato um.

— Mata nada. Por que você não matou o Térsio, então? Ele até que dava um bom defuntinho.

— Te mostro — e Joubert empunhou de novo o garfo. Antes que outro pudesse contê-lo, voltou-se e aplicou violenta garfada de baixo para cima no assento de vime da cadeira vizinha, onde estava sentado um freguês. O freguês deu um salto e um grito de dor, avançou para o agressor aos berros. Os garçons acorreram. Grande rebuliço no bar.

— Eu arrebento esse desgraçado! — ameaçava o homem, punhos fechados. Vítor tentava contê-lo:

— O senhor não faça isso. Desculpe. Ele não sabe o que faz. Está apaixonado, por isso te espetou.

— Que é que eu tenho com a paixão dele? Vai espetar a puta-que-o-pariu!

A custo foi contido pelos garçons. Vítor e Joubert finalmente se safaram do bar, mas se detiveram na calçada, puseram-se a urinar calmamente junto à árvore da esquina.

— Você também vai dar uma garfada daquelas no homem! Devia ao menos ter escolhido o outro, aquele gordinho. Se ele te pega, te arrebenta.

— Arrebenta é a mãe. Vamos voltar lá.

— Não, deixa o homem. Olha aqui, escuta uma coisa: se eu te contasse o que me aconteceu hoje... Guarda esse garfo.

Esperou que o outro guardasse o garfo no bolso:

— Dizer que eu marquei encontro com Gerlane e aquela vagabunda não apareceu.

— Não chama ela de vagabunda não, que é minha amiga.

— É minha também, essa é boa.

— Então não chama de vagabunda.

— Me deixou esperando.

— Então não chama.

— Não quero nada com ela.

— Eu te avisei que ela não dava.

— Mas em compensação, fui para a casa do Sílvio, fiquei lá discutindo com Vânia, e de repente... Não te conto nada. Sílvio e Maria Elisa já tinham ido embora.

Joubert de súbito se interessou:

— Embora para onde?

— Para a casa do Eduardo. Mas a Vânia, quem diria...

— Ela estava lá?

— Quem, Vânia? Pois eu não estou dizendo...

— Maria Elisa, imbecil.

— Imbecil é a mãe.

— E aqueles calhordas, que não me deixaram entrar!

— Não vai me dizer que você está apaixonado é pela Maria Elisa.

— É.

— É o quê?

— É isso mesmo.

Vítor, o corpo oscilante, olhou com pena o amigo:

— Você está mais bêbado que uma vaca.

— Não quer acreditar, paciência.

— Pela Maria Elisa?

— Pela Maria Elisa.

— Então, seu ordinário, a dor-de-corno é por causa da minha mulher?

— Ela mesma.

— Não sei onde estou que não te prego a mão na cara.

— Por quê? — e Joubert, por via das dúvidas, empunhou novamente o garfo. — Eu não fiz nada! Você devia até ficar satisfeito. Ela não quer nada comigo.

— Isso você não precisa me dizer, eu conheço minha mulher. Ela tem bom gosto. Uma grande mulher.

— Uma grande mulher — concordou o outro.

Vítor ficou comovido:

— Um anjo de mulher.

— Em todos os sentidos.

— Em todos... Espera: em todos quais? Que história é essa?

— Em todos, uê. Não começa...

— Guarda esse garfo, homem de Deus.

— Você acha crime a gente se apaixonar por uma mulher?

— Mas logo a minha, pombas!

— Você não se apaixonou pela minha?

— Desde quando Gerlane é sua mulher?

— Não é mas podia ser. Fui eu que descobri.

Vítor ficou a olhar o amigo, deslumbrado:

— Mas sim senhor. É incrível. Você, apaixonado pela Maria Elisa. Logo você — e desandou a rir.

— Também não vejo nada de tão engraçado nisso — resmungou Joubert, ressentido.

— Ela sabe que você está apaixonado?

— Acho que não...

Vítor lhe deu um tapa nas costas, entusiasmado, Joubert quase caiu:

— Pois então vamos até lá em casa contar a ela!

Saíram os dois pela rua, abraçados, amparando-se um no outro.

ÚLTIMOS dias do ano. Andava no ar uma agitação insólita, todos indo e vindo, se encontravam, se separavam. Pela manhã, depois de mais uma noitada insone no bar ou em casa de alguém, Eduardo se interrogava ao espelho: um dia mais velho. Que estou fazendo de minha vida? — se perguntava, e saía para o trabalho. Mas um de seus amigos tocava violão, outro dizia coisas engraçadas e imitava as pessoas, todos muito inteligentes — e isso era tudo. Térsio se arranjara afinal no matutino, aparecia todas as noites depois do serviço, a caminho da pensão onde morava. Eduardo lhe expunha as suas idéias, já sem muita convicção:

— O que é preciso é escrever! Seja o que for. Veja o exemplo de Stendhal: escreveu a "Chartreuse" em quarenta dias. Trancou-se no quarto e só saiu de lá com o livro pronto.

Lêda finalmente separada de Amorim. Uma noite Eduardo foi levá-la em casa, acabou beijando-a — um beijo com gosto de cigarro.

— Melhor eu ir embora enquanto é tempo. Amanhã eu não poderia olhar para o Amorim.

— Não tenho mais nada com ele.

— Ou para você — acrescentou. — Gosto de você como de uma irmã.

Lêda de súbito abraçou-o e pôs-se a chorar. "Santo Deus", pensou ele, "nunca imaginei que essa mulher também fosse de chorar". Decidida, experiente, com idéias próprias, não parecia precisar ou depender de ninguém. No entanto ali estava, soluçando, frágil ser em seus braços, ele sem saber o que fazer com ela.

Amorim por onde andava? Diziam que fazia política eleitoral, trabalhando para um dos candidatos, tentando tirar partido da situação. Cavava publicidade, fazia "contactos". Ora, quem diria! O Amorim não passaria jamais da reportagem de polícia. Sílvio protestava:

— É um grande sujeito.

— Pode ser. Mas você é diferente.

— Diferente por quê?

— Você é poeta. Muito antes de te conhecer, eu sabia seus versos de cor! No entanto hoje você não escreve mais nada que preste.

— Na sua opinião. Para você nem parece que houve uma guerra. Você queria que eu ficasse escrevendo poema sobre uma flor, enquanto o mundo se arrebenta?

Eduardo se indignava:

— Faz então mais uma ode a Garcia Lorca.

Vítor às voltas com a moça Gerlane. Quem era essa Gerlane, ninguém sabia explicar. Aparecera como modelo de Joubert, mas era de boa família, diziam. Independente até certo ponto, dali para a frente ninguém conseguia nada, era o que também diziam, e Vítor confirmava. Maria Elisa revoltada com ele:

— Imaginem que uma noite ele me chega bêbado às cinco da manhã, trazendo Joubert mais bêbado ainda, e me acorda para dizer que os dois estavam morrendo de paixão por mim.

Vânia e Térsio quase presos como agitadores num comício dissolvido pela polícia.

— Dissolvido a bala! Tive que me agachar atrás de um automóvel para não levar tiro, mas Vânia deu um chute na canela de um guarda... Foi um custo para nos livrarmos.

— Também, que diabo de idéia é essa de ir a comício comunista? Vânia ainda vá lá, mas você!

— Você porque vive fora do mundo. Se visse, ficava revoltado também. Seu sogro vai falar hoje no rádio.

Eduardo pediu mais um chope — estavam no bar — e voltou-se para Antonieta:

— Está vendo? Não adiantava a gente ir lá.

— Nós não íamos lá: nós íamos ao *cinema*.

— Já sei: e eu acabo sempre não indo a lugar nenhum.

Foram finalmente visitar o ex-ministro. Encontraram-no cercado de políticos, pouco se demoraram:

— Pode ter certeza de uma coisa: nenhum deles é amigo de seu pai.

Dona Estefânia veio passar uns dias com o filho — o mesmo disse de seus amigos:

— Essa gente com quem você anda não serve para você, meu filho. E você está tão diferente...

Voltou logo para Belo Horizonte, desgostosa. Eduardo também se desgostava consigo mesmo. Dessa época, uma carta que escreveu a Hugo:

"Sei apenas que estou vivo. Nada mais sei. Sinto em mim um sangue que talvez exista para ser derramado e não para correr frouxamente pelas veias. Existem palavras essenciais: amor, infância, pureza, espaço, tempo. Com elas eu escreveria um romance, cem romances. O amor como atitude estética diante da vida, realização da pureza no espaço e da infância no tempo. Tudo mais é literatura."

"Isso também é literatura" — respondeu-lhe Hugo.

Para Mauro:

"Literatura. Já não escrevo nada. Está tudo esgotado. Ou se faz alguma coisa de verdadeiramente novo, ou é melhor esperar os tempos novos. Alguma coisa nova se anuncia, eu vejo, eu sei, eu juro que alguma coisa nova está para surgir para nós e para o mundo — se eu estiver enganado, então o melhor é mesmo comer, beber e dormir, porque nem morrer será preciso. Estou na expectativa — descrente das fórmulas gastas, esgotadas. Tenho sentido muita falta de vocês."

Mauro não lhe respondeu.

Passaram o ano em casa de Vítor. Antonieta mandara fazer um vestido diferente dos que usava até então: parecia mais adulta, o corpo mais seguro de si emergindo do decote, as formas acentuadas sob a seda justa.

— Essa menina afinal virou mulher — disse Vítor, abraçando-a.

Grande confusão no pequeno apartamento do casal: eram escritores, jornalistas, pintores, gente de toda espécie que se acotovelava nas duas salas, abraçando-se, felicitando-se:

— Feliz Ano Novo!

Maria Elisa já nem sabia onde pôr tanta gente. Iam entrando, enchendo a sala, invadindo os quartos.

— O que vocês fizeram das crianças? Venderam?

— Mandei os dois para a casa de mamãe — explicava ela, afogueada.

Cada um que chegava trazia uma garrafa de uísque ou de champanhe debaixo do braço. À meia-noite em ponto apagaram as luzes. Eduardo procurou Antonieta em meio à confusão, não encontrou. Recebeu abraços, apertos, beijos — beijou várias bocas que se ofereciam no escuro da sala.

— Antonieta!

Deixou-se ficar a um canto até que as luzes se acendessem novamente. Estava irritado, de mau humor:

— Você viu Antonieta? — perguntava a um e outro.

Encontrou Maria Elisa na cozinha, às voltas com os copos:

— Ela saiu com Sílvio, foi buscar mais gelo na casa dele.

Ia afastar-se, ela tocou-lhe o braço, solidária:

— Acho horrível tudo isso, Eduardo — desabafou.

Buscar mais gelo — num movimento brusco, procurou a saída do apartamento. Alguém quis retê-lo à porta — era Lêda:

— Como vai, meu irmãozinho? — e se encostou a ele, provocante.

Desviou-se sem uma palavra. No vestíbulo encontrou dois casais abraçados, um terceiro se refugiara no elevador, detendo-o entre os andares. Desceu os três lances da escada, ganhou a rua. Foi seguindo sem destino até a esquina — havia uma porta iluminada, gente, muita gente — era uma igreja. Duas pretas passaram por ele, xale na cabeça, e entraram. Entrou também, apoiou-se na coluna. Assistiu, obstinado, ao resto da primeira missa do ano. Aquilo era uma missa. E não lhe dizia nada, gestos mecânicos de um ritual sem sentido. Ao lado uma velha, ajoelhada, mexia os lábios molemente. À frente os ombros quadrados de um homem ocultavam metade do altar — paletó escuro, com farelo de caspa. À esquerda duas meninas, uma gorda e outra magra, de véu branco na cabeça. Gente, gente por todo lado, e ele sozinho. Havia um mundo ao seu redor, do qual não participava — e ninguém reparava nele, ninguém dava conta de sua presença. Lá fora os foguetes do Ano Novo espocavam e ali dentro, aquele silêncio. De súbito, a massa humana se agitou, todos se ajoelharam. *Ite, Missa est*, disse o padre. Foi buscar gelo — respondeu. E voltou-se bruscamente, saiu da igreja. Era querer demais, que o aceitassem num momento daqueles. Continuou a andar pela rua, agora a caminho de um bar. Foi buscar gelo e saiu tosquiado.

— *Ite, Missa est.*

Entrou, sentou-se, pediu uma cerveja bem gelada. Na mesa ao lado quatro operários celebravam o Ano Novo a copos de cachaça:

— É o que eu digo! — berrava um. — Pedro II foi e será sempre o maior! Saía do palácio a pé, andava por aí, conversava com todo mundo...

— Isso não é vantagem, o pequenino também fazia.

Voltaram-se para Eduardo:

— Moço, o senhor quer dar um palpite aqui?

Ite... Eduardo chegou-se a eles.

— Quem foi o maior: Pedro I ou Pedro II?

— Não sei. Na escola a professora torcia por Pedro II, mas acho que Pedro I foi mais simpático.

— Não falei? — gritou um dos pretos, entusiasmado. — É o maior! Moço, tome uma cachaça com a gente.

Deixou-se ficar com eles, bebendo cachaça. De imperadores passaram a músicas de carnaval. Olhou o relógio e eram três horas da manhã. Já embriagado, voltou para o apartamento de Vítor, custou a localizar o edifício.

Antonieta abraçou-se a ele, ansiosa:

— Eduardo, onde é que você estava?

— Na missa — e desvencilhou-se dela.

— Me deixar assim, sem nem avisar?

— Sem nem avisar? — repetiu ele, e atravessou a sala em passos difíceis. Olhou ao redor, notou vagamente que alguma coisa havia acontecido: a festa acabara. Restavam alguns casais enlaçados pelos sofás, um já havia mesmo deslizado para o chão. Alguém dormia a sono solto, estirado no tapete, e era só. Na cozinha copos quebrados, vômito pelo corredor. Antonieta o seguia:

— Eduardo, onde você vai? O que é que você tem? — e o segurava pelo braço.

— Me larga.

— Vamos embora, meu bem. A festa já acabou. Estava só esperando você.

— Dane-se.

— Não fica assim, Eduardo, por favor!

— Não estou me sentindo bem, acho que vou vomitar.

Fez um esforço para conter-se e saiu com ela. Na rua pôs-se a respirar em largos haustos, Antonieta o amparava. Tomaram um táxi.

— Você está melhor, meu bem?

— Não se preocupe. O que foi que aconteceu?

— Aconteceu que Vítor convidou Gerlane, Maria Elisa fez uma cena. Alguém se trancou no banheiro com a mulher de um sujeito, aquele cantor de rádio, me esqueci o nome, houve uma briga, quebraram tudo. Enquanto isso Vítor saía com Gerlane, Maria Elisa foi atrás, surpreendeu os dois dentro de um automóvel lá na rua. Voltou, anunciou para todo o mundo que estava se separando dele naquela noite. E foi embora, ninguém sabe para onde. Vítor voltou, soube de tudo, ficou feito louco, começou a chorar, alguém para fazer graça chamou a polícia...

— Enquanto isso você foi buscar gelo com Sílvio.

— Fui, mas voltei logo. Fomos de táxi. Por quê?

— Por nada.

— Ele me pediu...

— Podia ao menos ter avisado.

— Naquela confusão, não te encontrei — e ela tentou abraçá-lo.

— Me larga.

Recusou-se a conversar, dali por diante. Em casa se recusou a dormir:

— Estou sem sono. Vou escrever um pouco.

Trancou-se junto aos seus livros, passou o resto da noite acordado, mas escreveu apenas:

"Não posso responsabilizar ninguém pelo destino que me dei. Como único responsável, só eu posso modificá-lo. E vou modificar."

Para começar, rasgou o papel em que escrevera. Depois pôs-se a rasgar papéis, originais de contos, romances iniciados, notas, rascunhos.

— Basta. Chega de literatura.

Quando Antonieta acordou, encontrou-o extenuado, arrumando seus livros, excluindo vários da estante e empilhando-os no chão:

— Já li tudo isso. Para que guardar?

Eliminou todas as traduções:

— Vergonha! Anatole France, e ainda por cima em espanhol: "*Los dioses tienen sed*". Lixo!

Esquivou-se da mulher, não estava para muita conversa. Térsio veio encontrá-lo à noite ainda às voltas com os livros.

— Que há com ele? — perguntou a Antonieta.

— Não sei. Está assim o dia inteiro. Nem dormiu, de ontem para hoje.

Térsio aproximou-se de Eduardo, curioso:

— Por que essa fúria?

— Vou fazer uma limpeza na minha vida. Se quiser levar esses aí, pode levar.

— Fechado para balanço — e Térsio se agachou para examinar os livros empilhados no chão.

Eduardo parou um pouco, enxugou o suor do rosto:

— Sabe de uma coisa, Térsio? Quem não tem plantação, não vai para a frente não.

O outro refletiu um momento e se ergueu:

— Então vamos tomar um chope.

— Só se formos nós dois sozinhos. Noutro bar. Estou cansado de todo mundo.

— Você vai sair? — perguntou Antonieta.

— Vou.

— E eu: fico?

— Não me ouviu dizer que estou cansado de todo mundo?

— Não sabia que você estava me incluindo nesse "todo mundo".

— Pois então fique sabendo.

Térsio, constrangido, quis abrandar:

— Deixa disso, rapaz. Leva a moça, o que é que tem?

— Se ela quiser vir, venha — reconsiderou ele.

— Não — disse Antonieta.

— Ora, vem logo, não chateie.

— Perdi a vontade, juro.

— Você não vem porque não quer.

— Prefiro ficar. Você vai voltar cedo?

Acabaram indo ao bar de sempre. Térsio insistia em saber o que havia com ele.

— Nada. Só fiquei irritado com aquela festa de ontem, você viu só que bacanal? E irritado com a vida que estou levando. Vou acabar com isso.

— Vítor se separou de Maria Elisa. Por causa de Joubert, parece.

— De Joubert? Mas ouvi dizer que foi o contrário: que Maria Elisa surpreendeu Vítor com Gerlane dentro de um carro.

— Não sei: a verdade é que se separaram. Maria Elisa foi para a casa da mãe dela, deixou Vítor entregue às baratas. Mas você estava lá? Nem te vi.

— Nem eu a você.

— Quem estava no carro com Gerlane era eu — confessou Térsio, afinal. — Vítor podia estar com alguma outra. Aliás, perdi meu tempo.

— Gostaria de conhecer essa Gerlane — murmurou Eduardo.

Alguém pôs a mão em seu ombro:

— Se eu der licença...

Era Antonieta, em companhia de Sílvio:

— Passei lá em sua casa, encontrei sua mulher sozinha, triste feito um passarinho. Resolvi trazê-la. Como vão as coisas?

— Você disse que se eu quisesse podia vir...

Eduardo ocultou seu aborrecimento enquanto lhe arranjava uma cadeira. Queria estar a sós com Térsio, não queria conversar com mais ninguém.

— Eu estava contando a ela o que me aconteceu ontem — disse Sílvio: — Vocês nem imaginam.

— Posso imaginar — resmungou Eduardo.

— Pois então imagine o seguinte: na hora em que a confusão era maior, ninguém se entendendo mais, todo mundo de pileque, quem resolve me passar uma cantada?

— A cozinheira — disse Térsio.

— Sua mulher — disse Antonieta.

— Nada disso: aquele cantor de rádio, como é mesmo o nome dele, Eduardo?

— Eu é que vou saber?

— Ninguém diria que ele era veado. É forte como o diabo, eu havia de pensar? Passei meus bons apertos. Uma hora lá, fui ao banheiro, ele foi atrás, e...

— Você não vai contar, vai? — e Eduardo se ergueu.

— Que há com você, rapaz?

— Nada. Vamos embora, Antonieta.

Agarrou a mulher pela mão, soprou para Térsio:

— Passe lá em casa: preciso muito falar com você.

Despediu-se, foi para casa. Não trocou uma só palavra com Antonieta. Em pouco chegava Térsio.

— Sílvio ficou danado da vida com você. Achou que você não gostou que ele tivesse levado Antonieta ao bar. Disse que não tinha nada com isso, ela é que pediu, insistiu...

— Que se danem. Escuta, Térsio, não sei o que há comigo, mas sinto que alguma coisa de importante está acontecendo, não sei... É preciso que eu faça alguma coisa, tome alguma providência.

Andava de um lado para outro, excitado. Era mais de meia-noite, Antonieta fora dormir. Um vento fresco entrou pela janela.

— Você está nervoso, cansado, é isso.

— Cansado desta vida. Vontade de me mudar do Rio, ir para um lugar sossegado, ter um filho, criá-lo longe daqui, constituir uma família, compreende? Levar uma vida decente. Não nasci para isso. Só você, que me conhece melhor, pode me compreender. Nós somos diferentes um do outro, eu sei; mas você sabe

187

que eu não nasci para isso. Eu queria ser um homem simples, direito... Um homem como meu pai. Mas o que é aquilo?

Recuou assombrado: um vento mais forte entrava pela janela. Deixou-se ficar, olhos parados, sentindo-se tomado de um estupor inexplicável:

— Como meu pai — repetiu ainda, para si mesmo, sem desviar os olhos da janela. Térsio seguiu a direção de seu olhar, depois caminhou para ele:

— Eduardo, que foi isso — e sacudiu-o, enquanto ele escondia o rosto nas mãos, como se fosse chorar. — Você está nervoso, esgotado, vendo coisas. Precisa descansar. Por que não vai dormir um pouco?

De repente, três ruídos simultâneos se fizeram ouvir: o relógio da sala deu uma hora, uma porta bateu, impulsionada pelo vento, e o telefone pôs-se a chamar. Os dois se entreolharam em silêncio:

— É interurbano — sussurrou Eduardo, afinal, como de dentro de um sonho.

PASSOU o resto da noite com Térsio, pendurado ao telefone, tentando arranjar lugar num dos primeiros aviões. Conseguiu reserva para as nove da manhã. Acordou Antonieta:

— Tenho certeza de que ele morreu. Senti uma coisa...

— Quer que eu vá também? — perguntou ela, aflita.

— Não, você tem medo de avião. Fica em casa de seu pai.

— Tenho medo, mas sendo preciso — ela insistiu, já inteiramente acordada. Abraçou-o, penalizada: — Gostaria de poder fazer alguma coisa por você.

— Faz um café.

— Se for preciso, você me avisa que eu vou.

Como lhe sobrasse tempo, resolveu passar em casa do pai de Antonieta, a caminho do aeroporto.

— Avise ao ministro que preciso falar com ele.

Em pouco o criado voltava:

— O ministro manda perguntar de que se trata.

— Diga-lhe que vou agora para Belo Horizonte, que meu pai... que eu... Não, não diga nada: pergunte se ele deseja alguma coisa para lá.

De novo o criado:

— O ministro manda dizer que lhe deseja boa viagem.

— Pois então manda o ministro a... — mas se conteve, pensando em Antonieta.

No avião não conseguiu repousar. Morrera — tinha certeza disso. Era essa espécie de intuição que tivera, nascida do cansaço e da excitação. Seu próprio pai, quando pensava, quando falava justamente nele. Exemplos de pressentimentos como este não eram raros. Seu pai! — e as lágrimas lhe escorriam pelo rosto, que se esquecera de barbear.

No aeroporto encontrou Veiga à sua espera:

— Seja forte, rapaz. Prepare-se para o pior.

— Já sei: ele morreu. Mas como? Quando? Você sabe me dizer a hora exata?

Estava excitadíssimo. Olhou longamente o corpo do pai estendido no caixão, na sala de visitas — o rosto largo tão seu conhecido. Por que será que não choro? — pensava. Devo chorar, devo chorar, preciso chorar. Reagia vagamente aos abraços das pessoas, tanta gente conhecida, tanto rosto compungido ao seu redor, mas não discernia nada — mal pôde distinguir Mauro e Hugo entre os presentes. O cheiro das flores, as velas crepitando — lembrou-se de Jadir, o velório de Jadir, havia tanto tempo. O corpo pequeno, descarnado, feito esqueleto debaixo da terra. Em breve, o de seu pai — o velho Marciano morto, nunca pensara nisso, ele não parecia que um dia iria morrer. Isso alterava fundamentalmente a sua vida? Ou não lhe traria sequer a mais ligeira modificação no modo de ser e encarar as coisas — sempre fora, era assim, sempre seria, ele vivendo, a morte do pai já em sua vida incorporada. Mais uma época ali se encerrava? Acaso não vivia sempre encerrando épocas e inaugurando outras? De onde vinha, para onde ia? Que sentido tinham as coisas? Nenhum, nenhum, se dizia, sentindo finalmente seus olhos se encherem de lágrimas. Disfarçou, já agora para não ser visto chorando, foi à cozinha, tomou o café que lhe ofereciam — alguém, uma mulher. Era justamente dona Marion, a mãe de Jadir, a quem dona Estefânia ajudara quando o filho morreu. Chegara a sua vez de ajudar também, prestar auxílio, fazer café, consolar dona Estefânia. Exatamente aquela que vivia por aí, dizia-se que não prestava. Olhou em torno: uma porção de conhecidos desentocados, todos muito cheios de dedos, meus pêsames, é isso mesmo, quem diria, tão forte que ele era. Dona Estefânia nem chorava mais: olhos vermelhos, rosto inchado, deixava-se ficar, perplexa, junto ao corpo do marido, mãos na face fria e amarela, sem compreender o que se passava. O encontro com o filho fora novo motivo de choro e desespero, dificilmente amainado: caíra-lhe nos braços, meu filho!, e não queria desgarrar-se dele, seu último refúgio.

À noite se lembrou de Antonieta, resolveu telefonar.

— Não está aqui não — disse o próprio ministro, vindo atender. — Só agora eu soube. Por que você não me disse pela manhã que era isso? Dei ordem para enviarem uma coroa, não sei se chegou a tempo...

— Não está? — insistiu Eduardo. — Ela não vai dormir aí?

— Que eu saiba, não. Isto é, não me falou nada.

— Dava muito trabalho, acabei ficando por aqui mesmo — explicou ela, quando ele ligou para casa.

— Você está sozinha?

— Estou. Por quê?

— Por nada. Você vem?

— Se for preciso... Quando é o enterro?

— O enterro foi hoje mesmo, à tarde.

— Quanto tempo você ainda fica aí?

— Não sei: depende de você.

— Se você acha que é preciso...

— Não vem não — concluiu ele.

Desligou o telefone, atordoado, voltou para junto da mãe, que agora dormia, depois de ter tomado à força um calmante. O médico não permitira que ela fosse ao cemitério. Eduardo fora como um sonâmbulo, não falou com ninguém, não viu nada do que se passava à sua volta.

Ficou ainda em Belo Horizonte por três dias. Não tornou a comunicar-se com Antonieta. Qualquer coisa se rompera entre eles: revia-se solteiro, morando em Belo Horizonte, em sua própria casa. Afinal, o tempo não havia passado, ali estava ele de novo... Durante a noite chorava como antigamente, no seu quarto de antigamente, abafando os soluços no travesseiro. Não sabia por que chorava: se pela morte do pai, pela solidão em que viveria sua mãe, ou por si mesmo. Afinal, não conto mais com ninguém — pensava. Nem com meus amigos, nem com meu pai, nem com minha mulher, nem comigo mesmo. Estou sozinho, não há salvação.

Não conseguiu ter com Mauro e Hugo os momentos que esperava: nem um encontro fecundo, nem ao menos uma conversa, um diálogo como os de outrora. Não sabia o que acontecera: se a morte do pai o traumatizara, se eles é que haviam mudado — o certo é que, juntos, já não eram os mesmos. Mauro terminava seus estudos de medicina, descrente de tudo, depois de seu fracasso em política: não conseguira inclusão de seu nome na chapa de deputado, como candidato dos estudantes. Passava os dias numa desolada inatividade, quando não estava bebendo pelos bares com novos companheiros: dois ou três jornalistas vencidos pelo cansaço, pela falta de estímulo, pela estagnação intelectual.

— Você precisa é se mudar para o Rio — Eduardo procurava incentivá-lo. — Se lembra do Amorim, aquele repórter de polícia? Pois está lá, vencendo na vida. Se tivesse ficado aqui, teria desaparecido.

— Prefiro desaparecer. Me deixa por aqui mesmo.

— Está bebendo demais — informou-lhe Hugo. — Nós deixamos aquela vida, Mauro continua. Não lê nada, não escreve nada, não estuda. Não percebe que está se desmoralizando pelos botequins, com essa turma de jornal, uns fracassados.

Eduardo se lembrava dos rapazes do jornal, que antigamente o deslumbravam e com quem andava, Veiga à frente. Seriam assim, como os de hoje? Mauro, porém, se queixava de Hugo:

— Radiguet não é nem a sombra do que foi. Perdeu aquele ar doentio que lhe ia tão bem. Você se lembra que nós alimentávamos uma esperançazinha de que ele estivesse fraco do peito, acabasse um poeta descabelado e desmilingüido? Qual o quê! Perdi meu futuro cliente: está forte, saudável, professor, vive estudando filosofia, filologia, psicologia, tudo para acabar descobrindo um dia que a vida é isso mesmo. E vive rodeado de meninos, alunos dele. Já sugeri que ele devia andar de calças curtas e fundar uma associação de escoteiros.

Hugo se justificava:

— Alguns deles são muito inteligentes, você precisa conhecê-los.

— Você não percebe que está sendo exatamente aquilo que censurávamos no Veiga? O que você está fazendo de si mesmo? Se esses meninos forem como nós fomos, haverão de estar rindo de você como nós ríamos...

— Ninguém será como nós fomos — cortou Hugo, amargo.

Toledo também lhe pareceu amargo — mais velho, acabado:

— Estou pensando em ir para o Rio. Já não agüento mais isso aqui. Com a mudança da política começaram as injustiças, as perseguições...

— Não vai me dizer que a política mudou para pior, Toledo.

— Para mim, foi. Perdi o meu cargo no gabinete, voltei a chefe de seção. A vida cada vez mais cara, o dinheiro cada vez mais curto, as aulas cada vez mais longas...

— E a literatura?

— Não tenho tempo para literatura, nem para nada. Não saio, não vejo ninguém. Converso de vez em quando é com Hugo, mas ele vive em companhia de efebos. Está pensando em fazer concurso para uma das cadeiras da Faculdade assim que terminar o curso.

E Toledo baixou a voz:

— Dizem dele por aí umas coisas, mas não acredito, é lógico.

— Dizem o quê? — estranhou Eduardo.

— Dele com os meninos.

Estarrecido, Eduardo recusava-se sequer a pensar, a continuar aquela conversa. Diziam coisas de Hugo com os meninos! A palavra meninos é que lhe ficou ressoando na cabeça: meninos eram eles próprios, os três! Por que se sentirem assim, precocemente envelhecidos, sem poder exercer sua mocidade?

— Nós somos muito precoces — comentou apenas. Toledo não entendeu.

Uma noite Mauro lhe telefonou — era tarde, mais de duas horas.

— Eduardo, vem aqui no bar, preciso de você, estão querendo me bater.

Saiu de casa apreensivo: a voz de Mauro trêmula, insegura, humilde. Ele nunca fora assim. E parecia bêbado. Ao chegar deu com um ajuntamento à porta do bar: abriu caminho e entrou. Mauro também abriu caminho ao vê-lo, caiu-lhe nos braços:

— Eduardo, *mon semblable*! *Mon frère*!

Dois garçons procuravam contê-lo, um guarda telefonava, os fregueses o rodeavam, curiosos.

— Que foi que houve?

— Estão querendo me bater — lamuriou-se ele. Estava completamente embriagado. — Me tire daqui, por favor, use seu prestígio, mostre a esses sacripantas quem você é, quem somos nós.

— Quis sair sem pagar a despesa — explicaram-lhe. — É a terceira vez que ele faz isso. E agrediu um garçom.

— Eu pago a despesa. Quanto é?

— Tens uns copos quebrados também — disse o gerente, irresoluto.

— Vamos, Eduardo! — dizia Mauro, já confiante. — Eles não sabem que nós somos generais.

— Fica quieto.

Conseguiu livrá-lo do bar, dispensar o guarda. Foram subindo a pé a rua da Bahia. Mauro mal podia andar.

193

— Agüenta a mão, que ali no Grande Hotel tomamos um carro. Como é que você foi me promover um estrago daqueles?

Alguém saía justamente do Grande Hotel, vinha-lhes ao encontro. Mauro se contraiu, soltou um berro:

— É ele! É o Barbusse! Foi quem me denunciou. Traidor!

Avançou furioso para o delegado. Tomado de surpresa, o homem recuou dois passos, voltou-se e saiu correndo, perseguido pelo rapaz:

— Segura! Socorro! Ele está louco!

— Louco é a mãe! Eu te mato, preboste! — gritava Mauro. Cruzaram o jardim em disparada, o delegado fugindo espavorido, aos gritos. Quando ia alcançá-lo, Mauro tropeçou no meio-fio, caiu estendido no chão. O delegado, com suas perninhas curtas, já se perdia nas sombras da avenida João Pinheiro.

— Ai, estou ferido. Quebrei a perna — e Mauro se apalpava, dramático. Eduardo aproximou-se, tentou erguê-lo. Ao sentir-se tocado, ele se levantou de um salto:

— Não chega não! Quem é você?

— Eduardo, sua besta.

— Eduardo, meu amigo! Você é meu amigo?

— Sou. Vamos embora.

— Então vamos tomar alguma coisa.

Conseguiu arrastá-lo até um carro de praça. Depois foi um trabalho convencê-lo a entrar em casa.

— Meu amigo, *mon cher ami* — repetia Mauro.

NÃO FOI diretamente para o Rio — à última hora resolveu passar dois dias em Ouro Preto. Precisava descansar, pensar um pouco, meditar em sua vida, ver que rumo tomar. Deixava a mãe morando com umas tias, na Serra. Mais tarde teria de voltar, providenciar o inventário de seu Marciano — o que seria fácil, seu Marciano não deixara quase nada. Mas agora queria proceder ao inventário dos próprios bens. Precisava saber com que contava, para prosseguir.

Em Ouro Preto se deixou ficar, pelas ruas quietas e frias, tentando ordenar as idéias, descobrir o que ocorria consigo, afinal. Não podia entender, não entendia nada, era como se os pensamentos lhe viessem envoltos em nuvem, uma nuvem de tristeza, desânimo, aniquilamento. Sua vida não estava certa. Esses amigos com quem você anda não servem — a mãe dissera. E assim eram todos — escritores sem livros, poetas sem versos, pintores sem quadros, arraia-miúda da arte que vicejava ao seu lado, tirando-lhe o que lhe restava de melhor — entusiasmo, idealismo, mocidade. A que ponto chegara: em Belo Horizonte lastimara Hugo e Mauro, agora percebia que também ele não escapava, eram os três que naufragavam lentamente. Mas ainda haveria de se salvar.

Como?

Estava à janela do hotel, olhando o casario que subia pelo morro. Era de tarde e um sol frio se escondia de Ouro Preto para que a noite baixasse. Viu um cavalo pastando à sombra de uma árvore, uma menina sentada numa pedra. De súbito o cavalo deixou de ser apenas cavalo, a menina deixou de ser menina e tudo — cavalo, árvore, menina, pedra — se tornou uma coisa só, ligada por elementos invisíveis num só bloco, espécie de síntese de todas as coisas criadas... Eduardo fechou os olhos e esperou, buscando em vão entender os pensamentos soltos que lhe acudiam vertiginosamente. Tornou a olhar e viu o cavalo se mover, vagaroso como um monstro gigantesco de quatro patas, a menina coçar o pé num gesto de experiência milenar e a pedra imóvel a desafiá-lo como um enigma. Um sino pôs-se a tocar na igreja próxima, denunciando o momento suspenso entre a realidade e o mistério. Apoiou-se à parede — seu corpo tremia, o coração disparava e todo ele parecia tocar o mais fundo da angústia. Sim, *aquilo* era angústia. Num grande esforço tentou ainda ordenar os pensamentos, entender as coisas ao redor — não entendia mais nada.

— Estou perdido — murmurou, deixando-se cair na cama.

Sentia-se inseguro como no instante de se atirar na piscina em

195

dia de competição. Mas isso não era nada: era um estado permanente de angústia, crônico, suportável — era a fragilidade do ser diante da brutalidade e da crueza da vida, mas era ainda a vida, o existir e se saber presente. A evasão da realidade, o vórtice negro em que se sentira cair ali na janela, como num poço, é que era a angústia, o desespero, a negação de si mesmo — o não-ser, o vazio, o nada. Sua testa começou a porejar suor, quando viu que o poço novamente se abria, tudo começava de novo a perder o sentido, suas forças faltavam e ele se agarrava apavorado a uma idéia qualquer para não ser tragado...

— Não, não! — balbuciava, e começou a chorar. — Meu Deus, me ajude!

Aos poucos veio vindo o apaziguamento, numa espécie de letargia em que ele nada sabia de si mesmo e tinha medo sequer de se mover. Deflagrada a crise, ficava agora alagado, destruído, nada mais germinaria ali, tudo seria remorso e solidão. Desgraçado!, candidato ao esquecimento.

A noite veio encontrá-lo na mesma posição, adormecido. Foi um sono espesso e sem sonhos.

Voltou para o Rio em estado de pânico. Não disse nada a Antonieta, mas se abriu com Térsio:

— Não sei, estou doente, estou com esgotamento nervoso. Deprimido, angustiado, o coração disparado...

— É natural. A morte de seu pai...

— Natural nada. Não senti a morte de meu pai, não consegui me compenetrar sequer de que ele morreu.

Resolveu procurar um médico:

— Estou com taquicardia, doutor. Alguma lesão, talvez. Um estado permanente de expectativa, como à espera de um desastre, como se fosse morrer a qualquer momento.

— Você não tem nada no coração. Isso é angústia, e da boa. Deve procurar um psiquiatra.

Psiquiatra? Mas seria uma rendição, uma aceitação passiva de sua desordem interior, seria o reconhecimento da loucura.

— Não estou louco — se afirmava. — Tudo, menos louco. Sou o sujeito mais equilibrado, mais saudável, mais cheio de razão que existe.

Lembrava-se de Chesterton: é o que perdeu tudo, menos a razão. Neste caso estaria mesmo louco. Mas teria perdido tudo? Seus amigos, seu pai, sua mulher? Sua vocação de escritor? Trancava-se no escritório, sentava-se diante da máquina e ficava horas e horas tentando escrever alguma coisa — não havia o que escrever. Às vezes Antonieta acordava no meio da noite, dava por falta dele, vinha buscá-lo:

— Assim não é possível, você acaba doente mesmo.

— Preciso escrever.

— Assim não é possível...

— Eles me pegaram, Antonieta. Eles me pegaram.

— Eles quem? — perguntava ela, apreensiva.

Uma noite, depois de grande esforço, encontrou idéia para um conto: a história de um escritor que de súbito perde por completo a capacidade de escrever.

— E daí? — se interrogou, aflito.

Escreveu apenas isto:

"Era um homem de certo talento que cedo foi apanhado e se mediocrizou. Agora está tentando achar um caminho e não consegue, porque para descobrir o caminho para o talento é preciso talento."

Leu o que escrevera e pôs-se a rir:

— Deixa estar que isso é engraçado. Já é alguma coisa. E pode ser um caminho...

No dia seguinte propôs a Antonieta:

— Sabe? Precisamos mudar de vida, antes que eu enlouqueça: mudar completamente. Mudar de bairro, mudar de hábitos, de amigos, de nome: eu passo a me chamar Joaquim e você Guiomar.

E acrescentou, vendo que ela o observava, assustada:

— Isso é brincadeira, ouviu? Isso de mudar de nome. Ainda não enlouqueci.

Transferiram-se para um apartamento maior, em Botafogo. Aos poucos tudo ia se acomodando: tomavam gosto pelo lugar, mandaram reformar os móveis, decorar as salas. O esforço que ele fazia era o de quando voltara a nadar, anos antes. Desta vez haveria de vencer.

— Agora vamos ser felizes — prometia.

Vinha do serviço diretamente para casa, trazia revistas para a mulher. Um dia trouxe-lhe um presente: atendendo a súbito capricho, entrou numa loja, comprou um colar, o que lhe pareceu mais bonito — ele que não entendia dessas coisas. Antonieta achou graça:

— Que colar! Você podia ter me dado o dinheiro, como faz sempre, que eu mesma comprava.

Ele riu também, conformado, sugeriu que dessem o colar à cozinheira. E assim, eles iam vivendo. Antonieta o esperava todas as noites, elegante com se fossem a uma festa. Iam ao cinema.

— Quero levar uma vida bem simples — dizia ele. — Viver para você, apenas. E para escrever.

Agora que a despesa aumentara, tivera de iniciar uma colaboração semanal na imprensa:

— Hoje eu tive uma idéia...

Aproveitava avaramente todas as suas idéias, que não eram muitas. Aos poucos elas iam frutificando, produzindo outras — começou a arquitetar um livro. Voltou a aperfeiçoar-se em inglês, descobriu uma nova linha de pensamento: Morris, Ruskin, o católico Eric Gill:

— Esse sim, foi um homem de grande caráter. Como eu gostaria de ser. Começou escrevendo livros, acabou cortando pedras.

— Uma carreira às avessas! — ria-se Térsio.

— Não seja imbecil: era um artesão, um entalhador. Artista e operário ao mesmo tempo. Você precisa de ver as idéias dele. Olha aqui: "O artista não é uma espécie de homem; todo homem e que é uma espécie de artista."

— Você nunca mais teve aquelas coisas não? — perguntava Antonieta, preocupada.

— Não: às vezes sinto uma ameaça, mas já tenho minhas defesas. O segredo é ir para a frente e não para trás: é uma espécie de lodaçal em que a gente mete o pé. Se parar para tentar arrancar o pé, acaba deixando o outro e se afundando a cada novo esforço, compreende? Atolando-se no lodo até a boca, sabe como é?

— Você é tão mórbido...

— Ao contrário, estou explicando a você exatamente a maneira de sair. É não parar, ir tocando para a frente. O que ficou para trás, ficou, não interessa. Recolher os despojos do naufrágio e deles fazer um barquinho, sair remando.

— Você está tão excitado! Não parou um instante. Por que não descansa um pouco?

Antonieta tinha razão: era preciso descansar, ter calma e paciência. Seu maior defeito ainda era a pressa, a ganância de viver. Organizou um decálogo de conduta no qual pressa, vaidade, teimosia, egoísmo, dispersão, eram defeitos a evitar, com o incentivo das virtudes correspondentes: calma, modéstia, humildade, generosidade, concentração. Em vez de falar, ouvir; em vez de responder, refletir; em vez de decompor, reintegrar.

Não teve muita oportunidade de praticar tudo isso. Mesmo porque não sabia por onde começar, e concluiu que ao artista era essencial certo egoísmo, do contrário jamais exerceria sua imaginação criadora; também certa vaidade em se sentir capaz de criar. Concluiu que às vezes é mais importante perguntar do que ouvir a resposta; e se a pressa era inimiga da perfeição, certo grau de imperfeição era também indispensável à obra de arte, para dar a medida do homem que a produziu. O artista era uma espécie de homem! Reduziu, então, suas conclusões a uma norma apenas: *restringir-se ao essencial*. Mas o que era essencial? Para descobrir, muniu-se de um esquema de disciplina: ordem, obediência, respeito, lucidez e método. Pôs Térsio a par de suas conclusões.

— Você assim, ainda acaba mal — era o que dizia o outro, sacudindo a cabeça.

Térsio: o único amigo que continuava a freqüentá-lo. Sílvio e Vânia haviam embarcado para a Europa; Vítor também se mudara para outro bairro, voltara a viver com Maria Elisa, estava pensando em fundar uma editora. Diziam que já não levava a mesma vida, não bebia, não saía à noite. Um que se salvava: para quê? Amorim ganhara dinheiro ninguém sabia como, comprara um carro, era visto rodando por Copacabana. Joubert fora para São Paulo executar o famoso painel, de lá não voltara ainda. Lêda, correra notícia de que estava vivendo com um médico, mudara-se para Niterói. E de Gerlane ninguém mais ouvira falar. Os outros, os que apareciam e desapareciam ao sabor das circunstâncias, conforme a época, haviam se dispersado definitivamente em outras rodas. Nunca mais Eduardo voltara ao bar da praia.

— O garçom outro dia perguntou pela turma — disse Térsio. — Estive lá. Ninguém conhecido. Só mulheres da vida e cafajestes.

— Já era assim. Nós é que não notávamos.

Influenciado pelas novas leituras, Eduardo procurava organizar as idéias, firmar as convicções. Não podia dizer que ainda fosse católico: de formação católica, apenas. E era o bastante. Continuava a freqüentar a igreja, de vez em quando — Antonieta nunca fizera questão de acompanhá-lo — e, mesmo, a rezar distraidamente, uma noite ou outra, já deitado, adiando sempre para o dia seguinte o problema de pensar no assunto, fazer também uma reforma radical em tudo aquilo. Urgia, antes, firmar uma convicção — pois vamos a ela: a industrialização foi responsável pela decadência do mundo ocidental; o poder do Estado deveria ser reduzido às menores proporções, até desaparecer de todo, cedendo lugar a uma espécie de sindicalismo que se propusesse a eliminar para todo o sempre os males do estatismo: o nacionalismo e a burocracia; a finalidade da política sendo a preservação do bem comum, a liberdade, em última análise, depende de uma organização mais racional da produção e distribuição.

— Serei um anarquista? — se interrogava.

Não, era simplesmente romancista. E o romancista é um inocente, não sabe nada senão escrever. Aprender a escrever. Regressou à ficção: aprender com os que sabiam, se preciso plagiar, mas plagiar com sabedoria, com verdadeiro aproveitamento das idéias, desenvolvendo-as noutras idéias — e não apenas pastichar: escrever para os dias de hoje como eles escreveram para o seu tempo. E isso já não é plagiar, é recriar. Na literatura, como na natureza, nada se cria e nada se perde: tudo se transforma.

Térsio, a essa altura, começou a chamá-lo de La Palice.

— É isso mesmo — dizia o velho Germano. — Mas você tem de fazer a obra nascer sozinha: não tire nem acrescente nada, senão atrapalha. O importante é *não colaborar*.

O velho Germano passava o dia inteiro de pijama na casa em frente; quando não estava na varanda cuidando dos passarinhos, estava no quarto de solteiro lendo os Evangelhos, um copo de uísque na mão:

— Foi bom você ter aparecido, menino. Estou muito inteligente hoje.

Os dois conversavam durante horas. O velho era diplomata aposentado, viajara pelo mundo, mas suas lembranças eram confusas:

— Paris é isso mesmo que dizem: dá sempre a impressão de que a gente chegou lá com dez anos de atraso. Londres ninguém nunca viu: se tem *fog* não se vê, e sem *fog* não é Londres. Em Jerusalém eu nunca estive e no entanto nunca saí de lá, imagine. Em Berlim tinha uns meninos tão bonitos... Mas não vamos falar nisso. Vamos ouvir um pouco de música, tem agora um programa muito bom.

Pegava Eduardo pelo braço, levava-o para o banheiro. Seu rádio, pequeno e barato, só funcionava no banheiro, em cima do aparelho sanitário. Sem se preocupar em descobrir a razão, o velho escutava música sentado no bidê.

— Deve ser por causa do encanamento que serve de antena — explicou-lhe Eduardo um dia.

O velho Germano fitou-o longamente, desligou o rádio, levou-o para fora do banheiro:

— Por isso é que você não vai para a frente, meu filho. Entende as coisas demais, quer encontrar explicação para tudo. Era tão simpático da parte dele, só tocando onde bem entendesse. Então minha privadinha é uma antena? Você criou um problema para mim.

— Me desculpe.

— Não tem importância. A princípio eu achava que você fosse anjo, palavra. Custei muito a descobrir que não era.

— E por que não?

— Porque não tem asas. Você já viu anjo sem asas? A única coisa que anjo faz é voar: ir daqui para ali, dali para lá, feito um passarinho. O passarinho é um poema de Deus. Deus é poeta, você sabia? Qual, você conversa direitinho, sabe umas coisas, mas não sabe tudo não. Se sabe, me diga por exemplo: que é o pecado?

E o velho começava a folhear os Evangelhos com os dedos ávidos — um folheto gasto, esfacelado, em tradução portuguesa. distribuído gratuitamente.

— O pecado é tudo que Cristo não fez. Se você, por exemplo...

— Espere, espere. Não seja apressado. Isso que você falou tem coisa, pelo menos parece muito grave. Espere: é tudo que Cristo não fez... Olhe, vou até lhe servir um uísque. Você gosta de uísque?

— Gosto.

— Mas gosta mesmo? Olhe lá, hein?

Servia-lhe um uísque em dose medida rigorosamente.

— Você não é anjo mesmo não. Muito espertinho, discute comigo, toma meu uísque. O que nós estávamos falando? Ah, sim, o pecado: tudo que Cristo não fez? Não, está errado: isso é exagero, você está querendo ser mais cristão que o próprio Cristo. Cismático! Vá embora! Não quero mais conversar com você.

No dia seguinte, porém, voltava a recebê-lo:

— Sabe de uma coisa, Eduardo? Estive pensando muito em

você. Seu erro fundamental é lembrar em vez de recordar. Há uma diferença entre lembrar e recordar; recordar é reviver, lembrar é apenas saber. O que é recordado fica, o que é lembrado é também esquecido.

— Kierkegaard já disse coisa parecida.

— Já vem você. Quem é esse? O jogador?

— Não: um filósofo dinamarquês.

— Ah! Eu estava confundindo com Friedenreich, aquele jogador de futebol. Pois se ele disse isso, ele é dos bons.

— Ele fala também nas "resoluções negativas", essas que a gente toma e que em vez de nos suportar, nós é que temos de suportá-las.

O velho ficou pensando.

— É, isso é importante... — comentou afinal, balançando a cabeça. — Você veja, por exemplo, o problema do pecado: a grande dificuldade diante do pecado está em que para combatê-lo temos de tomar resoluções negativas. O homem resolve *não* pecar, isto é, negar alguma coisa que já existe, para recuperar sua condição original, que não existe ainda. Com o suicídio, por exemplo, é a mesma coisa: o homem resolve suicidar-se, mas nunca poderia resolver não se suicidar, como resolução afirmativa. Estou certo ou errado?

— Está errado: o suicídio tanto pode ser afirmação da morte como negação da vida. Tanto faz.

— É mentira! — bradou o velho, exaltado. — Olhe a morte de frente! Se você olha para trás, Deus pode te castigar, te transforma numa estátua de sal. Eu vou explicar: o suicida é aquele que perdeu tudo, menos a sua vida. Quis salvá-la e quem quiser salvar a vida a perderá. Não soube renunciar a si mesmo, não soube morrer — por isso se matou. O pecado dele é uma resolução afirmativa. A luta contra o pecado é a luta contra o suicídio. E no entanto, com a resolução negativa de continuarmos vivendo, estamos sustentando o mundo. Veja o exemplo de Judas: condenou o mundo se suicidando. Porque a salvação do mundo só poderia vir do Cristo.

Eduardo o olhava, estupefato: lembrava-se de uma conversa sua com o diretor do ginásio, fazia tantos anos, em que dissera praticamente a mesma coisa, por pouco não fora expulso. Mas o velho Germano já estava meio bêbado.

— E há mais: há pecados para dentro e pecados para fora, é preciso distinguir. Pecado para dentro: orgulho. Para fora: assassinato. Pecados ativos e pecados passivos. Sabe que seu grande mal são os pecados para dentro? Se você talvez pecasse um pouco para fora... Mas você não pode, seu grande mal é o orgulho — e sem orgulho você é um homem liquidado.

Antonieta não via com bons olhos aquela amizade:

— Tem cabimento você passar horas e horas conversando com esse velho maluco?

Eduardo ria:

— Talvez eu seja mais velho do que ele...

Germano não riu, pelo contrário, se fez sério.

— Sabe, Eduardo? Você não é mais velho do que eu: você é uma coisa sem idade. A eternidade de seu espírito impregnou seu corpo, de modo que parece que o corpo está se tornando imortal e em conseqüência o espírito envelheceu. Daí o desequilíbrio. Talvez uma cadeira de rodas resolvesse seu problema. Você paralítico, por exemplo, para castigar o corpo, conter o corpo e soltar o espírito. Você faria verdadeiras proezas na sua cadeirinha de rodas, circulando para lá e para cá, rindo satisfeito, abrindo porta, subindo escada. Que grandeza! Que despojamento, que liberdade! Já não peço tanto: ao menos se você capengasse, quando anda, arrastasse uma perna... Por que você não passa uns tempos arrastando a perna, para experimentar?

Aproximou-se, segurou-o pelos ombros, nervoso, excitado, como ficava sempre que bebia:

— Sabe de uma coisa, meu aleijadinho? Vou lhe dizer, preste atenção: um dia, faz tempo, li um livro, parece que de Dostoievski. Me lembro de uma cena em que um rapaz vai visitar o místico, em companhia do irmão mais novo, que também era místico — o rapaz não, o rapaz era estróina — então o padre não dá importância ao irmão mais novo, mas cai aos pés do rapaz e beija-lhe os sapatos chorando, depois diz: "Faço isso pelo que você ainda vai sofrer." Pois bem: estou sentindo que devia fazer o mesmo com você.

Eduardo o olhava, constrangido. Tentou sorrir, mas sentiu lágrimas nos olhos. De súbito, o velho ergueu a mão espalmada e esbofeteou a própria face com violência:

— Toma, fariseu! Para aprender a se calar.

Eduardo lhe falava de seus amigos de Minas. Germano se afeiçoava a eles, sem conhecê-los, comentava um e outro:

— Deixa Mauro beber, que é que tem? É o caminho dele. Ele se salva, fique tranqüilo. Só que me parece muito distraído e isso é mau, um poeta não pode ser distraído. Hugo é que ainda não sei bem: ele tem olhos verdes? Se tivesse olhos verdes estava explicado. Gostaria de conversar com ele para ver se sabe umas coisas que todo poeta deve saber. Se sabe, por exemplo, que a lua é uma vaca.

Uma noite Eduardo convidou-o para jantar. Germano despiu pela primeira vez o pijama, barbeou-se, penteou-se, vestiu-se elegantemente — paletó mescla e calça listrada — e cruzou a rua. Antes de se sentarem à mesa, já se fizera amigo de Antonieta:

— Essa palhacinha finge que não sabe as coisas — dizia, entusiasmado — mas acho que sabe mais do que nós dois. Quer ver?

Para Antonieta:

— Que dia é hoje, palhaça?

— Dia 15.

Para Eduardo:

— Você sabia que hoje era dia 15?

— Não...

— Eu não disse? — e de novo para Antonieta: — Que dia da semana?

— Segunda-feira.

— De que cor?

— Segunda-feira? Acho que cinzenta...

— Isso mesmo! Às vezes é branca. E terça-feira?

— Verde?

— Não! Verde é quinta-feira. Terça-feira é amarela. Quarta-feira é marrom. E sexta-feira é engraçado: muita gente pensa que é alaranjada, e no entanto não é: é cor-de-rosa, você sabia?

— Cor-de-rosa não é domingo, não? — perguntou ela.

— Não: domingo é outra cor, vamos ver se você descobre.

— Vermelho — arriscou Eduardo.

— Cala a boca. Você não sabe nada. Vamos, menina!

— Dourado! — concluiu Antonieta.

— Isso! — e o velho se ergueu, beijou-a na face, contente como um professor: — E sábado é azul. É o ouro sobre o azul.

Findo o jantar Eduardo preparou-lhe um uísque — comprara uma garrafa especialmente para ele.

— Sabe, Germano? — comentou, enquanto servia: — Essa história das cores dos dias da semana é interessante, mas Rimbaud fez melhor: descobriu as cores das vogais.

Germano o olhou, cauteloso:

— Quem? O Poetinha?

— Poetinha? Você chama Rimbaud de poetinha? Aos dezessete anos era um dos casos mais sérios da literatura.

— Não se é sério quando se tem dezessete anos.

— Mas isso é justamente um verso dele! — exclamou Eduardo, admirado. — *"On n'est pas serieux quand on a dix-sept ans"*.

— Está vendo? — o velho se voltou, vitorioso: — Não precisa traduzir que eu sei francês.

E se levantou, despedindo-se:

— Preciso ir embora, me levanto muito cedo. Tem um bem-te-vi que me acorda toda madrugada. Posso levar a garrafa?

Empunhou a garrafa de uísque e abraçou-se a Eduardo:

— Vamos fazer as pazes? Tem domingo vermelho, sim. Especialmente na Espanha.

Antes de sair, voltou-se para Antonieta:

— Ia lhe dizer agora uma coisa muito importante. Mas é tão importante que prefiro não dizer. Só é sincero aquilo que não se diz. Boa noite.

— Então isso também não é sincero — sorriu ela.

— Também não. Só o silêncio é sincero. O silêncio de uma pessoa dormindo, por exemplo. Como é sincero alguém dormindo! Sincero como uma flor. Imagine se uma flor falasse, que ridículo não seria. Por isso é que eu não gosto de desenho animado. Dormindo é que cada um se revela, por causa do silêncio, ou seja: feito à imagem e semelhança de Deus.

— E os que roncam? — gracejou Eduardo. O velho fulminou-o com o olhar:

— Quem ronca no homem é o demônio. A luta se trava até dentro do sono, só cessa com a morte. Os mortos não roncam, seu doutor, porque Deus vence sempre. O silêncio é a linguagem de Deus. No princípio era o Verbo, vocês sabem o que é isso? O silêncio, o espantoso silêncio do princípio. Ah! o verbo e o silêncio são a mesma coisa. Que coisa bonita que eu falei, minha Nossa Senhora. É preciso escutar o silêncio, não como um surdo, mas como um cego! O silêncio das coisas tem um sentido. Quem não entende isso não entende nada.

Eduardo se viu de súbito transportado a uma noite já longínqua, no Parque, diante da estátua de Anita Garibaldi. O demônio mudo.

— E a música? — desafiou.

— A música — o velho traçou com o dedo uma pausa no ar — é a expressão mais completa do que estou dizendo. Ou do que *não* estou dizendo, pois é preciso ouvir apenas o que não se diz. Quem tiver ouvidos para ouvir, ouça. Eu ia chegar nela. A música também é silêncio. Bach sabia disso, Mozart também. Beethoven só soube quando ficou surdo. O ar não é silencioso? O vento não faz barulho? E que é o vento senão ar? A música é o silêncio em movimento.

— O mesmo com as palavras.

— Não senhor: as palavras estão em quem fala e em quem escuta. O silêncio fica entre os dois, intocado, um silêncio enorme, intransponível. Ao passo que a música está nela mesma, isto é, no que resta além de nós. E o resto é silêncio. Adeus.

Já à porta:

— Reparem como o meu silêncio é mais sugestivo do que qualquer palavra.

Olhou fixamente o casal durante algum tempo e voltou-se, solene, cruzou lento a rua, a garrafa de uísque na mão.

— Que homem extraordinário — disse Antonieta, deslumbrada.

— Você não viu nada — disse Eduardo, rindo.

Passaram a visitá-lo juntos quase todas as tardes. Às vezes Antonieta ia sozinha, Eduardo chegava da rua e a encontrava lá, em conversa com o velho.

— Esta menina sabe as coisas — dizia ele.

Eduardo se alegrava com a mudança que sentia na mulher. Já não queria sair, ir tanto ao cinema, passear em Copacabana. Preferia ficar em casa à noite, lendo as revistas que ele lhe trazia. Enfim, pareciam constituir um casal feliz. Eduardo fazia planos literários — um livro de ensaios, por que não? Faltava um crítico à sua geração, não era isso mesmo? Antonieta pensava em aprender alguma coisa, tomar aulas particulares — costura, datilografia, francês, ginástica, culinária. Desde que terminara o colégio, não estudara mais nada, queria sentir-se útil, encher seu tempo. Não faziam nada disso e à noite se buscavam sem pressa, para cumprir pacificamente os deveres de estado. Essa era a felicidade, pois. A rotina não sendo afinal o temido fantasma do tédio, mas a ordem, o equilíbrio, a permanência tornados hábito. Que se amassem apenas, não bastava; era preciso principalmente amar em comum alguma coisa além deles e isso o que buscavam — seguissem vivendo paralelo como dois trilhos, eles nunca se encontrariam. E assim é que se poupavam, não mais aflitos, mas de prontidão, a casa arrumada como à espera de uma visita.

Eduardo voltou a Belo Horizonte duas vezes. Dona Estefânia, com a morte do marido, estava velha, acabada. Continuava morando na casa dos parentes, reclamava do filho não ter cumprido a promessa feita ao pai:

— Você não terminou seu curso, meu filho. Ele fazia tanta questão.

— Este ano vou me reinscrever na Faculdade — mentia ele com paciência.

Da última vez não chegou sequer a avistar-se com Mauro e Hugo:

— Mauro está um caso sério — lhe disse o Veiga, sempre à frente do jornal. — Há pouco tempo foi preso numa arruaça na zona boêmia. Iam mudar a zona de bairro, despejar as mulheres, Mauro então promoveu um verdadeiro comício, queria fazer uma passeata com elas até o Palácio do Governo.

— E Hugo?

— Hugo vive às voltas com um jovem poeta, aluno dele, um negócio meio escandaloso. Todo mundo comenta, só ele não percebe. Imagine que o menino foi expulso do colégio...

Voltou para o Rio desgostoso, em vão tentou esquecer os amigos. Eles que se danem! Por que não vieram também? Mas acabava escrevendo a ambos longas cartas, quando à noite a lembrança deles o perseguia, tirando-lhe o sono. Recebia respostas lacônicas; de Hugo, apenas meia dúzia de linhas mordazes: "Príncipe, você é dono de uma verdade, eu não sou dono nem de meu nariz. Sou apenas o destinatário humilde de sua brilhante literatura epistolar." De Mauro recebeu um pedido de dinheiro: "É natural, você tem e eu não tenho. Para escrever poemas, como você quer, preciso comprar papel, uma caneta, cigarros e as obras completas desse poeta inglês que você citou, como é mesmo o nome dele?" Eduardo lhe passou um telegrama: "Camões morreu na miséria." Mauro lhe respondeu: "Porque não lhe deram emprego na Prefeitura de Lisboa."

Não tendo outra coisa a fazer, deu mais um balanço em sua vida. Para surpresa sua, apurou um saldo — pelo menos não tinha de que se queixar, como Mauro, Hugo e tantos outros: estava bem de vida. Seus vencimentos na Prefeitura haviam aumentado, com uma pequena comissão nas multas, agora aprovada — por este lado não tinha com que se preocupar. Ainda assim, continuava a escrever artigos semanais, seu nome ia-se tornando conhecido. Térsio ainda aparecia de vez em quando:

— Essa calmaria me assusta um pouco. Eu teria medo...

E Antonieta finalmente esperando um filho. Eduardo foi levar a notícia ao Germano. Da última vez que o procurara o velho lhe pedira que se retirasse: "Não posso conversar. Eu hoje estou de mal comigo." Agora, porém, o recebia com os olhos molhados:

— Sabe Eduardo? Estou chorando por sua causa: essa tristeza antecipada diante das fatalidades que a gente não pode mudar...

II — O AFOGADO

EM ALGUM lugar dentro da noite um telefone toca sem parar mas ele não ouve nada. Vai caminhando com decisão, prosseguindo na sua busca. Atravessa ruas, dobra esquinas, sobe escadas, bate em portas, entra, pergunta, olha, sai, torna a andar. Procura entre os rostos que passam, que riem, que se mexem, e se escondem atrás de outros rostos. Na esquina há um letreiro luminoso, mas basta, já esteve aqui, não há cabaré, nem *dancing*, nem botequim, nem pensão que não tenha esquadrinhado — nuns dizem que não, noutros dizem que sim mas vão ver estão enganados, noutros não dizem nada. Portas que não se abrem, bocas que não se abrem, olhos que nada viram, uma mesa e quatro cadeiras, cerveja, vestidos de cetim, seios e axilas, o garçom eunuco não sabe de nada, a gorda de olheiras nunca ouviu falar, é uma procura inútil, dez anos já se passaram.

— Gerlane — insiste ele. — O nome dela é Gerlane.

Pela porta aberta uma ponta de cama baixa, coberta vermelha, uma luz vermelha, saia de feltro vermelho de uma boneca na cadeira. Uma perna, duas pernas. Perfume, vaselina, esperma.

— Marlene? Tenho uma menina aqui chamada Marlene, mas ela agora está ocupada. O senhor não pode esperar?

— Marlene não: Gerlane — corrigiu. Esta não sabe, nem esta, nem esta outra, uma cabeleira loura se volta com espanto, Gerlane? e a boca vermelha maior do que a boca sorri uma falha de dois dentes assim meio de lado, não, me desculpe, não conheço, mas como é mesmo o nome dela? Gerlane, Gerlane, Gerlane — repete ele para os sapatos que desistem a cada degrau. Enquanto isso o telefone continua a tocar, há um século, sem parar, longe, muito longe, sem parar, será interurbano?

Estendeu o braço ainda de olhos fechados, tateando. A mão bateu no despertador à cabeceira da cama e o atirou no chão, a campainha ainda disparada. Completamente acordado, ergueu-se de um salto e procurou prendê-lo nas mãos como um pássaro assustado.

— Quem diabo botou este despertador? — resmungou.

— Você mesmo, quem havia de ser? — respondeu Antonieta, lá do banheiro. — Hoje você não vai trabalhar?

Eduardo dirigiu-se ao banheiro em passos pesados. A lembrança do sonho o perseguia: por que prostituta? Abriu a torneira da pia, deixando escorrer algum tempo o jato de água fria até tomar coragem. Prostituta? Tentou relembrar tudo, mas o sonho se perdia já, escorrendo na memória como a água entre os dedos, misturando-se às lembranças da noite. Inclinou-se e molhou agitadamente a face, os cabelos. Qualquer coisa de dez anos passados...

Ficou a olhar Antonieta que, sentada na borda da banheira, se ocupava em raspar os pêlos da perna. Era uma mulher, a sua mulher. Uma bela mulher — dessa beleza que um dia, pela manhã, haveria de desaparecer do rosto sem deixar vestígios. O corpo jovem tinha já certo ar de coisa usada que pode passar por nova e ele de algum modo era responsável por tudo que lhe viria a acontecer: rugas, gordura, disformidade, cabelos brancos, dores no fígado ou no útero, doença, morte. Dela finalmente nasceria o filho, que ainda não se adivinhava — e para isso a mulher fora feita. No mais, era apenas aquilo: um feixe de nervos e carnes em cima dos ossos, um conjunto de glândulas, vísceras, vasos, sangue, humores, tudo coberto de uma pele macia, delicada, boa de se passar a mão...

— O que é que você está me olhando? — perguntou ela.

Pêlo nas pernas.

— Você está usando meu aparelho — queixou-se ele. — Quero fazer a barba.

— Toma. Já acabei.

Pernas. Coxas, a confluência das coxas, pêlos escuros sob a camisola transparente. Ela lhe estendeu o aparelho de barba mas ele, em vez de segurá-lo, tomou-a pelo braço, puxou-a para si:

— Vem.

Ela virou o rosto para que ele não a beijasse.

— Que é isso, Eduardo. Tome modos. Você nem escovou os dentes, ainda está cheirando a bebida.

— Me desculpe — disse ele, respirando fundo e largando-a. — Bebi um pouco ontem.

— Seu lenço está todo sujo de batom.

Ele sorriu, apreensivo:

— O que é que você tem de ficar mexendo nos meus bolsos?

— Não mexi em coisa nenhuma. Não grite comigo, não. Você deixou o lenço atirado na cadeira. Nem ao menos tem o cuidado de esconder.

Eduardo escorou a cabeça nas mãos em frente à pia, desanimado. É verdade, como fora esquecer de jogar fora o lenço?

— Não precisa se zangar: você acha que se o lenço fosse meu, eu teria trazido para casa? — disse, sem convicção.

Ela não queria, mas acabou perguntando:

— De quem é, então?

— Do Térsio. Entornou uísque na minha roupa, pedi o lenço dele emprestado, distraído guardei no bolso.

— Não me consta que o Térsio usa batom.

— Gerlane usa. Térsio tem um caso com ela.

Imediatamente se arrependeu. Tudo, menos tocar nesse nome. Mudar logo de assunto:

— Você não tem mais sentido enjôos, tem?

— Depende do que você chama de enjôo — respondeu ela, e ele prudentemente não disse mais nada.

No mesmo dia preveniu Térsio:

— Se Antonieta lhe falar qualquer coisa de lenço, agüenta firme.

— O que é que você andou arranjando?

— Gerlane.

— Outra vez? Isso ainda acaba mal.

— Não tenho nada com ela. Somos amigos, apenas.

— Para cima de mim, Eduardo?

— Ela é meio doida: disse que tem complexo de ser virgem.

— Fácil de curar.

— Vou estar com ela, hoje, pela última vez.

— Conta essa para outro.

Estavam no bar da cidade, onde costumavam se encontrar todas as tardes.

— Você não acredita, mas eu, realmente, na minha situação, você compreende, não pretendo absolutamente, você compreende?

— Eu compreendo — encerrou Térsio.

Que diria a Antonieta? Depende do que você chama de enjôo. Um filho, um filho seu afinal, era o que esperava para levar afinal uma vida reta, tranqüila, feliz, como sempre quisera. Sempre não quisera? Afinal. Pois então? Tinha de imaginar uma desculpa bem convincente, várias noites seguidas! Dois sambistas amigos de Térsio haviam se chegado à mesa, um deles lhe explicava que muitos sambas de Noel Rosa na verdade não eram de Noel Rosa.

— Já me disseram... Já me disseram... — concordava, distraído. O desejo que sentira por ela naquela manhã, como um remorso. Antonieta o que pensaria? Uma desconhecida, sua própria mulher. Não desejava mais nada senão Gerlane.

— Vocês me desculpem, mas vão me dar licença... Tenho um encontro...

Alguém que chegara recentemente dos Estados Unidos se sentara com eles e falava muito, contava casos de lá:

— Eles estão se preparando para uma nova guerra, vocês nem tenham dúvida.

Levantou-se, foi ao telefone:

— Não vou poder jantar em casa — disse simplesmente. Não tinha mais ânimo de mentir.

— Eu já sabia — respondeu Antonieta, num tom neutro. — Nem precisava avisar.

Desligou o telefone, amargurado: por que diabo as mulheres não podiam entender certas coisas? Se chegasse para ela e dissesse: Antonieta, você me desculpe, mas estou apaixonado por Gerlane, isso não dura muito, você agüenta mais um pouco, tenha paciência que assim que acabar vou me dedicar inteiramente a você, saber finalmente quem você é... Seguiu direto para o bar do encontro em Copacabana — um bar fechado e discreto onde já tinham estado outras vezes. Eram dez horas da noite.

Ao segundo uísque (e eram já seis, com os que tomara no outro bar) convenceu-se de que ela não viria. Onze e meia — mais de uma hora de atraso. O bar quase vazio, como um palco, dois casais abraçados na penumbra e esquecidos de tudo, o garçom cochilando atrás do balcão, uma canção francesa a tocar em surdina. Deixou pender a cabeça: quando ela chegar já estarei completamente bêbado.

À meia-noite em ponto a porta de vidro se abriu. Ergueu os olhos ansiosos — a chegada de Gerlane lhe parecia agora algo de imprescindível como se estivesse para decidir o seu destino — e deu com um homem magro, alto, pálido, vestido de *smoking*, cravo vermelho na lapela, e que o olhava da porta. Devia estar a caminho de alguma festa. Veio sentar-se na mesa ao lado e o garçom, voltando à realidade, se apressou em servi-lo.

— Pippermint — pediu o desconhecido. Sua voz era clara e precisa como a de um locutor. "Algum artista do cinema nacional", concluiu Eduardo, voltando a pensar em Gerlane. Estava indeciso entre pedir mais um uísque e ir embora imediatamente. Antes de tudo, precisava comer alguma coisa — se esquecera de jantar e daí aquela sensação de leveza, de insegurança, que lhe viera de súbito, como trazida pelo vento frio quando a porta se abrira. Foi então que o homem a seu lado lhe dirigiu palavra:

— Pode me informar as horas?

Consultou o relógio:

— Meia-noite. Mas parece que está parado — e levou-o ao ouvido para se certificar. — Está parado. Não deve ser muito mais do que isto.

O homem sorriu:

— Não tem importância... Um relógio parado até que é bom: dá a impressão de que conseguimos sair fora do tempo.

Eduardo o olhou, intrigado:

— Eu já não o conheço de alguma parte?

O homem provou o líquido verde que o garçom lhe trouxera num cálice:

— É possível. Daqui mesmo, talvez. Venho sempre aqui.

— Vai a alguma festa?

— Vou. Passei por aqui só para matar o tempo. Mas já que o tempo parou — e o homem acendeu um cigarro americano.

No íntimo Eduardo lastimou que ele logo pagasse a despesa para partir. Gostaria de conversar com quem quer que fosse — Gerlane não viria mais e não tinha disposição de ir para casa, ela ainda viria.

— Você é escritor, não? — perguntou-lhe o homem, enquanto esperava o troco. Espantou-se:

— Como é que você sabe?

— Eduardo Marciano... — sorriu o desconhecido. — Conheço de nome. Domingo passado escreveu um artigo sobre a técnica do romance.

Pensou em convidá-lo a tomar um último, mas se conteve: lembrou-se de incidente semelhante, anos atrás, num trem, o professor de medicina que o reconhecera.

— Já vai embora? — limitou-se a dizer, quando o homem se levantou. — Ainda é cedo...

— Nem cedo nem tarde, pelo seu relógio. Mas ainda havemos de nos encontrar.

O homem se despediu e partiu. Pronto, estou sozinho — correu os olhos em torno. Os dois casais haviam saído sem que ele percebesse, o garçom voltara a inexistir atrás do balcão. Devia ser mais de uma hora. Sozinho. Como sempre desejou viver! Podia se estender de comprido e dormir. Podia chorar, podia tomar veneno, morrer. Sozinho — sozinho no mundo, isolado, incomunicável, fora do tempo, abandonado, perdido... Mudou com esforço a ordem dos pensamentos, tentou reanimar-se dentro de sua embriaguez: angustiado diante da angústia, o poço negro em cujo vórtice fora apanhado uma vez, em Ouro Preto. "Não tem perigo; a mão de Deus está pousada na minha cabeça."

— É, mas a paciência de Deus tem um limite.

Ergueu os olhos: quem falara aquilo? Ele próprio? Não viu ninguém. Ele próprio, então. "Estou mesmo bêbado", decidiu-se.

Às duas horas Térsio e os dois sambistas irromperam no bar e o encontraram cochilando. Acordaram-no às gargalhadas:

— Você ainda aqui?

— Ele tinha um encontro com ele mesmo.

— É isso! E nenhum dos dois apareceu.

As risadas estouraram. Eduardo se reanimou:

— Sabem de uma coisa? — a voz já pastosa se recusava. — Estava aqui pensando um samba formidável: "Sinto a mão de Deus na minha testa." Térsio, o que é que eu devo tomar para rebater um pileque e iniciar outro?

— O que você estava tomando?

— Uísque.

— Então toma outro.

Todos riram, como se o que Térsio dissera fosse irresistivelmente engraçado. O garçom serviu-lhes uísque. Já não sabiam bem o que diziam:

— Surgiu um sujeito aqui que me disse que eu estou fora do tempo — olhando o relógio: — Olha aí, meia-noite só.

— Então vamos tomar mais um.

— Garçom, mais um!

— Assim nós ainda vamos acabar bêbados.

— E disse também que é isso mesmo, que hoje é sempre...

— Por que você não quebrou a cara dele?

— Como é mesmo o samba? A mão de Deus, o que é que tem?

— Na minha testa. Oh Térsio, você acha que vale a pena telefonar para ela?

— Para a mão de Deus? — e um dos sambistas disparou a rir.

— Não seja imbecil — protestou, magoado.

— Olha, rapaz — e Térsio inclinou-se para ele, falando com dificuldade. — Nesse seu negócio com Gerlane eu não me meto. Sou gato escaldado.

— Então ao menos tire aí na minha caderneta o telefone dela, que eu me esqueci. Já não estou enxergando mais nada.

Térsio segurou com dedos grossos a caderneta que lhe era estendida, pôs-se a folheá-la.

— Você está olhando no W, sua besta.

— Dabliú! Dabliú! — fez um dos sambistas, e entornou um copo.

— Oba! — gritou o outro.

Dirigiu-se em passos trôpegos ao telefone. Em pouco ouvia a voz sonolenta de Antonieta.

— Gerlane? Você...

De Antonieta?

— Onde é que você está? — perguntou afinal, tudo se confundindo na sua cabeça.

— Estou em casa, você não ligou para cá?

Sem uma palavra, Eduardo desligou o telefone. "Oba, digo eu", murmurou, perplexo, e voltou para a mesa:

— Mulher é glândulas. É tudo glândulas.

— Você hoje está muito endocri... nológico — gaguejou Térsio.

— Tudo glândulas. Eu vou-me embora, vê quanto é minha parte.

Olhou o relógio. "Meia-noite. Está mesmo na hora de ir para casa." Eram três horas da manhã. Deixou os três empenhados numa discussão:

— Então o samba nasceu na Bahia? Ora, vamos deixar de bobagem, Motinha.

Tomou um táxi na esquina, foi conversando com o motorista para não dormir. Falavam em política.

— Os Estados Unidos estão se preparando para uma nova guerra, o senhor nem tenha dúvida.

ANTONIETA não lhe disse nada sobre o telefonema. Ele próprio havia esquecido que telefonara. Mas naquela mesma manhã ela começou a sentir-se mal, queixando-se de dores.

— É assim mesmo — tentou ele. — Nesta fase...

Quando as cólicas ficaram insuportáveis e ela começou a perder sangue, chamaram o médico.

— Melhor vermos isso no hospital — ordenou ele depois de um rápido exame.

Três dias mais tarde ela estava novamente em casa, já restabelecida. O médico lhe recomendou apenas um pouco de repouso:

— Ainda bem que a coisa se precipitou por si mesma. Vocês devem dar graças a Deus. Gravidez tubária costuma às vezes ser bem complicada.

Eduardo procurava consolá-la nos dias que se seguiram, não arredando pé de casa:

— Não tem importância, meu bem. Você já está quase boa, ainda podemos ter outro filho...

Ela chorava:

— Nunca mais quero ter outro — e pela primeira vez parecia olhá-lo com ódio.

— Você me olha com ódio, como se eu fosse culpado.

Mas no íntimo se sentia mesmo culpado, como se a perda do filho fosse decorrência da vida que vinha levando — e tentava ferozmente esquecer Gerlane. Por que fora se meter naquilo? Logo agora, que tudo parecia ir tão bem, a mudança de casa, o esforço para recomeçar. Era inútil, vivia sempre recomeçando, não nascera para vencer, mas para encher raia, tirar o terceiro lugar. Gerlane surgindo-lhe inesperadamente no caminho quando já se julgava a salvo com sua mulher: era inútil, o filho perdido, ele próprio perdido.

Passou duas semanas sem vê-la. Um dia, enfim, a encontrou no ateliê de Joubert. Ali se tinham visto pela primeira vez:

— Eu fazia uma idéia completamente diferente de você — ele dissera, desapontado. Os cabelos aparados rente davam-lhe certo ar de rapazinho vestido de mulher: a blusa de malha colada ao peito quase liso e o corpo esguio nascendo de ancas largas, adultas, as pernas longas e fortes. Qualquer coisa de bailarina, de menina de circo, de modelo mesmo para pintor. Nada da mulher a que ninguém resistia, que se acostumara a imaginar.

— Que idéia você fazia?

— Pensei, por exemplo, que você posasse inteiramente nua.

Agora, porém, não dizia nada — limitava-se a mirá-la em silêncio. Mal respondeu ao seu cumprimento.

— Você está sumido — insistiu ela. — Por onde tem andado?

— Em casa — respondeu, com raiva. — Por que você não aparece? Minha mulher teria muito prazer.

— O prazer seria todo meu. Gostaria muito de conversar com ela... umas coisas sobre você.

Ele mudou de tom:

— Por que você não foi ao nosso encontro?

— Que encontro?

— Você sabe muito bem.

— Porque não gosto de me encontrar com homens casados.

— Vamos deixar de brincadeira, Gerlane. Então é assim que se faz? Me deixar esperando?

— Você esperou porque quis.

— Você me disse que ia.

— Mudei de idéia.

— Podia ao menos ter avisado.

— Me esqueci.

Segurou-a pelos pulsos, irritado:

— Escuta, menina, você está facilitando muito comigo. Ainda acabo perdendo a paciência.

— Me larga, você está me machucando! Joubert, olha esse bruto querendo me bater.

Joubert limpava pachorrentamente um pincel e nem se deu ao trabalho de olhar:

— Veja lá, rapaz, não vai me estragar o modelo.

— Vem comigo — disse, puxando-a pelo braço.

— Aonde?

— Vamos tomar alguma coisa.

— Já falei que não saio com homens casados.

Ele ficou indeciso, acabou rindo:

— Ah, não? E Amorim, o que é?

— Desquitado. E não vejo Amorim há séculos.

— Para mim é a mesma coisa.

— Eu sei que você é um puritano.

— Puritano é a mãe — estourou ele, e saiu sem se despedir. Encontrou Antonieta se vestindo para um jantar:

— Pensei que você tinha se esquecido — disse ela. — Já estamos atrasados. Eu até já tinha ligado para o bar.

— Pois fez muito mal, já te disse que não tem graça nenhuma ficar telefonando para tudo quanto é lugar à minha procura. O que é que os outros vão dizer?

— Vão dizer que você em vez de vir para casa vai para o bar.

— Há vários dias que estou vindo do serviço direto para casa. Hoje custei a achar condução — e sentou-se na cama, desanimado. — Que jantar é esse?

— Eu sabia que você tinha se esquecido: hoje é aniversário de papai, te avisei que nós íamos jantar lá.

Antes que ele pudesse responder, o telefone tocou. Foi atender, era Gerlane.

— Preciso muito falar com você — a voz dela era ansiosa, descontrolada. — Você pode sair agora?

— Ah, sim, pois não — confirmou, num tom neutro. — Pode deixar que eu aviso a ele.

Voltou para junto de Antonieta, que acabava de se pentear em silêncio:

— Recado para Térsio — explicou.

— De Gerlane?

— Não. Por que havia de ser de Gerlane?

— Você disse outro dia que ela tem um caso com ele.

— Não, era o Motinha — esclareceu, mudando de tom. — Um sambista aí amigo dele. Disse que se o Térsio aparecesse, não deixasse de procurá-lo na Rádio ainda hoje.

E continuou sofregamente a desenvolver a mentira:

— Térsio deu agora para andar com essa gente, acho que vai fazer um programa de rádio, ou coisa parecida. Imagine você, Térsio no rádio. Olha, eu vou sair um instante, me esqueci de comprar cigarro.

— Tem cigarro na gaveta da penteadeira.

— Você agora deu para fumar? — e saiu sem esperar resposta. Ligou para Gerlane do botequim da esquina:

— Você está ficando doida, telefonar lá para casa? Que aconteceu?

— Preciso me encontrar com você de qualquer maneira.

— Hoje é impossível, tenho um jantar. Amanhã.

— Tem de ser hoje. Agora.

— Já disse que hoje...

— Um instante só, por favor! Te espero na esquina.

— Você não pode ao menos me dizer o que aconteceu?

Saiu do botequim ansioso, desnorteado, em vez de voltar para casa tomou um táxi:

— Depressa, para Copacabana.

Gerlane o esperava com um sorriso. Entrou no carro despreocupadamente.

— Que cara é essa?

Ele a olhava sem compreender. Ordenou ao chofer que esperasse:

— Antes de mais nada: você quer me dizer o que aconteceu?

— Aconteceu que cheguei em casa, mamãe tinha saído, fiquei triste de ter que jantar sozinha.

— Então se lembrou de mim.

— Fiz mal? — perguntou ela, os olhos grandes. Ele respirou fundo, antes de responder:

— Olhe, Gerlane, se você pensa que eu vou estragar minha vida por sua causa, está muito enganada. Vamos, desce do carro. Deixei minha mulher esperando.

— Não estou querendo que você estrague sua vida: estou querendo apenas que você me leve para jantar.

— Então vem. Eu vou jantar na casa do meu sogro, posso te levar. Vamos em frente.

— Para onde? — perguntou o chofer.

— Estou falando aqui com ela. Escuta, menina: já estou atrasado, convém você ir para sua casa que eu vou para a minha.

— Você vai jantar comigo — insistiu ela. Ele começou a rir:

— Desde quando você manda em mim?

— Não estou mandando: estou pedindo.

— Vou te perguntar uma coisa: por que você, em vez de me pedir que te leve para jantar, não me pede que te leve para dormir?

Ela o olhou com firmeza:

— Primeiro vamos jantar.

Ele abriu a porta do carro:

— Desce.

Em vez de descer, ela atirou-se em seus braços, escondeu a cabeça junto ao seu rosto:

— Eduardo, não agüento mais, eu te amo — murmurava baixinho, a voz quase num soluço. — Não posso passar mais um minuto sem você.

— Desce — repetiu ele, e afastou-a. Viu seu rosto muito junto, transtornado, os olhos grandes cheios de lágrimas — ela chorava, e chorava mesmo, lágrimas já escorrendo pela face. — Não fique assim — ele, perturbado, já não sabia o que dizer. Beijou-lhe os cabelos, a boca, os olhos. Ela não correspondia, mal contendo os soluços: — Você está chorando mesmo, o que é que você tem, não fique assim, meu amor, amanhã nós conversamos...

Ela voltou-se e saiu do carro sem uma palavra. Pensou em segui-la, chegou mesmo a curvar-se para sair também do carro, hesitou, acabou recuando e derreou-se na almofada com um suspiro:

— Podemos voltar — ordenou ao chofer.

Não encontrou Antonieta em casa. A empregada avisou que ela saíra logo em seguida:

— Disse que o senhor não precisa de ir.

— Pois então não vou — decidiu.

E tornou a sair. Telefonou para a casa de Gerlane, ninguém atendeu. Passou o resto da noite num bar, bebendo em companhia de um conhecido eventual. A todo momento se levantava para telefonar — era inútil, não atendiam.

— Você está ruim, rapaz — notou o outro. — Sei como são essas coisas. Uma vez conheci uma mulher...

Ao chegar em casa já encontrou Antonieta dormindo. Esquecera-se dela completamente, e do jantar, de tudo. Na manhã seguinte, porém, ela se limitou a perguntar.

— Então: divertiu-se muito?

Não respondeu. Não havia o que responder. Antes de ir para o trabalho, telefonou a Gerlane da esquina.

— Onde você se meteu? Tentei falar com você a noite toda.

— Fui jantar — disse ela.

— Com quem?

— Mamãe tinha saído, aqui em casa não tinha jantar, eu estava sem dinheiro. E com fome. *Alguém* tinha de me levar para jantar.

— Espero que você tenha encontrado esse alguém na rua, depois daquela cena patética do carro.

— E você? Estava bom o jantar?

— Eu não fui, cheguei atrasado.

— E sua mulher?

— Sei lá... As coisas não estão boas. Ela já está desconfiada. O próprio Térsio lhe avisou:

— Convém tomar cuidado com essa história de Gerlane. O que é que você está pretendendo, afinal? Outro dia Antonieta andou me perguntando umas coisas sobre ela. Por que você não dorme com a moça de uma vez e acaba com isso?

— Desconfiada por quê? — perguntou Gerlane, irritada. — Não há nada entre nós dois.

— Não posso fazer uma coisa dessas — dizia Eduardo. — E por uma razão muito simples: ela é virgem.

— E daí? — Térsio insistia: — Tem mais de dezoito anos, é o que interessa.

— Se não há nada entre nós dois então por que você disse que não podia passar um minuto mais sem mim?

— Já lhe disse que eu estava com fome — retrucou ela.

— Não posso fazer uma coisa dessas — repetia Eduardo. — Você vê as coisas de maneira diferente, Térsio.

— Diferente por quê? Mulher quando começa assim, não quer outra coisa.

— Eu sou casado — confessou ele.

Térsio perdeu a paciência:

— Ora, entenda-se! Então o que você pretende, afinal?

— Na hora você não disse que estava com fome — insistiu ele. — Você disse que me amava.

— E você acreditou.

— Acreditei porque também te amo. Ou você prefere acabar logo com isso?

— Acabe com isso — encerrou Térsio.

— Foi o que eu disse outro dia a ela: acabar logo com isso.

Em vez de acabar, voltava a encontrar-se com ela. Gerlane não sentia o menor constrangimento em ser vista com ele nas confeitarias, nas compras, no cinema.

— No cinema não convém — dizia ele, irresoluto, mas acabava entrando.

Um dia por pouco não esbarraram com Antonieta ao saírem de uma loja do centro. Eduardo se sentia ridículo, carregando embrulhos para ela.

— Não vou mais a esses lugares com você — decidiu ele, com firmeza.

O ponto de encontro mais seguro era o ateliê de Joubert, onde ela continuava indo quase todas as tardes para posar. Um dia, porém, o pintor o surpreendeu com uma notícia:

— Sua mulher esteve aqui hoje.

— Antonieta? Aqui? Fazendo o quê?

— Sei lá. Chegou de surpresa, disse que queria escolher um quadro meu não sei para que... Passei bons momentos, com medo de você e Gerlane estourarem aqui de uma hora para outra.

Em casa, antes que interpelasse a mulher, ela veio lhe contar:

— Estive hoje no ateliê de Joubert escolhendo um quadro. Seria um bom presente para Maria Lúcia.

— Maria Lúcia? Que Maria Lúcia?

— Você não se lembra mais de nada... Aquela minha amiga que vai se casar no sábado.

— Por que não me avisou? Eu escolhia para você.

Eduardo tentava em vão se lembrar quem diabo seria Maria Lúcia.

— Não convém você ficar indo sozinha no ateliê de Joubert. Me dissesse.

— Eu te disse. Você não se lembra mais de nada — repetia ela.

Ele se dizia nervoso, cansado, esgotado, pedia-lhe paciência:

— Daqui a pouco tudo estará bem de novo, por favor, confie em mim.

E saía para telefonar a Gerlane, da esquina.

Uma noite Antonieta despertou quando ele entrava — costumava entrar em silêncio no quarto, despir-se no escuro e insinuar-se na cama, furtivo como um ladrão.

— Que horas são? — perguntou ela.

— Duas — mentiu. Eram quase quatro da manhã. Ela levantou-se e foi ao banheiro — por precaução ele atrasou o relógio de pulso e teve de ir à copa, atrasar também o de parede — fazer logo o serviço completo.

— Você está bêbado — disse ela, vendo-o regressar à cama em passos incertos.

— Um pouco. Estive bebendo com Vítor. Me encontrei com ele no bar. Quer por toda lei lançar meu livro na editora dele, me fez uma proposta. Deixa estar que não será má idéia...

— Você está bêbado — repetiu ela.

— Bêbado por quê?

— Você não escreveu livro nenhum.

— Ainda posso escrever, não posso? — retrucou ele, e de súbito ficaram calados no escuro do quarto. Ela se assustou:

— Eduardo — chamou.

Ele não respondeu. Em pouco ressonava pesadamente e Antonieta continuava de olhos abertos para o inevitável.

Em verdade se encontrara com Vítor, mas à tarde, na rua. Vítor estava mais gordo, mais velho, diferente... Não parecia o mesmo.

— Você é que nem parece o mesmo — dissera o outro. — Que aconteceu com você?

— Que está acontecendo conosco? — perguntou-lhe Antonieta um dia.

— Que você está pretendendo, afinal? — lhe perguntava Térsio.

— Que está acontecendo com todo mundo? — ele próprio se perguntava, olhando ao redor sem nenhuma perspectiva. O mundo parecia ter perdido a sua verdadeira configuração, tudo se deformava e se esbatia aos seus olhos, como se ele, reduzido à condição mais insignificante, se agarrasse sôfrego ao que pudesse tocar com as mãos e perdesse a noção do conjunto. Pensava no filho mal concebido como se com ele tivesse perdido a última esperança. Mas esperança de quê? Também se sentia mal concebido e mal conformado para viver, faltava-lhe uma dimensão para mover-se livremente no mundo, estava preso, tolhido, escravizado ao seu destino como um desenho à folha de papel.

O que pretendia? Espere, era preciso crescer primeiro, voltar ao tamanho normal, à sua condição de homem, para saber responder a essa pergunta: pretendia, era lógico, viver de acordo com as suas convicções. Mas era tão difícil, a vida tendia ela própria a afrouxar as mais empenhadas decisões do espírito, num permanente convite às acomodações. Vamos com calma: e quais eram mesmo as suas convicções? Errar não tinha importância, desde que não pactuasse com o erro, endossando-o, justificando-o. Não, ele não justificava nada. Errar todo mundo erra — em determinadas circunstâncias todo mundo erra, é natural, é compreensível. O que se dizia ser a parte frágil, o lado humano. E o outro lado? Isso é que os outros não viam, o outro lado. Ser humano, isto é, errar e aceitar, era o que chamavam experiência, ganhar experiência. Então só faltava erigir dessa oscilação entre o bem e o mal uma nova moral feita ao sabor do acaso, instável como a própria vida, uma ética de ocasião para justificar o erro — não, isso ele não faria. Daí sua conduta, aberta numa dualidade irremediável: de um lado o que ele queria ser e de outro o que ele realmente era. Agora, por exemplo, estava apenas no que realmente era, a ponto de nem saber direito o que queria ser. Onde estivesse aquilo que buscava, e o que quer que fosse, o certo é que tomara o caminho mais longo.

— Você é um maniqueísta em disponibilidade — gracejava Térsio.

— O importante é saber cumprir com o compromisso assumido — repetindo Toledo com alguns anos de atraso.

— Jesuíta! Jesuíta! — gritou-lhe o velho Germano. — Você assim vai mal.

— Desgraçado daquele que vê: há de pagar pelo crime de ter visto pouco.

Monsenhor Tavares, diretor do ginásio, era um jesuíta.

— Isso é um pastiche do Novo Testamento, não quer dizer nada, não resiste! Quer ver? Experimente: desgraçado daquele que ouve: há de pagar pelo crime de ter ouvido pouco. Desgraçado daquele que fala: há de pagar pelo crime de ter falado pouco. Desgraçado daquele que anda, que dorme, que come... Serve para tudo e não serve para nada. Experimente agora com alguma palavra do Cristo, para você ver.

— Jesuíta por quê? — protestou Eduardo. — Eu quis dizer apenas que quem vê as coisas como elas são, há de pagar por não ter visto como elas deviam ser.

— Você não quis dizer nada. Isso é julgar, e quem julga é Deus.

O velho aproximou-se, exaltado, tomou-lhe o copo:

— Hoje você não bebe do meu uísque. Me diga por que Deus gosta mais do filho pródigo, se é capaz.

— Porque voltou.

— Não senhor. E o outro, que nem saiu?

— Então por quê?

— Porque ele era mais simpático, só por isso. Assim deve ser a justiça de Deus: diferente da dos homens, a gente não sabe como é. Deus gosta mais de uns do que de outros e isso não é injustiça não, ouviu? Ele sabe o que faz, tem suas preferenciazinhas. Deus gosta, por exemplo, mais dos poetas, dos mendigos, dos doidos, dos pródigos. E sabe por quê?

— Não — confessou Eduardo.

— Porque o homem é o brinquedo de Deus. Olha, se você continua assim Deus acaba não gostando de você não. A paciência de Deus tem um limite.

Alguém já lhe dissera aquilo — onde e quando, não se lembrava. Atormentava-se, já sem saber por quê — seus encontros com Gerlane haviam sido subitamente interrompidos, desde o dia em que Antonieta lhe confessou de surpresa que queria ter outro filho.

— Mas você disse que nunca mais — estranhou ele.

— Mudei de idéia.

Foram para o quarto naquela noite como para o local do sacrifício. Desde então se agarravam silenciosamente à idéia como náufragos, mas sentiam que era inútil, a praia estava perdida, uma corrente irresistível os arrastava cada vez para mais longe. Ela cada vez mais apática, sem uma palavra de queixa ou de censura para com a ausência dele, que a presença agora constante só fazia acentuar. Ele abandonava exausto o corpo da mulher como ao fim de uma batalha e se deixava devorar pelo escuro e pelo silêncio até adormecer. Seu sono era atormentado, cheio de pesadelos. Dera para sonhar com natação, via-se empenhado em competições difíceis mas nadando sem parar, numa água grossa, viscosa como melado, que lhe impedia os movimentos — ou então a piscina ia se esvaziando à medida que nadava, acabava se debatendo em seco, ferindo as unhas no cimento do fundo.

— RODRIGO, aquele seu companheiro de natação de quem você falava tanto — disse Antonieta.

— Hoje é aviador. O que é que tem ele?

— Diz aqui que ainda não foi encontrado. Todos os outros se salvaram.

Assustado, saltou da cama, tomou-lhe o jornal da mão, leu avidamente. O avião caíra no mar — todos os tripulantes salvos, menos o tenente Rodrigo.

— Mas por quê? — perguntava, aflito. — Justamente ele, que sabia nadar!

Passou o resto do dia agoniado, telefonando aos jornais:

— Alguma notícia?

As buscas prosseguiam — aviões da Força Aérea sobrevoavam o local. À noite Eduardo não conseguiu dormir: pensava no companheiro perdido, naquele instante talvez nadando no escuro, na vastidão do mar... Lembrava dele, a procurá-lo no vestiário:

— Olha, você tem de ganhar. Apostei em você...

Não ganhara; como poderia agora contar com o amigo, esperar que ele não falhasse?

— Bem, deixa ver: em longa distância ele era melhor do que eu. Quanto tempo se agüentaria? Naquela época podia nadar horas e horas seguidas, não se cansaria. Mas muitos anos passaram, vai ver que nunca mais voltou a nadar. É verdade que numa emergência dessas...

— Com certeza nadou em direção oposta em vez de nadar para terra — e Antonieta procurava acalmá-lo. — Por que não tenta dormir um pouco? Afinal vocês não eram tão amigos assim, não se viam há tanto tempo...

— Ora! — e Eduardo andava pelo quarto, irritado. — Um amigo meu está perdido no mar e você me manda dormir? Se eu não pensar nele, quem há de pensar? Não posso fechar os olhos e o vejo nadando a meu lado... Mas ele há de chegar, não vai fazer isso comigo.

De um jornal lhe avisaram que tinham suspendido as buscas até a manhã seguinte, os aviões haviam regressado às suas bases.

— Estúpidos! Como se ele pudesse ficar esperando até de manhã!

Durante dois dias e duas noites durou sua agonia. Ao terceiro dia deram o tenente por desaparecido e os jornais diziam: "O ex-Nadador Morreu Afogado."

— O radiotelegrafista afirmou que ainda viu Rodrigo nadando ao lado dele. Sujeira, suspenderem as buscas!

Por essa época, ao recortar um artigo seu no jornal de domingo (era mais um artigo sobre "A Arte do Romance") deu com seu nome no verso do recorte, num trecho da seção de esportes: "...A marca anterior pertencia a Eduardo Marciano, de Minas Gerais..." Então haviam batido o seu recorde!

— Olha aqui, Antonieta: afinal bateram o meu recorde. E por dois segundos! Esse menino deve ser muito bom...

— Só dois segundos? — estranhou ela.

— Você não entende disso — irritou-se. — Levou anos para ser superado. Hoje não sou capaz de nadar duzentos metros...

As ondas se arrebentam com violência, trazendo espuma até seus pés. Vai avançando, enquanto lhe sobe pelas pernas o frio esperado da água que o sol mal chega a tocar de leve, arrancando reflexos. Em pouco se atirará de cabeça e o corpo reagirá num arrepio de protesto, até que se acostume à água, seu elemento, a ela integrado, em movimentos livres, harmoniosos, completos. É um nadador.

Foi nadador. Esquece-se de que os anos passaram e se distrai, para experimentar, nadando como antigamente, sem medir distâncias, deixando-se levar pelo ritmo fácil das braçadas, largado ao embalo das águas, seduzido pela amplidão envolvente do verde... Ao longe um navio cruza lentamente a barra. Sob seu corpo, o mistério iridescente do mar.

> *"Ignorante del agua, voy buscando*
> *Una muerte de luz que me consuma..."*

Os versos de García Lorca lhe vêm como uma advertência. Em breve está respirando difícil, os braços lhe pesam, o corpo se rebela e o medo o domina, ao sentir a corrente traiçoeira arrastá-lo. Agora pode compreender por que Rodrigo não se salvou. Nada com força para a praia já distante, deixa em pânico que uma onda mais poderosa o empolgue como um objeto largado e afinal se vê, ofegante e trôpego, em areia firme. Recebe ainda uma última lambada de espuma nas pernas, despedida irônica do mar, e vem redimir-se da imprudência cá fora, a um sol esquivo, sob cuja luz raros banhistas mais precavidos se aquecem.

— Telefonei para sua casa, Antonieta me disse que você tinha vindo à praia. Que idéia é essa?

Térsio senta-se a seu lado, enquanto ele estende preguiçosamente na areia o corpo esguio, branco, ascético.

— Não agüento nadar nem duzentos metros. Meu recorde foi batido. Você leu meu artigo de domingo?

— Li.

— Que tal?

— Bom.

— Estou pensando em abrir com esse artigo um livro sobre o romance — e, animado, começou a inventar: — "As Tentações da Facilidade" seria um dos temas: imposições de fim de capítulo, descrição dos personagens, etc... "A Reabilitação do Lugar-Comum" seria outro; outro ainda sobre a técnica, propriamente: o corte, a interseção de diálogos, contraponto, etc...

— Por que você em vez de ficar escrevendo sobre romance, não escreve logo um romance?

Magoado, Eduardo retrucou:

— E você, por que em vez de se dizer poeta, não publica logo um livro de poemas?

— Eu não me digo poeta: eu me digo jornalista.

Calaram-se ambos, voltados para o mar. Ondas furiosas rebentavam, espumando. Agora já não havia mais ninguém na praia, além deles dois. Deviam ser mais de cinco horas da tarde. Viram aproximar-se um banhista baixo e gordo, abandonar a toalha na areia e aventurar-se ao mar. Eles mal ousavam molhar os pés.

— Aquele gordinho está meio afoito — comentou Térsio.

— Ainda há pouco eu quase me afoguei.

— O mar não está para brincadeira.

— Não está não.

Os dois ficaram calados e graves, olhando o banhista.

— Vamos embora? — sugeriu Eduardo, afinal.

— Vamos — respondeu Térsio.

Apanharam as camisas e saíram da praia sem olhar para trás. Na areia ficou a toalha abandonada. Escurecia rapidamente, em breve seria noite.

Se ele se afogar, não tenho culpa — pensava Eduardo, aliviado. Afinal de contas não sou palmatória do mundo, sou? Rodrigo era um grande nadador e morreu afogado. Térsio nunca mais escreveu um poema e se diz poeta. Acaso serei insensível como um poste, reto, duro, seco e inexpugnável? Também não sou feito de carne e osso, para sofrer ou gozar, acertar ou errar? Também não sou frágil? Também? Quer dizer que eu tendo uma força, isto é, tendo sido por exemplo campeão de natação, tenho de salvar o afogado ou morrer com ele. Acreditando numa coisa mas fazendo outra, tenho de alterar o mundo para que ele passe a funcionar segundo a minha maneira de ser — por que não alterar a minha maneira de ser? Resolveu conversar com Germano, teve a surpresa de saber que o velho se mudara.

— Sabe que o Germano se mudou? Alugou a casa e foi para um hotel na cidade.

— É? — e Antonieta não deu maior importância à notícia.

— O que teria havido? — insistiu.

— Como é que eu posso saber?

— Assim sem me avisar, sem nada.

— Avisar como? Você não pára em casa.

— Podia ter avisado a você — e Eduardo prudentemente evitou a discussão. — Você não fica em casa o dia todo?

— Com certeza se cansou daqui — Antonieta afinal resolveu encontrar uma explicação: — Morar numa casa, sozinho daquela maneira! No Palace ele fica mais à vontade.

Eduardo concordou — mas logo a olhou com estranheza:

— Como é que você sabe que ele foi para o Palace? Me disseram só que se mudou para um hotel...

— Ora, Eduardo, não seja idiota.

— O quê? — disse ele, surpreendido com a reação da mulher. — Idiota por quê?

— Ele vivia dizendo que gostaria de morar no Hotel Palace.

— Nunca me disse nada.

— Disse a mim.

Eduardo ficou pensativo, mudou de tom:

— Por causa disso não precisa me chamar de idiota. Você anda nervosa, irritada com qualquer coisa...

— Tenho motivos para andar irritada.

O que ele queria mesmo com o velho Germano? Ah, sim — conversar sobre as suas idéias, qualquer coisa sobre o mundo e a sua maneira de ser. Mas o que, precisamente? Qual era o problema? Gertrude Stein, agonizante, dissera: "Qual é a resposta?" E pouco depois, ao morrer: "Qual é a questão?" Foram suas últimas palavras. Ser ou não ser, *that is the question*. O problema é o seguinte: *Não há problema!* Resolveu escrever um artigo sobre Gertrude Stein.

Seus artigos. Eternamente se preparando para tornar-se escritor, eternamente começando, em pouco seria tarde, não mais teria direito de escrever asneiras, teria de começar com uma obra-prima. Não depois que lera "Guerra e Paz". Jamais nenhum romancista seria capaz de escrever algo de mais completo, e no entanto ninguém deveria ambicionar menos. A literatura se dividia em duas partes: antes e depois de "Guerra e Paz". Isso era fácil de dizer, tudo na vida se dividia em antes e depois; antes e depois de casar, antes e depois de amar, antes e depois de escrever. A própria literatura: antes e depois de Proust, de Kafka, de Joyce... Para um escritor o importante não era antes nem depois, mas durante. Colocar-se naquela postura de quem vai escrever — eis tudo, o resto era fácil. Quando iria ele, afinal, levar sua vocação a sério, começar?

Resolveu escrever um artigo sobre "Guerra e Paz".

— Estou dirigindo uma editora — lhe dissera Vítor. — Faço questão de lançar um livro seu.

Livro sobre o quê? Para quê? Só sabia escrever sobre a arte de escrever — o que também era uma arte. Acabaria escrevendo sobre a arte de escrever sobre a arte de escrever — e assim indefinidamente, enfiando-se na sua obstinação como um escravo entre dois espelhos, até o último andar da torre onde o haviam aprisionado. Esta não o levaria ao céu, pelo contrário, fixava-o ao chão, para sempre. Cada vez se tornava mais penoso escrever ou mesmo ler o que quer que fosse, a não ser aquilo que o ajudasse a entender-se, a configurar seus limites e aptidões... Encontrou em Valéry preocupação igual: "Esta doença secreta nos priva das letras, apesar de estar nelas a sua fonte..." Mas não chegou a pensar em escrever um artigo sobre Valéry.

— Não é possível que eu só tenha defeitos — reagiu. — Devo ter algumas qualidades também.

Esta talvez fosse a primeira — aceitar a existência de seus defeitos. Portanto:

— Não exagerar as qualidades e sim corrigir os defeitos.

— O perigo do virtuosismo!

— A ubiqüidade é impraticável.

— Não cruzar a ponte antes de atingi-la.

— Calma! O espetáculo começa quando você chega.

Estava, assim, armado para viver? Não, estava se armando como quem vai enfrentar a morte. Nascemos para morrer. Isso também não queria dizer nada! Germano tinha razão. Senão, vejamos: nascemos para morrer. Morremos para nascer. Dá na mesma. *Muero porque no muero*. Nascemos para viver e morrer — vamos ser lógicos, meu filho, nosso nascimento é fruto de um momento de fraqueza de nossos pais. Vivemos por displicência e morremos por exaustão, cansados de nos agarrarmos a fórmulas de viver para não nos afogarmos. Rodrigo, por exemplo, se afogou apesar de tudo. Pela primeira vez pensou na morte como solução. Solução de que, se não havia problema? Um dia ia abrir a boca na sua roda costumeira no bar da cidade, para dizer uma coisa, viu que não tinha nada a dizer, não chegou a abrir a boca. Vasculhou-se interiormente, não encontrou nada; nem uma idéia, um pensamento aproveitável. Estava vazio, literalmente vazio, nada interessava, nada tinha importância.

— Eu acabei completamente! — descobriu, abismado.

Suicidar-se, resolução afirmativa. Pronto, estava criado o problema. Tinha dali por diante de sustentar uma resolução negativa, a de não se suicidar. Finalmente o círculo vicioso o aprisionava: sua razão de viver era esta — não morrer.

— Você precisa tomar cuidado — dizia Térsio, apreensivo. — Neurastenia não é brincadeira. Se você começar a ficar triste sem razão, abra o olho, melhor procurar um médico. Principalmente se sentir vontade de chorar sem motivo...

— E com motivo, pode?

Térsio ergueu os ombros.

— Bem, com motivo é diferente.

Então ele se pôs inesperadamente a chorar.

Não confessava o motivo nem a si mesmo: Gerlane? Não. Gerlane ficara para trás — já não se encontrava com ela, já não tinha de mentir em casa, já podia dizer tranqüilamente, sem remorso, que ficara na rua com um amigo até tarde. Os mais avisados diziam que se um homem fica na rua é porque alguma coisa está errada em casa. O que estaria errado na sua?

O corpo de um afogado deu à praia. O do aviador continuava desaparecido.

De errado não havia nada, propriamente — e isso é que o intrigava: não tinha de que se queixar. Seria natural que Antonieta é que se queixasse, censurando-o pela irregularidade de sua vida — ou ao menos procurasse saber o que havia com ele. A princípio ela dava a entender em meias respostas que se ressentia — ultimamente nem isso.

— Você ainda gostaria de ter um filho? — perguntou-lhe um dia, de surpresa.

— Agora é tarde — respondeu ela e não lhe deu mais explicações. Evitava-o quanto podia, o que não era difícil. Ele aos poucos deixara de procurá-la e dormiam em horas desencontradas. Quando telefonava da rua para avisar que não iria jantar, ela nada dizia — mesmo quando se esqueceu de telefonar, ela não reclamou. Uma noite, depois de avisar que não iria, mudou de idéia: num inesperado movimento de ternura pela mulher, que a ele próprio surpreendeu, decidiu voltar cedo, levá-la a um cinema. Não a encontrou. Esperou até onze horas da noite.

— Posso saber onde você estava? — perguntou-lhe apenas, num tom deliberadamente neutro, quando ela finalmente chegou. Deixara-se ficar na poltrona, um livro na mão, fingindo ler.

— Se lhe interessa.

— É claro que interessa.

— Você não disse que não vinha jantar?

— Disse.

— Que eu não esperasse?

— Disse. E daí?

— Resolvi não esperar mesmo. Fui jantar em casa de papai. Há algum mal nisso?

— Não, nenhum — suspirou ele, largando o livro. — Só que você podia ter voltado mais cedo.

— Depois do jantar fui ao cinema.

— Com quem?

— Sozinha.

— Não fica bem você ir ao cinema sozinha, pelo menos à noite.

— Não tenho quem me leve.

— Você pode achar graça, mas hoje eu tinha justamente a intenção de te levar. Que filme você viu?

— É um interrogatório?

— Não. Curiosidade. Não precisa reagir como se eu estivesse desconfiando de você.

— Pois parece.

— Não está no meu temperamento.

— Então não se queixe.

— Não estou me queixando.

— E eu posso saber por que você veio cedo? Que milagre é esse?

— Estou com fome — disse ele, sem responder. — Não jantei até agora. Vou sair para comer qualquer coisa.

Milagre? Sim, parecia viver à espera de um milagre. Havia alguma coisa de errado, sim, de fundamentalmente errado, sim. Se descobrisse o que era, estaria salvo.

Ao chegar, sem sono ainda, ia para o escritório. Ficava tentando ler ou escrever, mas não lia nem escrevia nada. Mesmo seus artigos semanais, cada vez menores, lhe saíam penosos, difíceis: as idéias, sopradas de alguma parte de sua mente, não chegavam a impressionar a consciência, não se traduziam em palavras e permaneciam difusas, feitas em estados de espírito. Depois ia dormir, despindo-se no escuro para não acordar a mulher. Às vezes fazia chá e o tomava na sala com todos os requintes, como num secreto ritual da solidão.

Por que ela o evitava? Era evidente que o evitava. Mesmo quando ele só para experimentar a procurava, ela se conformava em aceitá-lo apenas como quem rende o corpo a um sacrifício necessário e inevitável. E no princípio fora tão diferente — quando se sentiam integrados um no outro, completados, perfeitos.

— É tarde por quê? — perguntou ele.

— O quê?

— O filho.

— Ora... — e ela se afastou sem dizer mais nada.

Que significava o casamento para ela? — pensava então, irritado. A gente se casa é para isso mesmo: ter filhos e tocar o barco para a frente. Constituir uma família. Quem não pensar assim que não se case.

E ele próprio? Afinal, que fizera de seu casamento senão um campo aberto às acomodações, e a todas as transigências, ludibriando, burlando a vigilância de Deus?

— Mas escuta aqui, Eduardo Marciano, você acredita mesmo em Deus? — ele se interrogava ao espelho, fazendo caretas. Ou quem sabe acreditava apenas em certos preceitos, certas regras de conduta que não chegava sequer a praticar, certos ensinamentos recolhidos e conservados como as roupas de alguém que já morreu?

Basta de interrogações. Sim, acreditava em Deus, mas um Deus longínquo, esquecido, distraído, voltado para outras preocupações, que não o seu mesquinho problema de aprender a viver. Ou de não ter problemas. Não pensar mais nisso, pois. Às vezes, quando Antonieta já estava dormindo, não resistia e tornava a sair. Ia a um bar qualquer, beber um pouco mais em companhia de algum conhecido da madrugada até que o sono viesse. Conhecidos é que não faltavam. Havia os antigos freqüentadores do bar, perdidos como ele pela noite à procura de esquecimento ou convívio — quando não os encontrava, fazia relações com o primeiro que aparecesse. Uma noite, já bêbado, seguiu com um desses até uma casa de mulheres, deitou-se com uma delas. No dia seguinte nem se lembraria o que chegou a fazer com ela, mas no momento em que entrou novamente na intimidade de seu quarto que cheirava a tranqüilidade e sono, o sono de sua mulher, teve vergonha de si mesmo, teve remorso, deixou-se cair de joelhos junto à cama, começou a chorar. Antonieta acordou sobressaltada.

— O que foi? Você está doente?

Espantou-se ao vê-lo assim todo vestido:

— Você vai sair? Por que está chorando?

— Por causa de meu pai — soluçou ele, sem erguer a cabeça.

Ela chegou a sorrir, passou a mão pelos seus cabelos.

— Seu pai já morreu há tanto tempo...

— Mas só agora eu estou sentindo. Ele era tão bom para mim, Antonieta.

Em verdade, passara sem transição a chorar a morte do pai.

— Você saiu e andou bebendo. Está cheirando a uísque. Vem dormir que já é tarde.

— Não! Vou ler um pouco.

Foi dormir no escritório, porque naquela noite não queria se aproximar de Antonieta.

ABRIU a carta com sofreguidão pensando ser de Hugo ou Mauro, lembranças de um tempo morto. Era do Veiga: "Queria uma reportagem sobre o momento político. Coisa viva, movimentada, inteligente, como só você saberia fazer."

— Vou fazer uma reportagem política. Talvez seu pai possa me ajudar.

Tentava amparar-se num entusiasmo de ocasião: coisa viva, movimentada, inteligente, só ele saberia fazer — Veiga tinha razão. Ficou um pouco desconfiado: por que ele teria se lembrado justamente de mim? Já não publicava mais nada — o jornal cortara seus artigos semanais por falta de espaço. E desde estudante não escrevia sobre política. O Amorim, por exemplo, seria muito mais indicado: entendia do assunto, também era mineiro, também trabalhara com o Veiga... Não lhe agradava a idéia de visitar o ex-ministro especialmente para isso. Era-lhe penoso enfrentar a roda de políticos que o cercava — bajuladores, aproveitadores eventuais, trocavam de idéia e de convicções como quem troca de camisa, segundo as conveniências do momento. Ele, pelo menos, ainda acreditava numas tantas coisas.

— São uns vendidos — concluiu, no mesmo tom de Mauro, antigamente.

Desta vez, porém, iria procurá-lo como jornalista — afinal de contas, era um escritor, um profissional, a quem uma missão fora confiada. Como só ele saberia fazer. Sabia outrora fazer artigos desafiando a censura, atacando o governo, exigindo democracia. Onde ficara tudo aquilo? Ali talvez estivesse a oportunidade para recomeçar algo de útil, voltar a escrever, influindo, participando. Movimentada, inteligente. Quanto mais gente lá estivesse, melhor. Conversaria com um e outro, contaria tudo que ouvisse.

Não durou muito o entusiasmo: teve a surpresa de encontrar o velho sozinho, sentado na varanda, e desde o primeiro instante o calor e a simpatia com que foi recebido neutralizaram sua agressiva disposição de escrever fosse o que fosse.

— Reportagem? Mas como você anda fora do mundo! Já não tenho mais nada com isso, meu filho, Deus me livre de política. Desde que deixei o ministério não me meti mais. Aceitei ser ministro apenas para servir à minha pátria. E servir ao presidente, meu amigo pessoal. Mas agora o presidente é outro... As coisas não andam nada boas, meu rapaz. Aqui, tome alguma coisa. Já soube que você gosta de um uísque.

Segurou-o pelo braço, levou-o à sala:

— A política só me deu aborrecimento. Fiz os maiores sacrifícios e nem reconhecem. Almoçava apenas uma vez por dia! Quero dizer, não tinha tempo nem de almoçar. Não entendo a orientação desse governo. Ainda agora estão dizendo que vão pedir uma comissão de inquérito contra mim. Imagine! Dizem que isso é coisa do Sousa, aquele menino que foi eleito deputado. Logo o Sousa, não saía de minha casa! Não acredito que o Sousa seja capaz de uma coisa dessas. Algum inimigo meu, na certa.

— Na certa — repetiu Eduardo, para dizer alguma coisa. Nem sabia quem era o Sousa. Mas o homem não conversava, estava pensando em voz alta.

— E se a imprensa souber disso, adeus meu sossego. Aí é que a comissão sai mesmo. Aliás, nada tenho a temer. Minha consciência está tranqüila. Sempre procurei cumprir meu dever. Mas então você quer fazer uma reportagem? Quem sabe o Marques não poderia ajudá-lo? Dizem que ele vai ser líder da maioria. Espera, vamos ver se o Marques está em casa. Aqui, tome outro. Sirva-se à vontade.

Foi ao telefone e discou um número. Onde aquele ministro desempenado e seguro de si que o tomava pelo braço e dizia "me conte tudo sobre a morte da meretriz"? O Marques não estava em casa.

— Fica para outra vez — disse Eduardo, se erguendo.

— Espere, espere! — e o homem o reteve acaloradamente. — Ainda é cedo! Você não contou nada. Então, como vão as coisas? Como vão as letras?

Forçou Eduardo a sentar-se de novo, terminar o seu uísque.

— Vocês andam sumidos, não aparecem!

Parecia buscar mentalmente um assunto que interessasse o genro, como se temesse ficar só. Num inesperado movimento de simpatia, Eduardo pensou em convidá-lo a sair, dar uma volta.

— O senhor é que nunca nos visita — arriscou apenas.

— Não saio mais, a não ser para ir à igreja. Às vezes vou a um cinema...

Eduardo o olhou, surpreendido: jamais imaginara que aquele homem fosse de igreja.

— Busquei o consolo da religião. A política me absorveu, mas desde que perdi minha mulher me sinto muito só. Depois minha filha se casou... Mas vocês apareçam de vez em quando! Ela nunca mais esteve aqui.

— Outro dia mesmo ela veio jantar com o senhor.

Saiu dali deprimido, as idéias embaralhadas. Era cedo ainda e a perspectiva de encontrar Antonieta lhe pareceu de súbito insuportável. Já não tinha o que lhe dizer e precisava isolar-se, tomar mais um uísque, aguardar os acontecimentos, aguardar o inimigo.

— As coisas não vão nada boas, meu rapaz — repetia mentalmente as palavras do sogro.

No bar, inesperadamente: Amorim, bebendo sozinho junto ao balcão.

— Você está parecendo um fantasma! — espantou-se o outro.

Pensou em escusar-se e sair: passara ali só por acaso, tinha alguém à sua espera... Era tarde, porém. Amorim o forçava a sentar-se, pedia um uísque para ele.

— Onde é que você se meteu?

— Por aí...

— Imagine que eu estava aqui pensando justamente em você. Como vai indo Gerlane?

— Nunca mais vi.

— Estava pensando em telefonar a ela, chamá-la para tomar qualquer coisinha comigo, imaginei que você...

— Não temos nada um com o outro, quem lhe disse isso?

— Bem, eu pensei...

Para fugir à lembrança de Gerlane, Eduardo lhe contou que vinha da casa do ex-ministro, referiu-se à comissão de inquérito.

— Ele está preocupado, mas disse que não tem nada a temer. Isso é coisa do Sousa, aquele deputado.

Mostrar-se a par da situação política: revelar que se interessava por tudo, sabia o que pensar. Amorim agora era comentarista político num jornal.

— Mas veja lá, hein? isso não é para publicar. O Veiga me encomendou uma reportagem sobre a situação, mas, francamente, as coisas não vão nada boas: só se fosse para descer o pau. E isso não interessa ao Veiga...

Amorim lhe disse que estava pensando em fundar um jornal.

— Um jornal nas próximas eleições, bem orientado, toma conta deste país. O homem vai voltar, você escuta o que estou lhe dizendo.

— O que você chama de bem orientado?

Foi para casa cansado de política, cansado de Amorim, cansado mesmo de beber — era inútil: sentia-se cada vez mais lúcido, senhor de cada um dos detalhes da vida, só lhe faltando uma visão do conjunto. Antonieta ainda acordada, a esperá-lo:

— Então, fez a reportagem?

— Antonieta — e sentou-se na cama, estudando a melhor maneira de dizer. — Seu pai se queixou muito, dizendo que você nunca mais foi visitá-lo. Você não disse que outro dia jantou lá?

— Tenho culpa se ele nunca pára em casa? Sempre que vou lá ele não está. Outro dia jantei sozinha, porque ele não apareceu.

— Isso você não me contou.

— Você não me perguntou.

— Ele disse que não tem saído ultimamente — experimentou ainda.

— Só se ultimamente. Mas e a reportagem?

Ele passou a mão pelo rosto, exausto:

— Estive com o Amorim...

Na manhã seguinte ela veio acordá-lo:

— O que você andou dizendo ao Amorim? Papai telefonou muito aborrecido com você.

— O quê? Aborrecido comigo?

Mandou comprar o jornal: num dos tópicos do Amorim, o que lhe dissera sobre o ex-ministro.

— Aquele canalha. Foi só eu pedir que não publicasse, saiu dali e foi escrever. Mas ele vai ver comigo.

Somente à noite conseguiu se comunicar com o jornalista, pelo telefone:

— Você não tem caráter, Amorim. Bastou dizer que não publicasse.

— Mas aquilo não tinha a menor importância! — se escusava o outro. — Na redação todo mundo já sabia.

— Não tenho nada com isso. Eu disse que não publicasse.

— Mas você não entende! Não era novidade nenhuma, segredo nenhum. A comissão de inquérito foi pedida hoje!

— Eu disse que não publicasse — repetiu Eduardo, enfurecido. O outro estourou, afinal:

— Você não manda em mim, ora essa! Publico o que eu quiser.

— Porque você não tem caráter.

— Não facilita comigo não, Eduardo.

— Vá ameaçar sua mãe.

— Não facilita não — repetiu o outro.

Desligou o telefone num terrível estado de nervos. Mal podia conter-se. Antonieta o espreitava, alarmada:

— Também não fique assim! Afinal de contas, vocês são amigos.

— Amigos uma ova. Não sei por que acabei convivendo com um sujeito desses. Cafajeste, ordinário. Em Belo Horizonte era repórter de polícia. Você já viu gente da polícia prestar?

— Mas se todo mundo já sabia.

— Ainda por cima você dá razão a ele.

Então Antonieta inesperadamente lhe propôs que esquecessem o incidente e fossem dormir.

— A essa hora? — espantou-se. — Ainda é cedo...

Ela baixou os olhos.

— Não. Vou trabalhar um pouco.

Foi para o escritório, mas acabou desistindo ao fim de meia hora: não conseguia ler nem escrever. Rendeu-se, afinal — e encontrou Antonieta à sua espera.

NEUSA era a vizinha. Tinha dezessete anos, se fizera amiga de Antonieta, costumava aparecer de *short*, entrava pela porta da cozinha, andava desenvoltamente pelos quartos. Às vezes invadia o escritório, dava com Eduardo sentado diante da máquina:

— *"Genius at work"* — gracejava, acomodando-se na extremidade da mesa, em frente a ele. Mauro e Hugo vinham surpreendê-lo em meio ao seu romance, fazia tanto tempo. Agora não tinha Mauro, nem Hugo, nem romance. Neusa viva, saudável, inquietante. Um dia foi esticar a mão para apanhar um papel, sem querer deslizou os dedos pelas coxas dela. A menina não se incomodou, fez que não viu. Desde então sua presença passou a ser um suplício:

— Isso é uma loucura — censurava-se ele, revoltado.

Não resistia, inventava pretextos para retê-la no escritório, longe de Antonieta. Num sábado à tarde atirou todos os livros da estante no chão, chamou Neusa para ajudá-lo a arrumar:

— Fui mexer na estante, ela caiu.

E ficaram os dois, pretensamente atarefados em recolher os livros, mas na verdade se encostando um no outro enquanto amparavam a estante, e se ela abria um livro, fingindo ler, ele se debruçava sobre seu ombro, colando-se a seu corpo, fingindo ler também. Ficava alucinado de desejo, temendo descontrolar-se — o escândalo que seria! Mais de uma vez deixou-a e foi bancar-se no banheiro, antes que fosse tarde, usando Neusa na imaginação: era uma espécie de defesa, medida de precaução — dos males o menor. Depois se arrependia como antigamente, sentia remorso:

— Tem cabimento isso, rapaz? — incriminava-se, com dureza. — Na sua idade!

Mas acabava repetindo Mauro, amortecendo a consciência no reconhecimento de que, justamente por não ser criança, não devia ter mais preconceitos — encarar tudo com naturalidade.

Neusa e sua pele jovem, macia, à mostra na roupa exígua. Saberia o perigo a que se expunha? Por que o procurava com tanta insistência, por que dissimulava?

— Ela está percebendo tudo, a safadinha — excitava-se ele.

Uma tarde em que Antonieta havia saído para a costureira, pediu a Neusa que o ajudasse a trocar a lâmpada do escritório, que se havia queimado. Pôs a mesa sob o lustre. Vestia apenas um pijama fino e a lâmpada nem queimada estava.

— Não alcanço. Só se eu carregar você.

— Olha que nós dois caímos. Você me agüenta?

Neusa subiu na mesa, deixou que ele a erguesse, segurando-a fortemente pelas coxas. Ela estava de *short*, e procurava desatarraxar a lâmpada, enquanto a mão de Eduardo tocava-lhe a pele entre as pernas, o rosto apertava-lhe o ventre, e as narinas, ofegantes, buscavam o sexo. Deixou que ela escorregasse entre seus braços e todo o corpo dele tremia, mal se mantinha de pé, por pouco não tombaram ao chão. Assim, um instante: ela também tremia, abraçada a ele, a lâmpada mal segura na mão. Eduardo não resistiu mais e estremecia já, num espasmo final, comprimindo o próprio sexo contra o dela.

— Cuidado, nós caímos — murmurou a moça aos seus ouvidos, e fechou os olhos. A lâmpada tombou ao chão e explodiu.

Naquela mesma tarde Eduardo lhe pediu que não viesse mais à sua casa:

— Espero que você compreenda por quê — disse apenas.

Antonieta estranhava a ausência da moça.

— Não quero que essa menina fique por aí, tomando intimidade conosco.

— Por quê? Ela é tão boazinha.

— Não quero. Você parece que não pensa as coisas.

Ela parecia que não pensava as coisas. Ou talvez nem se importasse. Mas agora as relações entre ambos iam ficando inesperadamente acomodadas, o convívio se fazia mais fácil.

— Hoje vamos ao cinema — anunciava ele, depois do jantar, e ela chegava a sorrir. Voltavam a sair juntos, iam ao cinema, visitavam o pai de Antonieta.

— Sabe, Eduardo? — dizia ele. — Gostaria de montar um escritório de advocacia. Você viria trabalhar comigo...

A promessa feita ao pai, jamais cumprida.

— Pensei que o senhor tivesse se zangado comigo por causa daquela notícia.

— Qual, bobagem — protestou o homem. — Você viu? Não apuraram nada contra a minha administração. Política é isso mesmo... Enfim, só tenho de prestar contas a Deus, a mais ninguém.

Ficava sentado na varanda, sozinho, triste porque os dois logo se despediam:

— Voltem amanhã, sim? Por que não vêm almoçar comigo?

— Sabe de uma coisa? — dizia Eduardo, a sós com ela. — Seu pai afinal de contas é um bom sujeito, não tem dúvida. É pena ter-se metido em política. Ficou tão amargurado... Não sei quem, acho que foi Guardini — aquele livro que eu estava lendo, sabe? — que disse: "o homem que quer justiça tem de colocar-se em nível superior ao da simples justiça". Pois bem: isso serve para tudo. O homem que quer fazer política tem de se colocar em nível superior ao da simples política. Você veja, por exemplo, o problema do romance...

— Eduardo... — interrompeu ela.

— O quê?

— Até quando vai durar isso?

— Isso o quê? — estranhou ele.

Ela não respondeu. Foram para casa pensativos, mas se juntassem todos os seus pensamentos, talvez não formassem com eles uma só idéia, senão a de que já não obedeciam mais à própria vontade, mas cumpriam como autômatos o ritual de um destino certo. Um dia ele encontrou Lêda, mulher do Amorim, num ônibus a caminho da cidade.

— Eduardo, há quanto tempo!

Estava mais velha, acabada. Eduardo não sabia o que dizer; mal a reconhecia — aquele rosto sem pintura, aqueles lábios outrora vivos e frescos, que ele num momento de loucura ousara beijar.

— Você também anda sumida — experimentou.

— Continuo morando em Niterói. E você, como vai indo? Que há com você?

— Comigo? Nada. Por quê?

— Não sei, você está tão... diferente... Tenho ouvido coisas.

— Fala-se muito — gracejou ele.

— E Antonieta?

— Vai bem — e olhou-a, intrigado.

— Não sei, Eduardo, vocês dois me preocupam tanto... Não gostaria que acontecesse com vocês o que aconteceu conosco. Lembra-se daquele tempo?

— O que aconteceu com vocês?

Ela sorriu tristemente:

— O que aconteceu conosco... Você tem visto Amorim?

— Estive com ele outro dia.

— E Antonieta? — insistiu ela. — Nunca mais estivemos juntas. Um dia destes a vi numa confeitaria com um senhor de idade — nem me reconheceu, parece.

Ele não respondeu. Na mesma noite, porém, perguntou a Antonieta:

— Com quem você foi a uma confeitaria num dia destes?

— Confeitaria? Eu?

— Estive com Lêda, ela me contou. Disse que te viu com um senhor de idade.

— Ah! — e ela se moveu pelo quarto, despreocupada. — Deve ter sido papai. Me encontrei com ele na cidade, fomos tomar chá.

— Isso também você não me contou.

— Por que haveria de contar? Você não me perguntou.

— Estou perguntando agora.

— Então pergunte — desafiou ela. — O que você está querendo saber?

Ele respirou fundo.

— Onde está morando o Germano, por exemplo. Gostaria de procurá-lo.

— Isso você já me perguntou.

— E você disse que era no Hotel Palace.

— Então procure no Hotel Palace. Mais alguma coisa?

— Antonieta, eu... — e não pôde prosseguir. A voz lhe faltava, um soluço atravessou-lhe a garganta. As coisas perdiam o sentido, a realidade lhe escapava, e era preciso uma verdade qualquer, uma verdade concreta, acessível e sem mistérios a que se agarrar, para não ser tragado. — Eu não agüento mais, Antonieta — disse ele, com esforço, passando a mão pelo rosto num gesto de cansaço.

— Não precisa ficar assim. Descansa um pouco. Amanhã nós conversamos sobre isso.

— É preciso que você me ajude.

— Sinto muito, mas não posso fazer nada por você.

— Então eu estou perdido, eu estou perdido — e ele escondeu o rosto nas mãos. — Não sei mais nada, não conto com mais ninguém...

— Amanhã nós conversamos — repetiu ela.

— Você promete? — ele pediu, submisso.

— Amanhã você saberá de tudo.

— Amanhã talvez seja tarde...

— Não é não — encerrou ela, absorta, e acrescentou, olhando o relógio. — Já é tarde, eu vou dormir.

— Sempre é tarde. *Sempre é tarde* — dizia ele para si mesmo, já sozinho no escritório, cercado de fantasmas. E entregou-se a uma de suas crises de choro, a mais longa e violenta, que durou quase toda a noite. A manhã veio encontrá-lo adormecido na poltrona.

TEVE a surpresa de dar com o velho hotel fechado aos hóspedes, pronto para demolição. Pelo aspecto todos já se haviam mudado. Restava apenas um porteiro de vigia no prédio abandonado.

— Não há mais ninguém morando aqui? — perguntou.

Encontrou o velho sozinho num quarto do hotel vazio — pareceu-lhe extremamente agitado.

— Mas já não há ninguém morando aqui — disse-lhe Eduardo, perplexo.

— Por que você insiste em me procurar? — E Germano andava de um lado para outro, num roupão usado. Tomava longos goles de uísque, servindo-se da garrafa sobre a mesa. Não parecia seguro de si, sua voz se alterava, devia estar bêbado. — Me deixe sozinho no meu canto, pelo amor de Deus, vá embora.

— Antonieta — disse Eduardo apenas.

— Converse com ela e não comigo.

— Não há mais conversa possível entre nós dois.

— Nunca houve. Você nem sequer a conhece.

— Pois então? — e Eduardo sentou-se na cama.

— Pois então converse sozinho, mas não comigo. O que você quer de mim?

O velho sentou-se a seu lado, sem olhá-lo, sacudiu a cabeça:

— Não tenho nada a lhe dizer. Você jamais saberá nada, você não é capaz de saber coisa nenhuma desta vida.

— Por quê?

— Porque você se julga dono de seu destino, e ninguém é dono de coisa nenhuma neste mundo. Eu por acaso sou dono do meu? Não faço coisas que por si já são destinos? Ninguém conhece ninguém, nem a si mesmo, a cada passo nos surpreendemos, nos desmentimos, negamos o que um minuto antes nos pareceu a última das verdades. Olhe, só há uma verdade essencial, e essa a gente gasta a vida toda procurando, quando ela está montada no nosso ombro como uma cruz. Só um cego é que não vê. Eu estou morando sozinho neste hotel: todos os hóspedes já foram embora, só eu fiquei, pedi que me deixassem mais uma semana, só preciso de uma semana. Pois aqui estou eu, e os ratos. Há ratos por todo lado — às vezes passeio pelos corredores vazios, entro num quarto e noutro, tudo vazio, parece um navio abandonado, vai afundar. De noite fico quieto aqui no meu canto, não há luz, desligaram tudo, breve começam a demolir. Vejo até morcegos nos beirais do telhado, onde antigamente moravam pombas. O prédio estala e geme de velhice, parece que vai morrer...

— Por que não se muda? — perguntou Eduardo, impressionado.

— Para onde? Para quê? Estou cansado...

E o velho se estendeu na cama, prostrado. Em pouco ressonava pesadamente, a boca aberta, exalando álcool, o peito magro arfando. Eduardo o olhou durante algum tempo — tentando decifrar o enigma que era a máscara de um homem. Cobriu-o com a colcha, antes de sair. À porta perguntou ao vigia:

— Não seria melhor que vocês mudassem o velho logo de uma vez?

Escurecia sobre a cidade. Em vez de ir para casa, tomou insensivelmente o caminho do bar. Precisava beber alguma coisa, que já não se agüentava de aflição. Encontrou Térsio em companhia de dois ou três conhecidos — um deles Aragão, o aviador:

— Lembra do Rodrigo, aquele amigo seu? Foi encontrado .

— Encontrado? — saltou Eduardo.

— Retiraram afinal o avião do mar, o corpo estava preso na cabine. Ele ficou enganchado, não conseguiu sair.

— Mas o telegrafista disse que o viu nadando! — protestou Eduardo. — Na época do desastre todos os jornais...

— Foi engano: afundou com o avião, não chegou a nadar.

Então Rodrigo não chegara a nadar. Inútil e sem sentido o sofrimento de dois dias e duas noites seguidas, o companheiro perdido na imensidão do oceano, enfrentando a fúria das ondas, nadando, sempre nadando, como antigamente a seu lado... Já estava morto, afogado dentro do próprio avião, nem ao menos chegara a nadar. Sentiu certo alívio ao descobrir que há sofrimentos inúteis também, gratuitos, imaginários, cuja causa já se extinguiu como a da luz de uma estrela, ou que nem sequer chegou a existir. Em casa contou quase jovialmente a Antonieta:

— Sabe? Encontraram o cadáver de Rodrigo.

— Quem? — assustou-se ela.

— Rodrigo. Não chegou a nadar, ficou preso no avião.

Agora, porém, Aragão já não falava no companheiro morto e sim na própria Antonieta — dirigia-se a Térsio, apontando Eduardo:

— Esse aí eu conheci em Uberaba, já faz muitos anos, morto de paixão pela namorada... Ele ficou no meu quarto, não havia lugar no hotel. Contribuí muito para o casamento deles, não tenha dúvida. Foi ou não foi, Eduardo? Eu era amigo de Antonieta... Ela sempre dizia que se tivesse de casar haveria de ser com um artista. Pois não foi mesmo?

— Você dizia que se tivesse de casar haveria de ser com um artista? — perguntou ele.

— De onde você tirou isso? — estranhou ela.

— Aragão me contou. Aquele seu amigo, estive com ele hoje.

— É possível... Coisa de menina.

— Eu não sou artista.

— Que bobagem é essa? Você não é escritor?

— Escritor é quem escreve. Eu não escrevo nada. E não sou artista nem aqui nem na China.

— O que você é, então? — disse ela, rindo ante o seu tom desalentado.

— Funcionário da Prefeitura.

— E daí?

— Você se casou com o homem errado. Olha, Antonieta, preciso ter uma conversa com você.

— Você bebeu?

— Um pouco, não muito. Ontem você prometeu que...

Foi interrompido pela campainha do telefone. Ambos se voltaram. Tudo se precipitava.

— Deve ser Amorim — disse ela. — Já telefonou três vezes para você.

— Amorim?

— É. Olha, Eduardo, estive pensando...

— O que é que ele quer?

— Não sei — e ela pôs-se a falar depressa, antes que ele atendesse. — Se eu lhe pedir uma coisa você faz?

— Depende.

— Depende de você — segurando-o pelo braço.

— Então pede — já com a mão no fone.

— Queria que você não saísse mais hoje.

— O quê...

— Queria que você...

— Alô! — disse ele ao telefone.

Era Amorim:

— Gerlane está comigo aqui no bar, me pediu que ligasse. Você quer falar com ela?

— Não.

— Então venha para cá.

Eduardo repôs o fone no gancho lentamente e fitou a mulher com olhos distraídos:

— O que é que você estava dizendo? — perguntou afinal, enquanto vestia o paletó.

— Nada. Você vai sair?

— Vou. Ele disse que precisa muito falar comigo. Deve ser por causa daquela nossa discussão. Preciso ir, fui muito estúpido com ele naquele dia.

Aproximou-se da mulher, vendo que ela não se movia, despediu-se com um rápido beijo na testa:

— Amanhã nós conversamos.

Como ela não dissesse nada, voltou-lhe as costas e saiu. Sem olhá-la uma última vez.

III — A VIAGEM

NO PRINCÍPIO limitou-se a aceitar passivamente seu novo estado: relaxava o corpo, abandonava o espírito e deixava que as idéias flutuassem soltas, sem tentar ordená-las em torno de qualquer pensamento objetivo. Ficava andando pela casa, barba crescida, sem hora certa de comer ou dormir, olhando uma coisa e outra, o armário da mulher completamente vazio, a ausência dos objetos dela nas gavetas e na penteadeira, o lugar que ela antes ocupava na cama a seu lado. Impregnado de solidão, sentiu, afinal, mais nos olhos da empregada que o observava perplexa do que propriamente nas exigências de sua condição, que precisava reagir, fazer alguma coisa, readaptar-se. Começou por despedir a empregada. Depois, passado o estupor dos primeiros dias, para que a lembrança não o martirizasse, buscou distração em martírio maior, privando-se do cigarro, impondo a si mesmo um sistema rígido de disciplina: passou a dormir no escritório, acordava cedo, tomava banho frio, fazia a barba e ia para o trabalho. Na volta, mais de uma vez resistiu ferozmente à necessidade de beber. Não queria ver ninguém, evitava até mesmo as proximidades do bar — e sabia que beber sozinho naqueles dias seria a sua perdição. Fazia as refeições no restaurante da esquina e em casa punha-se a ler com uma obstinação quase física, mas como a atenção se recusasse, mais obstinada ainda, castigou-se buscando estudar alguma coisa de árido e penoso, elegeu o latim.

— *Labor improbus omnia vincit.*

Não pensar, não pensar de maneira alguma — se impunha, andando de um lado para outro e recitando em voz alta declinações já meio esquecidas, até que o cansaço e o sono o vencessem. Quem o visse o tomaria por louco — e nunca se sentira tão asceticamente lúcido, tão ciente de si, de sua força e de suas limitações. Até que, uma manhã, resolveu procurar Antonieta de novo, e aceitou serenamente a idéia, embora sem saber o que lhe diria desta vez.

Marcou a visita pelo telefone, conforme a estrita regra de conduta que se tinham imposto, mas teve o cuidado de escolher uma hora em que o pai não estivesse em casa.

— Você conversou com ele? — perguntou, ao vê-la. Procurava ser o mais objetivo possível.

— Conversei.

— Quer dizer que para ele eu não estou mais em viagem.

— Não. Contei a verdade. Ficou muito triste, mas eu convenci a ele de que não havia nada a fazer, era melhor assim. Você tornou a falar com o advogado?

— Ele ficou de telefonar quando os papéis estivessem prontos. Escuta, Antonieta...

Calou-se, sem saber o que dizer. Olhando-a, notava pela primeira vez que ela se vestira para recebê-lo: usava um vestido verde, tinha brincos e um colar. O cabelo também estava diferente, fora cortado. Ele era uma visita, simples visita — e nem um mês havia passado. Em silêncio, ela esperava que ele continuasse, preocupada e já na defensiva.

— Você cortou o cabelo — comentou ele, idiotamente.

Aliviada, ela passou a mão pelos cabelos, num gesto seu de antigamente, o primeiro:

— Cortei e já estou arrependida — sorriu. — Mas, e você? Está se dando bem na sua vida de solteiro?

Não havia no tom de sua voz um mínimo de ironia, mas ele não entendeu assim:

— Não estou levando vida de solteiro — respondeu, subitamente irritado. — Estou levando vida de viúvo. Vida de solteiro eu levava com você.

Levantou-se como se fosse sair sem despedir-se. Não sairia, contudo; também era nele apenas um gesto de antigamente, que ela logo reconheceu:

— Não precisa se zangar. Afinal, já conversamos tanto...

Ele andava ao longo da sala.

— Antonieta — recomeçou, buscando as palavras. — Eu quero saber apenas uma coisa. Se você... Se sua resolução é definitiva.

— Já conversamos tanto — repetiu ela, com um suspiro resignado.

Ele se deteve em frente à mulher, decidido, olhando-a nos olhos:

— Então me responda a uma última pergunta, para que eu saiba ao menos o que pensar. Você está gostando de alguém?

Ela desviou os olhos:

— Eduardo, por favor. Não vamos recomeçar. Você já me perguntou isso. Já lhe disse que não houve nada, já lhe provei, você me disse que não houve nada, já nos convencemos disso, que mais que você quer?

— Você não me respondeu.

— Já lhe disse que não! — gritou ela afinal, transtornada, erguendo-se e encarando-o. — Você não quer acreditar, paciência! Pode ter a certeza de que se eu tivesse de gostar de alguém não haveria jamais de ser de você.

Ele ficou imóvel, a olhá-la estarrecido.

— Por que então você se casou comigo?

— Não sei. Porque eu era muito criança, não sabia o que estava fazendo. E por favor vá embora, me deixe sozinha.

Ele ficou em silêncio, a olhá-la estarrecido.

Sua vida terminava naquele instante.

Voltou-se em silêncio e caminhou para a porta.

— Eduardo — ouviu que a mulher o chamava e se deteve, assim de costas, para o que ela tinha a lhe dizer. — Não quis magoar você, me desculpe, estou nervosa, mas por favor compreenda, você mesmo é culpado, fica insistindo, insistindo...

— Não tem importância — balbuciou, e sua voz morreu num engasgo. Ela avançou para abrir a porta e ao dar com seu rosto crispado e subitamente envelhecido, os olhos esgazeados a fitá-la como à procura de alguém, teve pena, num gesto hesitante tocou-lhe o braço:

— Não ligue para o que eu disse. Por favor, esqueça.

Ele chegou a sorrir, agradecido:

— Não tem importância — repetiu, a voz sumida. Voltouse em direção ao elevador, mas ela, apreensiva, o deteve ainda:

— O que pretende fazer?

— Não sei... Como haveria de saber? — e, constrangido, evitava olhá-la pela última vez. — Sabe, Antonieta? Estive pensando, estou com vontade de fazer mesmo uma viagem...

EM VEZ de extenuar-se no estudo ou na leitura até que o sono viesse, acendeu então o primeiro cigarro e pôs-se deliberadamente a pensar no que lhe acontecera, como a ver se encontrava entre os restos do desastre alguma coisa pela qual continuar a viver.

— É inútil, Eduardo.

— Vamos ser razoáveis.

— Tinha que acontecer.

Agora ele está andando pelo apartamento vazio. Tudo nos seus lugares. Acende as luzes à medida que avança, observa meticulosamente os móveis, os livros na estante, um grampo de Antonieta esquecido no parapeito da janela, quase um mês e o grampo ali na janela, já enferrujado. Tinha de acontecer.

— Vamos ser razoáveis — repetia, para si mesmo.

Uma noite, tomado de súbita decisão, foi ao telefone e discou para Gerlane.

— Preciso muito falar com você — pediu, num tom grave.

— Eu tenho mais o que fazer, Eduardo — e ela desligou.

Atordoado, ele ficou ainda um instante com o fone na mão. Bem, se é assim — e afastou-se afinal do telefone assobiando baixinho, esfregando as mãos, embora seus olhos se turvassem de lágrimas: aquilo também estava resolvido, nada mais a fazer. O que era preciso é que não se sentimentalizasse, ora diabo, não começasse a se sentir um pária, repelido por todo mundo, não era isso mesmo? um miserável, ora tinha graça, um pobre coitado sem ninguém — e já falando em voz alta palavras soltas, enquanto arrumava a mala em passinhos lépidos entre o armário e a cama:

— Meias. Camisas. Cuecas? É isso mesmo. Não analisa não. Põe isso aqui... isso aqui... e isso aqui... O que mais? Se eu tivesse de gostar de alguém... Dane-se! Toca para frente: dois lenços. Tenho mais o que fazer, Eduardo. Está bem, está bem, sua vaca. Só porque eu não quis... Uma gravata, duas, mais umazinha só... E pronto, acabou-se. Não quis o quê? Ah, Gerlane. Não se deixar abater. Algum livro? Térsio tinha razão: mulher, quando começa assim... Não, que livro nada! Nem passado e nem futuro, a vida presente, minha enfim, liberta, sem limitações. E chega! Descansar um pouco, ainda é cedo.

Assim mesmo vestido, esticou-se na cama para aguardar a manhã.

A seu lado, ia um homem corpulento, bem vestido. Os demais passageiros se entreolhavam e estabelecia-se aquela muda solidariedade dos que secretamente esperam em Deus que o avião não caia. Apertavam em silêncio os cintos de segurança, enquanto o aparelho deslizava para a pista. O homem a seu lado respirava desconforto, olhando duro para a frente; quando os motores ganharam força, preparando-se para a decolagem, ele relaxou o corpo na poltrona, tentando aparentar displicência, e lançou a Eduardo um olhar de curiosidade. Eduardo fingiu-se distraído. Agora que o avião corria pela pista quase a desgarrar-se do solo, o homenzarrão não resistiu e levou a mão à testa como se consertasse o cabelo, ao peito, depois ao ombro esquerdo como se tirasse um cisco do paletó, ao ombro direito e finalmente à boca, como se roesse a unha... Era o sinal-da-cruz mais camuflado de que ele seria capaz. Eduardo fingiu que não via nada, mas persignou-se também, abertamente, a mão espalmada para que o homem visse, enquanto o avião ganhava altura. O homem então o imitou, feliz, e respirou aliviado, voltando-lhe um olhar solidário que era quase que um agradecimento. Eduardo se sentiu mal; cínico, fingido, hipócrita — não se importava se o avião caísse.

Encontrou a cidade diferente, mudada. Agitação pelas ruas, prédios novos, gente andando para lá e para cá, como se realmente tivesse urgência de ir a qualquer parte. Os elevadores funcionavam todo o tempo:

— Andares! — gritava o ascensorista, e ia dizendo — Primeiro! segundo! terceiro! quarto! e assim até o vigésimo, quando então a porta se abria: terraço! Vejam só que bela vista.

Depois alguém lhe batia no ombro:

— Você por aqui? Vamos tomar um café.

Era o Veiga. Estava gordo, meio calvo, e era diretor do jornal.

— Que tal se você iniciasse uma série de artigos no suplemento? Você sabe, não podemos pagar, mas enfim... Só que não pode ser de ataque ao governo.

O único que ainda acreditava ser ele um escritor... Veiga não tinha nada a lhe dizer. Eduardo também não tinha nada a dizer ao Veiga, não tinha nada a dizer à sua mãe, não tinha nada a dizer a ninguém:

— Meu filho, o que aconteceu com você? Onde está sua mulher? Ouvi dizer que você está morando sozinho.

A velha, acabada, doente, sempre com os parentes na Serra. Toda chorosa, abraçando-o:

— Escrevi três cartas para você, você nem ao menos se digna de responder.

— Não recebi, mamãe.

Teria recebido? Não teria? Nem se lembrava. Nada importava mais, senão que haviam acabado com o banco da Praça. O novo prefeito fizera um estrago no jardim, pondo abaixo as belas touceiras de antigamente, substituindo tudo por uma grama rasa, bem aparada, ridícula. Os bancos agora eram de mármore, como túmulos. Nada mais o ligava àquele lugar:

— Chegou a hora de puxar angústia.

Chegou a hora. Mocidade velha, cansada, desnorteada, exaurida, quando chegaria enfim a tua hora? Quantos séculos de angústia coletiva te fizeram? Quantas horas de aflição foram vividas, quantos corações se extenuaram no amor e na esperança para te entregarem desamparada ao mundo novo? e que será de ti neste mundo? que será do mundo? Perguntas sem resposta e sem sentido que ele largava na praça avermelhada pelo crepúsculo. "Aqui outrora retumbaram hinos", pensou, e logo se afastava dali. O fruto que apanhara ainda verde... Nem verde, nem maduro, nenhum fruto colhido: um livro cem vezes começado, um filho abortado, um casamento dissolvido. Para isso vivemos... Nada mais terrível do que não ter nascido!, ele dissera um dia. E agora? Agora só a liberdade importava: liberdade de um dia olhar o outro nos olhos e dizer: és tu — reconhecê-lo, identificar-se com ele logo que o encontrasse e enfim se deixar viver numa enfim conquistada disponibilidade, que a vida em si mesmo justificava. O anonimato, por exemplo, era uma antevisão do paraíso — andar desconhecido e livre pelas ruas, ninguém o identificava, ninguém que parasse a todo momento para:

— Então, como vão as coisas?

— Não tão bem como você...

— Quando chegou?

— Como vai Antonieta?

— Ainda fica aqui algum tempo?

Algum tempo. Mauro, casado, morando num bangalô:

— Estou trabalhando no pronto-socorro, dirigindo a seção de radiologia. Hugo me chama de fotógrafo... Temos uma equipe muito interessante, uma boa turminha. Vou te levar lá um dia desses, para você ter uma idéia do que pode acontecer numa cidade em apenas uma noite... Você, que é escritor, precisa ver um plantão do pronto-socorro.

Eduardo mudou de assunto:

— Você nunca mais tomou daqueles porres colossais?

— Qual o quê — disse Mauro rindo. — Minha mulher é só farejar bebida, põe a boca no mundo. Mas não me chateia em nada, pelo contrário: é uma boa figura, você vai ver.

A mulher de Mauro era filha de portugueses, falava com ligeiro sotaque. Calada, humilde, levantava-se a todo momento para ir à cozinha, voltava à mesa de jantar:

— Meu marido me contou que ele e o senhor foram grandes amigos — foi tudo quanto disse. — O senhor é médico?

— Que médico nada! — Mauro, rindo, respondeu por ele: — Eduardo é poeta, minha filha: e não chama de senhor não, que ele não é tão velho assim...

— Poeta é você — disse Eduardo. — Eu nunca fui.

— Imagine que essa aqui — disse Mauro, dando uma palmadinha carinhosa na mulher — foi fazer uma limpeza nas minhas coisas, encontrou uma pilha de poemas meus, jogou tudo fora pensando que era para jogar fora. Nesse dia tomei um porre, para celebrar o acontecimento. Um vastíssimo porre, durou uma semana. Mas foi o último. Foi ou não foi, galeguinha?

— Foi — confirmou ela.

— Você não sente falta, não? — perguntou Eduardo.

— De quê? Da bebida?

— Do poeta em você.

Mauro deu uma gargalhada:

— Deixa de literatura para cima de mim! Olha que eu sou macaco velho nessas coisas

— Para mim, na calada da noite, você ainda medita seus versinhos.

— Cadê tempo, rapaz? Fico batendo chapa o dia inteiro! Tanta perna quebrada neste mundo de Deus, você nem imagina. Eu por mim prefiro me realizar no pé quebrado diretamente.

— Esse é infame — protestou Eduardo, e ambos riram. Moviam-se cautelosos na sua nova forma de conviver:

— E o terrorismo? — lembrou Eduardo.

— É isso mesmo... O terrorismo...

Findo o jantar, sentaram-se na varando e para celebrar a ocasião, Mauro desafiou a mulher mandando buscar na venda uma garrafa de conhaque.

— Você já esteve com Hugo? — perguntou, antes que Eduardo partisse. — Se estiver com ele dê meu abraço, diga para aparecer. Nem conhece minha mulher, aquele safado.

Encontrou Hugo cercado de jovens na leiteria:

— Não vejo Mauro há mais de um século. O carcamano acabou um bom burguês, ganhando dinheiro à custa da desgraça alheia. E nós que esperávamos dele no mínimo um Maiakovski!

— Nossa missão era outra, talvez — disse Eduardo, fitando o amigo: estava mais velho, os cabelos já um tanto ralos, via-se que ficaria calvo.

— A poesia é que era outra — comentou baixo um dos jovens. Eduardo ouviu e se inclinou, interessado.

— Como?

— Estava falando aqui com ele — esquivou-se o outro.

Hugo o preveniu com um sorriso:

— Não facilita com eles, não, Eduardo... São concretistas.

— O que é preciso é conduzir a linguagem verbal a uma condição de experiência orgânica — concedeu o jovem.

— Experiência orgânica? O que é isso?

— Poesia não é a *notícia* de determinada emoção poética ou da coisa que a provocou. Poesia é a própria emoção poética integrada na coisa que a provocou. A linguagem diz de uma visão especial das coisas — formulação colocada no extremo de uma série contínua e ascendente de intelecções.

— Ah... — e Eduardo desistiu de entender, voltou-se para Hugo: — E você, não tem escrito nada?

— Só pontos de aula. E algumas teses: vai haver uma homenagem ao reitor e estou escrevendo o discurso de saudação no qual abordo a reforma do ensino, gostaria que você visse.

— Não, muito obrigado. Ainda me lembro da última homenagem ao reitor de que participei, você não se lembra?

— Se me lembro... Mauro foi de uma grosseria! E o pior é que ainda é o mesmo reitor — hoje somos bons amigos. Lá na Faculdade estamos realizando um trabalho interessante...

— Mauro me disse a mesma coisa.

— Sobre a Faculdade? — espantou-se Hugo.

— Não: sobre o pronto-socorro.

O jovem continuava:

— Poesia é, pois, a concretização em linguagem verbal dessa realidade última contida nas coisas. Tomemos por exemplo esta garrafa. O conceito que fazemos desta garrafa.

No dia seguinte era o Toledo:

— Não sei o que eles pretendem, nem quero saber. Estou velho para essas novidades. Em verdade já nasci velho, como você. A diferença é que você tem uma chance e eu não tenho.

— Que chance eu tenho?

— A de romper com seu passado. Abrir mão de tudo o que vem constituindo você: sua sinceridade, sua fidelidade a si mesmo. O que é a sua sinceridade? A sinceridade de quando você não sabia nadar ou de quando você se tornou campeão?

— Hoje não sou capaz de nadar mais de duzentos metros — sorriu ele.

— Pois nade esses duzentos metros. Não se detenha diante de nada. Comece enquanto é tempo, rompa com tudo e com todos! Quero você capaz de mijar na minha sepultura.

— Que devo fazer? — perguntou ele, impressionado.

— Não blefe. Jogue todas as cartas na mesa. Não fuja. Não tenha medo de perder. Nada mais digno do que, tudo feito, depois que não se poupa nada, saber dizer: perdi. Porque essa é a grande verdade: perdemos sempre...

— Eu não nasci para perder.

— É um bom começo saber isso: não ter medo de nada, nem de morrer. Você tem medo da morte? Então desista de uma vez, porque morrer não tem importância — Mário de Andrade morreu e está mais vivo do que eu, do que você. Estou repetindo palavras dele! Tenha medo é dos escorregões. Não escorregue, caia de uma vez. Os medíocres apenas escorregam. Os bons quebram a cabeça. Você é dos bons. Pois vá em frente! Pague seu preço e Deus o ajudará.

— Estou pensando em fazer uma viagem — disse ele, pensativo.

Mauro o saudou alegremente pelo telefone:

— Então quando é que aparece de novo? Depois que você saiu, fiquei triste como o diabo, enxuguei sozinho aquela garrafa de conhaque. Não resisti, acabei saindo à sua procura por tudo quanto é bar. O resto, já se sabe: tomei um daqueles porres homéricos de que você falava, estou escornado até agora.

Eduardo falou-lhe no encontro:

— Ah, sim, no Ginásio... Me lembro de qualquer coisa. Mas por que você não aparece?

Despediu-se do amigo pelo telefone mesmo. E foi ao Ginásio, ao encontro marcado. Havia um terceiro de quem os dois nem mais se lembravam. Monsenhor Tavares morto. Na natureza nada se perde, nada se cria. Lago Titicaca, Popocatepetl — Fujika Mosaka não era ilha do Japão, era a japonesinha assassinada. Todo corpo mergulhado num fluido.

— A lua banha a solitária estrada.

Raimundo Correia não era poeta modernista. A poesia é uma série contínua e ascendente de intelecções... Formulação de uma visão, fusão de intelecção, linguagem verbal, experiência orgânica. Experiência orgânica era comer, beber e dormir. Poesia era água, alimento, suor, urina e fezes. Quem era mesmo o terceiro no encontro marcado?

O prédio, assim fechado, pareceu-lhe triste e envelhecido — não havia alunos, estavam em férias. Havia um poste de iluminação à entrada principal, o globo não fora quebrado. Agachou-se, apanhou uma pedra e atirou-a. Errou o alvo e foi-se embora, envergonhado, temendo que alguém tivesse visto.

Partiu no dia seguinte, de trem.

— Você escreve, meu filho. Dê notícias. Essa sua viagem para o estrangeiro... Antonieta vai também?

Antes passou pela piscina do clube, também vazia. Rodrigo não chegara sequer a sair do avião. O porteiro o reconheceu:

— Pode entrar, andar aí dentro à vontade.

Não havia o que ver. No quadro de honra do clube seu nome fora substituído. Estavam construindo uma nova arquibancada que comportaria o dobro de espectadores. Chico, o roupeiro, sempre o mesmo, sacudindo a cabeça:

— Nadador como o senhor, nunca mais teve não.

O cemitério — seu Marciano enterrado ali, na terceira sepultura a contar da esquerda. Deixou um ramo de flores ao pé da cruz, voltou para o carro que o esperava no portão:

— Depressa, para a estação.

Saiu da cidade como de um cemitério.

Por pouco não perde o trem. Que idéia, essa, voltar de trem... Professor Feitosa, quando foi isso? Feitosa ou Leitosa, não se lembrava: da Faculdade de Medicina. Naquele tempo viajava sem leito — era pobre, era alguém que vinha de um lugar e ia para outro, tinha um destino certo, uma missão a cumprir. Subitamente decidiu saltar em Juiz de Fora.

— Com licença, com licença...

Abriu caminho entre os passageiros que embarcavam em Juiz de Fora, era uma família inteira: um pai se esbofando com as malas, uma senhora gorda, três ou quatro meninos...

— Eduardo!

Parou, olhou para trás... O trem dava sinal de partida. Quem o chamava?

— Com licença...

Era a mãe dos meninos que lhe sorria, toda afobada e risonha. Letícia? Não, aquilo também era demais. Sentiu um aperto na garganta, uma vontade de chorar. Ajudou-a a entrar, contendo a porta do vagão, sorriu enquanto lágrimas lhe saltavam dos olhos. Abaixou a cabeça para que ela não visse e ganhou rápido a plataforma da estação. Não tivera coragem de lhe dirigir uma palavra. Pensou confusamente que ao passar pela porta ela comprimira contra ele os seios fartos, gordos, aqueles mesmos que ele vira um dia pequeninos, despontar sob a fina blusa de jérsei. Mas o que viera fazer ali, em Juiz de Fora, àquela hora da noite? Eu te amo eternamente — ela escrevera na sua caderneta. Foi seguindo a pé a rua Halfeld, em direção ao hotel, curvado ao peso da mala. Enfim, tanto fazia seguir como ficar. Poderia ficar morando ali para sempre. Ninguém teria mais notícias dele e o pior, ninguém daria pela sua falta. Jadir morto com dezesseis anos! Suicidara-se por causa de uma mulher.

— Não, por uma noite: embarco amanhã para o Rio.

— O senhor não é o tenente Marciano?

Então o porteiro se lembrava dele! Seria sempre reconhecido pelos porteiros.

— Não. Isto é...

Na manhã seguinte foi visitar o quartel de cavalaria.

— Eu servi aqui — explicou ao sentinela. — Alguns anos atrás. Gostaria de dar uma olhada...

O sentinela chamou o oficial do dia.

— O que o senhor deseja?

Quando falou em cavalaria:

— Mas deve ter sido há muito tempo! Há anos que somos da motorizada.

E convidou-o a entrar. As baias haviam sido transformadas em garagens. Em vez de cavalos, tanques e jipes. O oficial, tomado de simpatia, explicava:

— Isso aqui... Aquilo lá...

— Houve um concurso de saltos. Não ganhei: quem ganhou foi o tenente Meireles, de Três Corações.

— Meireles? Deve ser o major Meireles — foi nosso comandante.

Mas isso não tem a menor importância! — pensou. Não tem a menor...

— Muito obrigado...

— Não quer ver lá dentro?

— Não, só dar uma espiada... Muito prazer, hein? Muito obrigado, hein?

O oficial bateu-lhe no ombro, jovialmente:

— É isso, meu velho, o tempo dos cavalos já passou.

Ora, eis que esse homem falou alguma coisa: o tempo passa e os cavalos também. E nós os cavalões comendo! Isso era um verso. A poesia, formulação da fusão da intelecção. Que ele era meio burro! Burro, besta, cavalo. Eduardo Marciano, cavalo que passa. Mas romancista — romancista é diferente, não precisa saber nada disso, basta ir dizendo as coisas como elas acontecem: minutos após a entrada do conde, a marquesa sorriu e disse: — Como vai? Minutos após a entrada do conde. Como vamos? Minutos após a entrada. Como pois entretanto marquesa, como vai a senhora, exclamou o conde. Quem não tiver coragem de escrever isso não é romancista. Por isso Paul Valéry não era romancista. Minutos após... de repente se lembrou de Helga:

— Era loura e alta... Chamava-se Helga, e era bonita como um cavalo.

O porteiro não parece lembrar-se:

— Tanta moça loura e alta que passa por aqui...

— O pai dela era dono de uma porção de fábricas... Era a moça mais importante da cidade.

— Então deve ser a filha de seu Koetz — sugeriu o porteiro. — O escritório dele é ali no fim da rua. Ela trabalha lá. Hoje não é importante, não. Passa aqui em frente todo dia.

— Ainda é bonita?

— Bem...

Não era um escritório, era uma espécie de depósito de mercadorias: caixotes por todo lado, poeira, penumbra. Ao fundo um estrado, duas ou três mesas, dois ou três empregados, uma mulher. O tempo dos cavalos havia passado.

— Helga...

Ela ergueu a cabeça — custou a reconhecê-lo. Os cabelos eram louros, ela era alta, aqueles lábios ele havia beijado.

— Não se lembra de mim?

— Me lembro, você andava fardado.

— Eu era tenente — disse ele.

A pele já não era fresca — meio áspera, terrosa. Os lábios agora mais finos, o cabelo mais escorrido — o vestido preto.

— Você está de luto?

— Estou: mamãe morreu há dois meses.

Não tinham o que dizer, e evitavam olhar-se. Ela se fingia distraída com o lápis.

— Você se casou, não? Eu soube...

Ele sorriu, depois explicou:

— Imagine que eu ia para o Rio e de repente resolvi saltar aqui, para lembrar aquele tempo...

Se lhe viesse à cabeça uma palavra ao menos daquele tempo. Em vez disso se despediu:

— Então, adeus, Helga. Prazer em vê-la.

— Adeus, tenente — disse ela, tentando sorrir.

Naquela mesma tarde deixou Juiz de Fora num ônibus.

SOZINHO no apartamento. É noite. Debruçado à janela, ele olha a rua. Um bonde, dois automóveis. Conversa de notívagos na esquina, o vigia da construção. Um choro de criança, miado de gato, tosse de homem, são ruídos esparsos, débeis sinais de vida que não iludirão a morte, nessa hora em que todos se esquecem e dormem. Uma noite semelhante, no Hotel Elite... O que me impede de morrer? Um dia fui dizer uma coisa no bar e percebi que não tinha nada a dizer. Não soube escolher, fui escolhido. Pois agora agüenta a mão, rapaz! Não vai chorar mais não, que não adianta. A princípio chorava tanto que se acostumara a encarar o pranto com certo bom humor: muito bem, está chegando a hora, daqui a pouco começa a choradeira. Ou então: isto é bom, principalmente antes do jantar — é duro sofrer assim, mas abre o apetite. Encarava-se ao espelho com simpatia, quando o sofrimento fazia escorrer lágrimas de seus olhos: "Então garotão, como vão as coisas? Tem cabimento um homem chorando dessa maneira? Não liga não, é assim mesmo, mais tarde passa..."

Mas as lágrimas acabaram secando e ele se limitava a ficar andando pela casa, sem ter o que fazer, com preguiça de barbear-se, vestir e sair. "Uma de menos", dizia seu Marciano, enxugando o rosto a cada manhã. Mal se arriscava até a esquina para comprar cigarros, comer qualquer coisa, e voltava logo para casa.

Um dia encontrou Neusa, a menina sua vizinha. Já não era menina: tivera um namorado.

— Não quero que essa menina fique por aí, tomando intimidade conosco.

A vida é assim mesmo, pensou, de novo sozinho, resolvido a esquecê-la sem remorso. Nos desmentimos a cada passo, o velho Germano afirmara. Mas não há verdade nenhuma nos nossos ombros como uma cruz. Para que esperar? Ele havia triunfado, precipitando o seu destino.

E assim passavam os dias, não tinha sequer em que pensar. Rebuscava pensamentos que antes o seduziam, acabava organizando listas: listas dos livros que já lera, das coisas que mais o irritavam, das mulheres que já conhecera, de seus autores prediletos. Com estes compôs um time de futebol para jogar com o time das mulheres.

— Assim eu acabo doido mesmo — reconhecia, de súbito sentindo pena de si mesmo, já se vendo doido manso, internado num hospício. Antonieta o visitaria? E recomeçava a chorar.

Agora não está chorando. Tem os olhos secos e busca outra janela, a que dá para o fundo de outros apartamentos. A área entre os edifícios se abre com um poço. O que me impede de morrer? Inclina-se e olha para baixo. Se algum dia tiver de suicidar faço um estrago louco... Mas Jadir não pensava assim. Hoje ele também não pensava assim. Nada de violências! O tresloucado gesto na noite do Hotel Elite, me conte tudo sobre a morte da meretriz. Nada disso, a coisa tinha de ser suave, delicada, impressentida... Um tubo de luminal, Antonieta não deixara atrás de si, no armário do banheiro, um tubo de luminal ainda fechado? Por que diabo teria comprado aquilo? Foi ao banheiro, abriu o armário do banheiro. Para que ele se lembrasse de tomar, depois que ela se fosse? Deitar, dormir e morrer. Escovaria os dentes? Daria corda no relógio? Apanhou o tubo, abriu-o, despejou os comprimidos na palma da mão, brancos, puros, inofensivos. Vinte comprimidos, era o que se chamava uma dose cavalar. O tempo dos cavalos... De repente tocaram a campainha da entrada.

— A esta hora?

Por um momento pensou em Neusa — enfiou rapidamente os comprimidos no tubo, guardou-o no bolso do pijama e foi abrir.

— Você?

Era Vítor. Entrou meio constrangido, sorrindo de lado, tentando naturalidade:

— Estava passando aí por perto, resolvi te fazer uma visita. Então, como vão as coisas?

Aqui por perto? Desde quando alguém do outro mundo passava jamais aqui por perto? Assim de noite, sem mais nem menos, como antigamente. Não há de ser para pedir que lhe dê um livro para a sua editora. Pois então sente-se aí, esteja à vontade, espere um instante, vou ali na máquina e escrevo um livro para você. Escrevo um romance, o meu romance. Esse bestalhão saberá que o tempo dos cavalos já passou?

— Como vai a editora?

— Vai indo. Estamos pensando em fundar uma revista. Aliás, seu nome foi lembrado...

Eduardo o olhava, tentando simular interesse. Nem ao menos alguma coisa para beber, nada a oferecer-lhe para quebrar o constrangimento da visita. Quem sabe você aceitaria tomar uns comprimidos de luminal?

— E Maria Elisa?

— Está bem. Tivemos mais um filho, sabia?

Alguma coisa ele queria dizer. O que quer que fosse, melhor que dissesse logo. Ou não dissesse — ninguém tinha nada com sua vida.

— Soube que você está sozinho.

— Escuta, Vítor — começou, mas o visitante o interrompeu, incisivo:

— Não pense que vim aqui te chatear as idéias, me meter na sua vida. Apenas acontece o seguinte: toco neste assunto porque não vejo outro jeito de dizer o que eu quero dizer. Mas é só para dizer que o que eu quero dizer...

De repente se perdia em palavras e olhava Eduardo como a pedir ajuda:

— Bem, é o seguinte: vim aqui para lhe dizer que sou seu amigo, conte comigo para o que der e vier. Era isso. E está acabado, não se fala mais no assunto.

Eduardo o olhava, estupefato.

— Fica meio cretino eu dizer isso assim sem mais nem menos — continuou ele —, mas que hei de fazer? Venho pensando há vários dias, não vi outro jeito. Afinal, você era o meu melhor amigo...

— Também não exagere...

— Não é exagero — protestou o outro. — De toda aquela turma você foi sempre o melhor e em quem eu mais confiei.

— Ora, deixe de bobagem.

— Estou falando sério.

— E hoje?

— Ainda confio — disse Vítor, com firmeza. — Você vai para a frente, estou certo disso. E vai por caminhos estranhos. Ainda mais agora, que você não tem desculpa. Eu confio em você.

— Obrigado, Vítor — disse Eduardo, comovido.

— Então não se fala mais nisso — e ambos respiraram aliviados. Depois começaram a rir, felizes:

— Você esteve viajando, não?

— Por aí...

Eduardo agora se tomava de inesperada euforia, pôs-se a falar, explicar, contar casos. Falou-lhe da viagem a Belo Horizonte, de Mauro, da nova geração, das intelecções. Vítor o ouvia, interessado, de vez em quando fazia um comentário:

— Que estamos vivendo o fim de uma época, não há dúvida. Por que você não escreve o que está me dizendo?

— Já pensei nisso. Mas, e você? Como é mesmo o plano dessa revista?

Era um homem de meia-idade, Vítor — pensava, a observá-lo com simpatia, enquanto ele falava. Um pai de família, um homem respeitável, um pouco ingênuo, mas vivo, coerente, reto, convicto, vivendo de acordo com suas idéias — como ele gostaria de ser, como seu Marciano gostaria que ele fosse. O que acontecera para Vítor mudar tanto?

— Cheguei à conclusão de que aquela vida que nós levávamos não servia, resolvi tomar outro rumo. Tem de ser de uma vez só: ou vai ou racha. Aos pouquinhos é que não adianta. Mas outro dia me aconteceu uma coisa engraçada — e Vítor sorriu, desajeitado, sem saber se contava ou não: — Você ainda é católico?

— Eu nunca lhe disse que era católico.

— Qual, vocês mineiros são todos católicos. Mas, eu dizia, o que me aconteceu foi o seguinte: fui a um médico, porque estava sentindo umas dores esquisitas. Tirei radiografia do pulmão, fiquei de voltar no dia seguinte. No dia seguinte o médico me pega e me leva a um canto: seja homem, rapaz — essa coisa toda. Você está com câncer no pulmão.

— Não é possível!

— Ouve o resto: levei a radiografia a outro médico, que confirmou. Fui para casa daquele jeito, você pode calcular — mas resolvi esconder de Maria Elisa a notícia. Quando cheguei não agüentei mais, me tranquei no banheiro, tive uma crise de choro. Quando dei por mim estava pedindo a Deus um milagre, fazendo uma promessa: se eu não tivesse nada no pulmão, subiria de joelhos a escadaria da Penha. Me lembrei disso porque é o que todo mundo promete...

E Vítor fez uma pausa, respirou fundo:

— Só mesmo um milagre, porque a radiografia não podia mentir. Pois bem: no dia seguinte o médico me telefonou todo afobado, dizendo que a radiografia fora trocada, eu não tinha absolutamente nada no pulmão.

Eduardo ficou calado, à espera.

— O que eu quero saber é o seguinte: houve milagre? Por favor, não conte isso a ninguém, que acho o caso todo meio ridículo, mas eu teria de cumprir a promessa?

— Tem — e Eduardo, sem saber por quê, se lembrou de Germano.

— Mas foi apenas um engano do médico...

— Você fez um pedido, não foi? O que você pediu? Que não tivesse nada no pulmão. Pois está aí, você não tem nada no pulmão. Com muito menos do que isso Graham Greene escreveria um romance. Cumpra a sua promessa.

— Mas continuo a pensar que se foi engano...

— Você acredita em Deus?

— Não sei, Eduardo... Quando estou sozinho eu acredito. Nunca tinha pensado nisso antes...

— Talvez o milagre tenha sido a sua esperança no milagre...

O rosto de Vítor era agora o de um menino:

— Se é assim eu subo a escada, não tem dúvida. Vou lá de madrugada, quando não tiver ninguém... Agora é uma questão de teimosia. Milagre ou não, a verdade é que se prometi eu cumpro.

— Não sei, tudo é milagre... Se você não viesse hoje aqui, por exemplo, quem sabe?

Conversaram até as quatro horas da manhã. Despediram-se alegres e cansados, prometendo-se mutuamente se encontrar sempre, se visitar, voltar ao convívio antigo, feito agora em outros termos. E nunca mais se viram: uma semana depois, na noite de Natal, Vítor foi atropelado e morto quando um ônibus desgovernado subiu na calçada e o prensou contra a parede.

Bem, e agora? — pensa Eduardo no bar. Chegou o tempo de beber sozinho, sentado junto ao balcão. Neste bar se encontrou tantas vezes com Gerlane — inclusive a última, em que brigaram por causa do Amorim. Agora vem quase todas as noites tomar uns uísques até que o sono o domine. Ter insônia não é nada engraçado, mas já não há luminal em casa, jogou fora naquela noite. Eu confio em você, Eduardo. Exatamente como Rodrigo, anos antes no vestiário da piscina: você tem de vencer. Vencer o quê, agora? Vencer na vida? Morte, aí está a tua vitória. A morte é para os que confiam. Os que confiavam nele acabavam morrendo. Mas todos acabam morrendo, mais dia, menos dia. Vítor morreu para que ele vivesse. Na noite de Natal! Para que Cristo nascesse. Mas isso já era uma idéia sem sentido.

Chegou o tempo de beber sozinho. Depois chega o tempo de andar, andar até não poder mais de cansaço: castigar o corpo. Depois chega o tempo de trabalhar, fazer alguma coisa, sentir-se vivendo de alguma maneira. Houve um que nesta última fase fundou uma cidade. Sim, ele sabe, conheceu nos outros e nos livros todas essas etapas. Nunca pensou é que pudesse acontecer com ele, logo com ele!, que se julgava invulnerável. Por ora, beber apenas.

— Imagine um elefante — disse ele.

— Um elefante — disse o garçom.

— Imagine dois.

— Hum...

— Um, não: dois!

— Eu sei: dois.

— Imagine três. Dez. Vinte.

— Vinte elefantes — sorriu o garçom.

— Agora, imagine cem, duzentos, mil.

— Mil?

— Mil. Se você é capaz. De mil, cinqüenta mil, cem mil elefantes. Você é capaz?

— ...

— Pois agora imagine um milhão. Um milhão de elefantes galopando, um milhão! Já imaginou?

— Poeira, hein?

— Poeira, nada: elefantes! Um milhão. Um bilhão, chega?

— Um bilhão — o garçom repetiu.

— Novecentos bilhões. Novecentos e noventa e nove *trilhões*! de elefantes. Não posso mais. Acho que chega, você que acha?

— É muito elefante — concordou o garçom.

— É: muito. Pois agora você imagine uma pulga.

— Uma pulga — e o garçom suspirou, resignado.

— Isso: novecentos e noventa e nove trilhões de elefantes, de um lado: e uma pulga, do outro lado. — Morou?

— Não.

— É o terror — arrematou ele. — Me dá um uísque.

Havia também a história do homem que procurava o seixo que virava qualquer metal em ouro. Era uma vez um homem que procurava um seixo que virava qualquer metal em ouro. Saiu por aí — foi na Índia — saiu ainda jovem pela Índia, todo seixo que via no chão apanhava, batia na fivela de metal do cinto e atirava fora. Andou por todas as estradas da Índia catando seixos, colheu pedrinhas no fundo dos rios, e nada. Um dia, depois de anos e anos de procura, já velho e alquebrado, sentou-se à sombra de uma árvore para descansar e distraidamente olhou para a fivela do cinto — a fivela do cinto, que era de um metal qualquer, tinha virado ouro. Onde? Quando? Quer dizer que o seixo procurado estivera nas suas mãos! Resignado, o velho recomeçou a procura.

— Angústia, e da boa.

O médico dissera isso, depois de Ouro Preto. E finalmente, tinha um sonho assim: alguém o obrigava a apanhar no fundo do mar uma agulha — mas não sabia dizer precisamente onde: se no Oceano Atlântico, se no Oceano Pacífico. E ele saía mergulhando, durante anos e anos, nada de agulha. Então lhe diziam: talvez se você tentasse no Oceano Índico... Em geral acordava em pânico, suado, chorando.

Completamente bêbado, o corpo oscilando sobre as pernas, deteve-se no meio da sala, o copo na mão.

— Tenho de ir à missa.

Olhou em torno com olhos frouxos, tentando ordenar as idéias:

— À missa — repetiu.

Ninguém lhe deu atenção. Eram três horas da manhã e a festa ia no auge. Havia de tudo: mulheres vestidas a rigor, moças de calça comprida, rapazes de *smoking*, outros sem paletó. Um gaiato chegara mesmo a comparecer fantasiado: era uma festa de passagem do ano, e o ano já passara sem que Eduardo percebesse.

— Tenho de ir à missa — exclamou pela terceira vez. Alguém a seu lado deu uma gargalhada.

— Ele disse que tem de ir à missa!

Voltou-se lentamente e contemplou com olhar crítico a mulher que tinha junto de si:

— Está rindo aí, sua boba? Vou-me embora, não tenho nada com esta festa.

— Não está me reconhecendo?

— Nunca tive o prazer — e estendeu o braço para cumprimentá-la. Perdeu o equilíbrio, teve de apoiar-se nela para não cair. Aproveitou o movimento e abraçou-a.

— Espera, espera! Está me molhando com esse copo. O que você está bebendo?

— Uísque.

— Onde arranjou? Aqui só tem batida...

— No bar. Eu estava lá muito sossegado tomando o meu uísque, apareceu não sei quem, me trouxe para cá, disse que era um absurdo eu passar o ano sozinho, me arrastou para esta festa. Não quero saber de festa, preciso ir à missa.

— Mas por que missa? — a mulher se preparava para rir, na expectativa.

— Você é meio burra, não é? Por que missa...

— É uma idéia — concordou ela. — Começar o ano indo à missa.

Começar o ano? Lembranças indistintas afloravam em confusão na sua cabeça, uma festa na casa de Vítor se misturando àquela em que estava agora, uma igreja iluminada, a primeira missa do ano, há quantos séculos? Oh, como ele então era inocente! Deus rejeita os inocentes: não servem para nada. É preciso se perder primeiro, para depois se salvar. Antes, resistir bastante, para que a queda seja completa. Escarrapachar-se no chão, quebrar a cabeça. Pôs-se a rir: este era o privilégio do homem. Um direito, o direito de escolher. Um direito, ouviu? Deu um tapa nas costas da mulher.

— *Ite, Missa est* — despachou-a. Ela se ofendeu:

— Não faça isso. Você me machucou.

— Desculpe. Quem é você? Que diabo de festa é esta?

Todos se movimentavam agora, não caberia mais ninguém na sala. Ele foi empurrado de um lado para outro, procurava proteger o copo já vazio.

— Estou bebendo desde cinco horas da tarde.

— Está se vendo — disse a mulher.

— Pois então vamos beber alguma coisa.

A custo atingiram a mesa a um canto. Eduardo encheu seu copo de batida, que tomou de uma só vez. Fez uma careta de nojo, voltou-se para ela:

— Por que só servem cachaça, nesta casa? De quem é esta casa?

— Minha — respondeu ela, sorrindo. Ele não se alterou:

— Por que não disse logo? Então me dá um abraço.

Largou o copo na mesa e abraçou-a, cambaleando. Ainda a segurá-la, olhou-a nos olhos:

— É uma pena você não poder sair comigo. É tão bonita, tão simpática... Como é o seu nome?

Ela riu novamente:

— Você não está se lembrando de mim: Antonieta...

Ah! Aquela mulher era amiga de Antonieta: seu nome era Maria Lúcia e no seu casamento lhe haviam dado de presente um quadro de Joubert.

— Foi Joubert quem te trouxe — confirmou ela.

— Não tenho mais nada com Antonieta.

— Eu soube.

— Para mim ela morreu.

— Bebendo desse jeito, quem acaba morrendo é você.

— Sabe de uma coisa? Eu podia continuar bebendo assim até morrer, mas não posso, porque daqui a pouco...

— ... tem de ir à missa.

Ele a olhou, espantado:

— Como é que você sabe?

Alguém veio chamar a dona da casa, Eduardo aproveitou-se e foi saindo. No jardim pôs-se calmamente a urinar sobre as plantas, sem se importar com os casais que deixavam a casa para refugiar-se entre as sombras. Joubert bateu-lhe nas costas:

— Vamos embora, isso aqui não dá mais nada. Vamos a Lili.

— Todos a Lili — secundou o jovem que o acompanhava.

— Quem é Lili?

— Vem conosco, você vai ver só.

— Todos a Lili — repetiu ele para si mesmo, abotoando a calça. No carro, deixou-se cair no banco de trás, estirando o corpo.

— Deixa ele dormir — disse Joubert. — Deve ter bebido demais.

— É. Está num porre desgraçado.

Eduardo endireitou-se e pôs a mão na maçaneta:

— Porre é a mãe. Pára o carro.

Os dois se espantaram, voltando-se para vê-lo. O carro diminuiu a marcha:

— Que é isso, Eduardo? Você se ofendeu à toa, ele só falou...

— Falou é a mãe. Quem é esse menino para dizer que eu estou de porre? Pára o carro.

— Mas não vamos a Lili?

— Sei lá que Lili! Estou quieto no meu canto e vem esse merda-seca dizer que eu estou de porre. Pára o carro, que eu tenho de ir à missa.

Os dois riram:

— Ainda é cedo para a missa...

— Vamos em frente. Todos a Lili.

— Eu te mostro Lili. Pára essa joça!.

Desta vez ele gritara com raiva — o jovem se assustou e parou o carro. Os dois mantinham agora um silêncio ressentido, enquanto ele abria a porta e saltava. Fez uma pirueta inesperada, buscando se equilibrar, despediu-se:

— Eu vou para a missa. Vocês vão para a...

O carro arrancou, as últimas palavras do xingamento morreram no ar.

— Lili — resmungou, enojado. — Danem-se.

Olhou o relógio e coçou a cabeça, irresoluto: o diabo é que eles tinham razão, ainda era mesmo cedo para a missa. Foi caminhando pela praia e insensivelmente tomou o rumo do bar, o mesmo bar de onde Joubert o arrancara. Fez dois quarteirões num passo irregular e obstinado: a sede o consumia. Da esquina surgiu uma mulher, que o chamou sem cerimônia:

— Psiu!

Deteve-se, ela veio se aproximando:

— Sozinho, meu bem?

— Não — respondeu, lembrando-se subitamente de Mauro, e começou a rir, apontou para cima: — Com ele.

— Com quem?

— Com Deus.

A mulher recuou um passo:

— Você está bêbado:

— É a mãe. Até logo, estou com pressa.

Enquanto caminhava, sentia os olhos se encherem de lágrimas. "Devo estar mesmo bêbado", pensou, percebendo que era ridículo e sem nexo chorar na rua àquela hora. Mas a verdade é que estava mesmo sozinho. Procurou discernir as luzes do bar. Já não havia luz, o bar se fechara. Ficou revoltado: era uma traição! Fora vítima de uma cilada. Ou, quem sabe?, ainda havia alguém lá dentro. Pôs-se a sacudir a porta com violência:

— Abre isso aí!

Não havia ninguém, tudo às escuras. Enraivecido, apanhou uma pedra junto ao meio-fio e atirou-a contra os vidros da porta, que se partiram, retinindo. Depois ficou por ali, resmungando. Dentro em pouco, alertada por um dos moradores do edifício, que ouvira o ruído, chegou a radiopatrulha e o prendeu.

ERAM MAIS de sete horas da manhã quando conseguiu livrar-se da delegacia. Saiu a correr pela rua, entrou num táxi:

— Depressa! Para a cidade.

Agora sentia os pensamentos mais ordenados, as idéias mais claras: ela própria lhe telefonara, pedindo que não deixasse de ir. Já não fora ao enterro...

— Ele falou tanto em você nos últimos dias... Íamos te convidar para a ceia de Natal, naquela noite.

Morto há uma semana. Não tivera coragem de ir vê-lo morto, e agora ia perder a missa do sétimo dia.

— Sei que você não acredita nessas coisas, mas...

— Eu? Não acredito?

O motorista virou-se para trás:

— Como?

— Nada não. Mais depressa, por favor.

O efeito da bebida não passara de todo. Era aquela cachaça, bebera um copo de cachaça com limão, onde? Na casa daquela mulher, conhecida de Antonieta. Para mim ela morreu.

— Depressa, por favor, é importantíssimo — pediu novamente, sentado na ponta do banco. Só então, ao ver-se refletido no espelho do carro, deu conta do estado deplorável em que se achava: roupa em desalinho, camisa encardida de poeira e suor, barba crescida... Passou o pente nos cabelos, endireitou a gravata, tentou recompor-se como podia. Não tinha importância. Maria Elisa devia estar muito abalada para prestar atenção nessas coisas.

Entrou na igreja precipitadamente, e estacou: a missa ia em meio, o sacerdote erguia lentamente a hóstia. Tudo imóvel e em silêncio, um mar de cabeças curvadas e submissas. Agora as sinetas retiniam, as cabeças se agitaram, todos se ergueram. Lá na frente, num grupo isolado, pôde distinguir Maria Elisa, de preto, véu negro sobre os cabelos louros. De súbito ela voltou a cabeça e seus olhos claros o descobriram, fixaram-se nos dele um instante.

Não teve coragem de se dirigir à sacristia, finda a missa. Deixou-se ficar, irresoluto, à margem da multidão que saía, acabou saindo também. Viera à igreja, eis o que importava. Fora visto por ela, deixaria para visitá-la um dia desses. Deu consigo caminhando até a esquina, ficou à espera do bonde.

— Você por aqui?

Era Térsio que também acabava de sair da igreja.

— Como foi acontecer uma coisa dessas. Tenho pena é de Maria Elisa.

— Você está sumido — disse Eduardo apenas.

— Você é que está... Não te vi no enterro.

— Não gosto de enterros.

— Estive viajando, a serviço do jornal — e Térsio olhando para os lados, para evitar a constrangimento do amigo, constrangido ele próprio. — Agora vou ao Sul para ver se consigo uma entrevista com o homem. É a minha grande chance. Idéia do Amorim. Fundou um jornal, você sabia? Estou trabalhando com ele.

— Não me dou mais com Amorim.

— É, eu soube... Vocês tiveram uma briga, não foi? Bobagem sua, Amorim é um bom sujeito.

— Não interessa, Térsio.

O outro o encarou, finalmente, em desafio:

— E você?

— Eu o quê?

— Continua... Continua morando lá?

— Continuo.

— Qualquer dia desses apareço. Se eu conseguir a entrevista...

— Você se lembra das 48 horas?

Não, Térsio não se lembrava.

— O seu primeiro tópico, contra o ditador...

— As coisas mudaram muito desde então, Eduardo.

— Vítor queria que todos nós escrevêssemos.

— É isso mesmo... Que coisa tremenda, o Vítor. Assim de repente.

E Térsio sacudiu a cabeça, depois se despediu.

Outro amigo morto — pensou Eduardo, e fez sinal para o bonde que se aproximava.

DA REPARTIÇÃO o advertiram que dali por diante teria de cumprir horário, assinar o ponto: determinações do novo prefeito.

— Chegou a fase do trabalho — reconheceu ele.

E passou a comparecer pontualmente, desdobrava-se em eficiência, informava processos, aprendia enfim a trabalhar.

— Também não exagere — queixava-se o chefe, jovialmente, tropeçando com ele a todo momento. — Você assim acaba criando problemas para mim.

— Sou pago para trabalhar. Por isso é que este país não vai para a frente. O que é que eu faço agora?

Diante de si um homem baixo, dentes escuros, fisionomia vagamente familiar:

— Estou vendo que você não se lembra de mim.

— Confesso que não.

Mas se não era o Afonso! — fantasma de um período negro na sua infância. Afonso era menino distinto, dizia a mãe. Debaixo da escada — Afonso já usava calça comprida.

— E o que é que você deseja?

— Soube que você hoje é importante. Minha situação. Qualquer coisa. Com boa vontade. Seu sogro.

— Vamos ver o que se pode arranjar.

Sentiu pena do homem. Um dos funcionários chegara a sussurrar-lhe: "Conheço a pinta: facadista — e pederasta". A que ponto descera! Deu-lhe algum dinheiro e Afonso se eclipsou, sorrateiramente como surgira, para o seu mundo sombrio. Fosse algum tempo antes e lhe teria dado um bom murro na cara.

— Já não sou mais um menino — sorriu para si mesmo, com simpatia.

Naquela noite foi visitar Maria Elisa.

— Pensei que você não viesse mais — disse ela.

— Maria Elisa, eu... Eu senti tanto, foi horrível.

A todo momento ela se erguia, para cuidar dos filhos — três crianças rebeldes que não queriam ficar na cama. Uma mulher jovem e bela ainda, largada no mundo com três filhos, sem ter mais com quem repartir o encargo — era a fêmea sozinha protegendo as crias.

— Mamãe se ofereceu para me ajudar a cuidar deles, mas eu não quero, são meus.

— Vai ser difícil para você, Maria Elisa. Viver sozinha...

— Você não está sozinho?

— Bem, eu não tenho filhos.

— Pior ainda.

— Sou homem, é diferente.

Prometeu tornar a procurá-la e ela se despediu dele, o rosto pasmado mas os olhos enxutos. Ele é que sentia vontade de chorar. Resolveu procurar Antonieta:

— Fui visitar Maria Elisa — contou-lhe. — Nunca pensei que ela fosse tão corajosa. Não se deixou abater. Depois de um choque daqueles...

— Eu imagino... Li no jornal. Coitado do Vítor.

— Eles viviam tão felizes, ultimamente.

— Eu imagino — repetiu ela.

— O que teria acontecido conosco? — ele perguntou, abstraído.

— Conosco?

— Eu não morri, nem você. E estamos sozinhos. Podíamos ter sido felizes...

Ela também ficou absorta, olhando fixo para a frente:

— Não sei... Temperamento, Eduardo. Se você fosse diferente, menos torturado, com mais vontade de vencer...

Ele pôs-se a rir:

— Mais vontade de vencer, eu? O que você chama de vencer?

— Vencer na vida: fazer carreira, ganhar dinheiro, levar uma vida confortável.

— Para mim, o ideal de conforto é uma camisa limpa para

mudar todos os dias. E isso, pelo menos, honra lhe seja feita: no que dependia de você, eu quase sempre tinha.

— E hoje não tem?

Ele sorriu:

— Hoje, depende da lavadeira.

Ficaram em silêncio, pensativos.

— Você sabe que eu sempre tentei vencer escrevendo — recomeçou ele, sem queixa.

— Ninguém lia — ela comentou, quase para si mesma.

— É verdade: ninguém lia. Nem por isso... — e ele se ergueu para partir. — O advogado me pediu para lhe avisar que os papéis já deram entrada, estão em andamento. Vai haver uma audiência.

— É muito complicado? — ela o acompanhou até a porta.

— Não. Basta o juiz dar a sentença.

Encontrou-se com ela ainda uma vez, a última. Foi um encontro formal, sem uma palavra a mais, diante do pai, depois o advogado, depois o juiz.

— Sinto muito, meu rapaz, é isso mesmo, se eu pudesse, mas enfim — disse-lhe o sogro, se despedindo dele para sempre.

Tudo ficou resolvido: não havia problemas.

— Não há problema — foi mesmo a última coisa que disse para aquela que era a sua mulher.

Não tinha dúvida, humanizava-se: algum tempo antes as coisas eram piores, ele era pior. Algum tempo antes sofria, sim, mas sofria mal, atropeladamente, o próprio tempo aos poucos ia-lhe ensinando a sofrer melhor. E a incapacidade de amar? Hugo lhe dissera um dia: incapacidade de amar — orgulho — solidão — renúncia. Pois bem, eis a renúncia, eis a solidão. Onde o orgulho? Sua estrela de orgulho se apagava, ninguém queria ver, ninguém via. O amor concebido em termos de dádiva, em aceitação e entrega genéricas, não com relação a uma pessoa apenas, mas a várias, a muitas, ao maior número possível, até que muitas pudessem ser tidas como todas — a maioria. O amor como regra, não como exceção. Elevado à perfeição, tudo e todos, seria talvez o amor de Cristo pela humanidade, quando disse que seus irmãos eram aqueles que o ouviam. Que O ouviam.

Sentindo-se um nada, pequeno, ínfimo, ridículo, indo para casa passo a passo, heroicamente, para enfrentar a noite da solidão. Sua grandeza, ainda não revelada.

Os homens — não era difícil amá-los — a todos, indistintamente — olhando ao seu redor e se deixando viver. Ele duro, ele cheio de arestas, defendido, cortante, hostil, se enojara de viver porque viver era fácil. Era só ainda ser e já ter sido. Pois bem — e agora? Agora via em volta que o seu mundo era dos outros também, carregando cada qual a sua cruz — pobres criaturas de Deus. E como eram simpáticas, essas criaturas. Nada da sordidez que via antes em cada olhar, da miséria em cada gesto, o cotidiano sem mistério, a surpresa adivinhada em cada corpo, o segredo assassinado em cada boca.

— "Não és bom nem és mau: és triste e humano" — citou ele.

— De quem é isso? — perguntou frei Domingos.

— De Bilac.

— Pois não parece — disse o monge.

Veja o exemplo de frei Domingos — nem bom nem mau, apenas um monge. Em Belo Horizonte se chamava Eugênio Maldonado, seu colega de ginásio, dos mais humildes, mais recatados, mais esquivos... E, agora, era frei Domingos, vivia num convento. Mandara um recado a Eduardo, que o fosse procurar. "Mais um" — pensava ele: "mais um para se meter na minha vida — e desta vez um padre". Mas frei Domingos tinha outro assunto a tratar:

— Estamos com um caso na Prefeitura, questão de impostos... Soube que você trabalha lá, me encarregaram de lhe pedir esse favor.

Prometeu atendê-lo. Depois ficaram a conversar, Eduardo falou-lhe em Vítor, contou o caso da radiografia, da promessa que ele talvez não tivesse chegado a cumprir:

— Foi milagre?

— Não — respondeu prontamente o monge. — Não houve neste caso o que caracteriza o milagre, isto é, um elemento de sobrenatural, um fenômeno acima da razão.

Chamá-lo de você ou senhor? Eugênio ou frei Domingos?

— Bem, eu saí do ginásio, você se lembra. Depois disso... Até que um dia...

De vez em quando, cansado da agitação da cidade, subia ao convento para vê-lo, conversar um pouco.

— Milagre, sim — insistia. — O que ele pediu foi que não tivesse nada. Contra a evidência, a radiografia era insofismável. E foi atendido: realmente não tinha nada, devia cumprir a promessa.

O monge sorria jovem, benevolente:

— Bem, não digo que ele não cumprisse a promessa... Mas é difícil, você sabia? Sei de muitos casos — a escada não é brincadeira, subir de joelhos. São 365 degraus.

— Ele já morreu.

— Você me disse. Reze por ele... E pelo outro.

— Que outro?

— O outro, o da radiografia. A radiografia evidentemente era de alguém...

Ora, eis que esse monge tem umas idéias que eu não teria — pensou. Nunca me ocorreria rezar pelo outro. E dizer que eu poderia ser assim, como ele. Cabeça raspada, ali dentro como ele e não aqui fora na rua, sem saber ao certo onde ir.

Foi visitar Maria Elisa. Dera agora para procurá-la de vez em quando. A caminho de casa passava por lá, de tarde, às vezes levava uma bala ou uma lembrança para as crianças:

— Eles estão crescidos, Maria Elisa.

Esquecido de si mesmo, ficava a olhá-la com simpatia, vendo-a às voltas com os meninos, ou reclinada sobre a mesa, uma mecha de cabelos louros caída na face, tomando a lição do mais velho, com um suspiro de cansaço. Um dia ela se ergueu, endireitou no corpo o vestido leve de luto já aliviado, caminhou resoluta até ele:

— Eduardo, preciso falar com você.

Tomou-o pelo braço, levou-o à janela, longe dos olhos das crianças.

— Vou ter de lhe pedir que não venha mais aqui.

Ele ficou a olhá-la, perplexo.

— Espere que eu lhe explico — sorriu ela. — Não precisa se assustar: não é nada contra você, não. É que os vizinhos andam comentando e, você compreende, na minha situação...

— Eu compreendo.

— Não me leve a mal, por favor. É tão difícil para mim. Não tem nada de mais, eu sei, mas essas coisas, quando começam a falar... Espero que você compreenda.

— Eu compreendo, já disse.

— Se ao menos você não viesse sozinho...

— Com quem você queria que eu viesse?

Entardecia. Ele não a escutava mais e seu olhar se perdia para os lados do morro, onde o sol começava a se esconder. Um avião brilhava alto, longe, no céu dourado. Cigarras cantavam numa árvore próxima. Da rua principal, na esquina, vinha o ruído áspero e tumultuado do tráfego. Dentro do peito o coração batia rudemente.

— Eduardo...

Voltou-se para olhá-la, e viu-a pela primeira vez.

O último raio de sol iluminava-lhe o rosto e ao redor da cabeça os cabelos se esfarinhavam numa auréola dourada. Os olhos, claríssimos, quedaram-se nos dele, imóveis, e os lábios, detidos em meio a uma palavra, eram vermelhos e intumescidos, como se fossem destacar-se do rosto.

— Não, Eduardo — ela teve tempo de murmurar, antes que ele a beijasse. Depois se deixaram ficar um instante de olhos fechados, as cabeças unidas. Logo um ruído qualquer das crianças os chamou à realidade.

— Nós somos amigos — ela advertiu apenas, emocionada.

— Eu sei...

Viu que ela se afastava — o corpo assim de costas num movimento elástico e harmonioso — para abrir-lhe a porta.

— Adeus, Maria Elisa.

Saiu dali, a cabeça num tumulto. A mão pesada de Vítor parecia descansar no seu ombro, amistosa, e ele horrorizado imaginava o corpo enorme apodrecido debaixo da terra.

— Não, não — balbuciava, andando pela rua.

Frei Domingos a princípio não entendeu bem:

— Se ela lhe pediu que não voltasse lá e você mesmo acha que não deve voltar...

— Não é isso — insistia ele. — É que eu senti desejo por ela e não podia, não tinha esse direito.

— Por causa dele?

— Não sei. Por causa dele, talvez. Por causa dela, das crianças.

O monge o olhou, inquiridor:

— Olha, Eduardo, vou lhe perguntar uma coisa...

— Não me pergunte se acredito em Deus que é uma pergunta meio irritante.

— E no demônio, você acredita?

— O demônio eu sei que existe.

Frei Domingos riu, depois continuou:

— Mas não era isso que eu ia perguntar. E pergunto porque é preciso para que eu possa entender: se você... vivendo sozinho... bem, como é que tem se arranjado nesse setor.

— Não vai querer que me confesse, vai? — brincou ele.

— Seria bom — respondeu o padre, sério.

— De vez em quando levo alguma mulher lá em casa, mas nem sempre, em geral depois tenho nojo.

— Eu calculava.

— Um dia levei uma moça que mora perto de minha casa. Quando ela era mais nova vivia me provocando, eu resistia por causa de minha mulher. Mas agora me disse que foi enganada pelo namorado — a história de sempre. Com ela não tive nojo. Foi uma espécie de triunfo...

— Triunfo do demônio — acrescentou o padre.

— Mas isso não chega a constituir problema para mim. Para dizer a verdade, eu não me importaria de ser casto, se fosse possível.

O monge tornou a sorrir, e ficou silencioso.

— Tudo isso não tem nada a ver com o que senti por Maria Elisa. Foi diferente. Eu tive desejo mesmo, de todo o coração. Não sentiria nojo depois. Senti nojo antes, *nojo* de mim mesmo, tive uma espécie de remorso antecipado pelo que poderia vir a acontecer. Não é possível, frei Domingos, é sórdido demais. Se eu continuar assim, eu estou perdido.

O monge tocou-lhe o ombro, se despedindo:

— Pelo contrário — falou com firmeza. — Se você continuar assim, você está salvo.

A CAMINHO da repartição, comprando na banca o jornal do Amorim. Na terceira página a notícia numa coluna social: nomeado embaixador, levaria para a Europa a filha, recentemente desquitada.

— Eles sempre se arranjam — murmurou, pensando no sogro. — São assim mesmo: não querem nada, só sacrifícios, servir a pátria, e tal, e coisa, mas eles sempre se arranjam.

Dobrou o jornal e guardou-o no bolso. Procurava obstinadamente não pensar em Antonieta.

Qualquer coisa no ar, entre os colegas de serviço. Olhavam-no de maneira diferente, calavam-se quando ele se aproximava. A certa altura resolveu interpelar o chefe.

— Bem — fez o homem, constrangido. — Cada um tem seus problemas, cada um é dono de sua vida. Resolvi proibir que aqui dentro se falasse no assunto, para deixá-lo mais à vontade.

Afastou-se, irritado. Tudo isso por causa de uma simples notícia de desquite? Não disse mais nada a ninguém, foi ao toalete. Misael, um funcionário meio calvo, casado e cheio de filhos, também ia urinar.

— Olha, Eduardo: ele não quer que se fale nisso, mas eu falo. Para mim você continua o mesmo. Não acredito em nada daquilo, sei que você é inocente, deve ser alguma confusão. Gostaria só que você me contasse se...

— Sobre o que você está falando? Explique-se logo, homem de Deus — retrucou ele, impaciente.

O outro puxou-lhe o jornal do bolso, exibiu a última página:

— Será possível que você ainda não leu?

"Crimes para sempre insolúveis", de uma série de reportagens: o crime do Hotel Elite. Leu atropeladamente, ali mesmo, as três colunas historiando a morte misteriosa da bela desconhecida. O jovem Eduardo Marciano, recém-chegado ao Rio, que viera fazer? Procurar uma mulher — disse a várias pessoas. Forçou entrada no Cassino Atlântico com uma grande gorjeta — depoimento do porteiro no inquérito. Visto entrando com sua vítima no hotel. As contradições do jovem: dizia nunca tê-la visto em sua vida, deixou apressadamente o hotel para Belo Horizonte, passou-se para outro hotel, como se acabasse de chegar de Belo Horizonte... Feita a exumação, constatou-se que a mulher havia sido seviciada antes da queda. Seu companheiro estava nu quando comunicou ao porteiro o "acidente". A interferência oportuna do sogro, então ministro, fez arquivar o processo — mais um crime sem punição.

O delegado recebeu-o a sorrir:

— Este mundo dá muitas voltas, hein, rapaz?

Custou a reconhecê-lo: havia raspado a barba.

— Como é que você veio parar aqui? — perguntou.

— Está espantado? Consegui minha transferência, afinal foi mais fácil do que parecia. Você se lembra, não? Não, você não se lembra. E vim servir aqui, na própria Chefia.

— O que significa isso? — e Eduardo exibiu-lhe o jornal.

— Mandei chamá-lo exatamente por causa disso. Me lembro que na época seu depoimento foi colhido por mim mesmo, por precatória... Que coincidência, você não acha? O chefe está muito interessado em dar solução a esses casos, fazendo revisão de processos, etc. A imprensa, você sabe, não perdoa nada... No seu caso, a coisa é simples. É só provar...

— Imprensa nada — retrucou Eduardo, enraivecido. — Imprensa aqui é o Amorim, que você conhece muito bem. Você deixou que ele fizesse isso comigo, até ajudou. Pensei que você fosse meu amigo, Barbusse.

— Que é isso, rapaz? Fale baixo, até aqui você quer me desmoralizar? Não deixei coisa nenhuma. Apenas não podia impedir... Pois se é ordem do próprio chefe! Mas no seu caso não se aflija, não creio que essa reportagem seja justificativa bastante para a reabertura do inquérito...

Deixou enojado a polícia, tornou a ler a reportagem que toda a cidade estaria lendo. Seu nome estaria sob os olhos de todos como suspeito de um crime, "o crime do Hotel Elite"... Antonieta estaria lendo, Maria Elisa, os conhecidos, os vizinhos. Não podia ficar assim, tinha de dar um desmentido.

— Acho imprudente — disse frei Domingos. — Muita gente que não leu da primeira vez lerá da segunda.

— É a minha honra que está em jogo.

— Ora, que bobagem... Isso não tem a menor importância. Tem importância apenas a seus olhos.

— Acha então que não tem importância nenhuma passar por assassino aos olhos de todo mundo?

E já descontrolado, quase chorando:

— Por que eles tinham de fazer uma coisa dessas comigo? E eu que já começava a acreditar nos outros... Como a natureza humana pode ser tão sórdida?

— Você está enganado. A natureza humana não é sórdida. Você diz: e eu que começava a acreditar nos outros... A solução não é acreditar nos outros, mas em Deus. E tudo mais vem por acréscimo.

— Não mete Deus nisso não, frei Domingos. A solução seria eu sair daqui, ir lá no jornal e dar um tiro naquele filho-da-puta.

— A solução pode ser boa, mas a expressão é que é um pouco forte para ser dita aqui.

— Perdoe.

— Você não vê sua própria contradição? Indignado porque te chamaram de assassino, pensa logo em assassinar quem te calunia.

— O que eu poderia fazer de mais justo?

— Muita coisa — disse o monge, pensativo. — Essa pobre mulher desgraçada, por exemplo, se atirando assim da janela, lembre-se dela, esqueça um pouco o seu problema...

— Ela não tem mais nenhum problema: já morreu há muito tempo.

— Pois então? Reze por ela...

Já vinha de novo aquele monge descobrir ângulos inéditos nos casos para depois mandá-lo rezar. Era verdade, nunca lhe passara pela cabeça o drama vivido pela suicida. Ela também amava, sofria, buscava a morte como solução. E tacitamente a considerava apenas uma meretriz... Talvez fosse esse o seu crime, pelo qual estava pagando.

— Não sei... Eu não posso continuar vivendo assim, um dia terei de escolher: aceitar tudo, ou fechar os olhos e me precipitar de cabeça no desconhecido...

— Aceitar o quê? O pecado?

— Não sei... Prefiro dizer o erro. O que me desagrada nessa história de pecado é o aspecto de imposição, de ordem, porque a sociedade exige...

— Não é nada disso: é outra espécie de ordem... É preciso não pecar, mas docemente, suavemente, não por imposição: por amor. Se for preciso, contra a sociedade. Por que você não vem passar uns dias aqui conosco, para conversarmos mais longamente? Temos um quarto de hóspedes...

Andando pelas ruas, sem ter aonde ir. Depois do jantar no restaurante, não conseguira ir para casa. Aquilo não podia ficar assim. Difícil de engolir, o conselho do monge. Amorim havia de pagar pelo que fizera. Pelo menos pregar-lhe um susto, dar-lhe uns tapas para que ele aprendesse sua lição. Resolveu procurá-lo, passando pelo bar de costume.

Não encontrou Amorim e deixou-se ficar, sozinho, tomando uísque. Vontade de esquecer tudo e se distrair, conversar com alguém... Mas alguém que o aceitasse sem condições, que não fizesse perguntas, que não soubesse de nada. Procurava afugen-

tar a lembrança do monge: pense nessa pobre mulher desgraçada, reze por ela. Outra espécie de ordem. Aceitar o pecado. Se de
súbito a porta se abrisse e Gerlane entrasse...

— Tenho mais o que fazer, Eduardo.

Todas tinham mais o que fazer. Maria Elisa com seus filhos,
não me leve a mal, vou lhe pedir que não venha mais aqui.
Antonieta na Europa: temperamento, Eduardo. Se você não fosse tão torturado... Sim, era torturado! E daí? Ele também tinha
mais o que fazer, não precisava de ninguém. De vez em quando
levo uma mulher lá em casa... Triunfo do demônio! Lembrou-se
de Neusa: uma mulher como as outras — dezoito anos, é o que
interessa, dizia Térsio. Não era o primeiro e nem seria o último.
Que lhe importava? Dirigiu-se resolutamente ao telefone, discou para ela. A vida era assim mesmo.

— Estou esperando um filho seu — disse ela.

TUDO LHE parecia não passar de um equívoco já desfeito.
Logo com Neusa, a quem mal conhecia! Nem bonita nem atraente. Como as outras — não parecia tão criança. Relembrara o encontro que tiveram:

— Quanto tempo, hein?

— Você se lembra?

— Nós éramos loucos...

Ela perguntara se era verdade que ele havia se separado de
Antonieta.

— É o que dizem. Mas, e você, Neusa? Está tão diferente...

— Tanta coisa...

Depois ele a convidara para ir à sua casa:

— Conversar um pouco. Um instantinho só.

Ela contara a história do namorado, um oficial de marinha:

— Prometeu casar mas não acreditei. Não me arrependo...

O resto se passara no sofá, já nos braços um do outro, ela
nem ao menos tirara o vestido.

— Como foi acontecer uma coisa dessas.

Mas era o que todas diziam, não acontecera nada de extraordinário. Agora estava grávida.

— Você tem certeza?

— Absoluta. Fiz os exames todos. O problema é minha mãe, se ela descobrir estou perdida.

Morava sozinha com a mãe, a velha lhe vigiava os passos.

— O que é que ela pode fazer.

— Ora, Eduardo.

Estavam numa confeitaria — naquele lugar ele se encontrara uma vez com Antonieta, séculos atrás, tomara um vermute. Depois tinham ido ao cinema, beijaram-se pela primeira vez.

— Espera, vamos conversar com calma. Você tem mesmo certeza...

— Já disse.

— Eu digo se você... se foi mesmo naquele dia?

Ela se ergueu vivamente:

— Eu sabia que você ia dizer isso. Já tinha resolvido a não lhe contar nada, você jamais ficaria sabendo. Foi você quem me telefonou, quem insistiu em se encontrar comigo. Você pense o que quiser, eu me arranjo sozinha.

— Se for questão de dinheiro...

— Não é questão de dinheiro. Adeus, Eduardo.

Ele a reteve pelo braço, quando ela já se dispunha a sair:

— Calma, menina! Me desculpe, estou meio confuso, mas também não precisa se ofender! Sente-se aí. É que eu... Uma vez só! Não contava com essa.

— Muito menos eu.

Ele a olhou com curiosidade. Estava pálida e agora mais do que nunca parecia uma mulher: os cabelos, o vestido, a bolsa, os sapatos de salto alto. Nada da menina de *short*, que o excitava tanto, nas ausências de Antonieta. Meu Deus, pensou ele, essa mulher é uma perfeita desconhecida para mim.

— O que eu queria saber...

Ela tornou a sentar-se. Ele não sabia o que queria saber. Chamou o garçom.

— O que é que você quer tomar?

Esperando um filho seu. Mas um filho não constituía problema hoje em dia, o essencial era não perder a cabeça.

— Vamos pensar com calma — repetiu. — Quanto tempo já tem?

— Isso que você está pensando eu não faço.

— Não estou pensando nada. Há de haver um jeito.

— Prefiro morrer.

— Não diga bobagem. Você não é a primeira.

Nem o primeiro nem o último. Por onde diabo andaria o tal oficial de marinha?

— Você não pode fazer nada, pode?

— O quê?

— Você não pode fazer nada — ela repetiu, e se concentrou no menu que o garçom trouxera, escolhendo um refresco. Ele a observava: quem está esperando filho não pensa em refresco.

— O que você está pretendendo, Neusa?

— Nada.

— Eu sou casado, você sabe disso.

— Desquitado.

— Dá na mesma. Se você...

Lembrou-se de Gerlane: já me disseram que você é um puritano.

— Não quero parecer puritano, mas para assumir essa responsabilidade...

Ela estourou, afinal:

— Não quero que você assuma coisa nenhuma! Não sei que estupidez a minha vir a esse encontro. Chame o garçom, por favor, eu quero ir embora.

Ela nem chegara a tocar no refresco. Como eu posso ser tão mesquinho, pensou ele, enquanto conferia o troco. Não lhe ocorria dizer nada, fazer nada. Despediu-se dela prometendo telefonar à noite.

— Não se aflija, tudo há de dar certo, de um jeito ou de outro. Naturalmente você antes de tudo vai ter de consultar um médico... Você já consultou um médico?

Passou o resto do dia vazio e distraído, incapaz de qualquer idéia consistente: o céu é azul, pensava; estou sem fome; hoje é terça, amanhã é quarta.

À noite, porém, ela é que lhe telefonou:

— Olha, Eduardo, estive pensando no que você disse, cheguei à conclusão de que você tem razão, não há outra coisa a fazer.

— Mas eu não disse nada! O que você está pensando em fazer?

— Pensando, não: já fiz. Fui ao médico hoje, marquei para amanhã de manhã.

— Marcou o quê?

De súbito ele caiu em si:

— Você está louca? Que médico é esse? Marcou o quê?

— Você mesmo disse...

— Eu não disse coisa nenhuma! Você não pode fazer uma coisa dessas!

A consciência do que estava acontecendo lhe veio como um clarão: aquela mulher estava grávida, um filho seu. O seu filho, seu verdadeiro filho, morrera já, arrancado ao ventre da sua mulher como semente mal nascida. Pior do que morrer é não ter nascido, ele dissera um dia, quando ainda acreditava na vida e tinha uma missão a cumprir — a de dar seu testemunho. Testemunho de quê? Do pecado. Outra espécie de ordem, dizia frei Domingos — que ordem era essa, cuja transgressão se fazia necessária para que o homem se redimisse? Essa vida é mesmo sórdida, se repetia, aflito, sem saber onde buscar forças para resistir. Se era preciso errar primeiro, escorregar, cair, para depois entregar-se às mãos de Deus, matéria de salvação, aproveitasse! Aí estava a ocasião de queda: *esse* era o problema a enfrentar. Estarrecido como se não só a sua sorte mas a do mundo inteiro dependesse daquele passo. A salvação do mundo só poderia vir do Cristo... Era como se o objetivo de sua vida fosse esse: tudo o que fizera até então, desde o nascimento, o trouxera por caminhos confusos até a última prova, o teste definitivo da sua natureza de homem.

— A que médico você foi? — perguntou, para ganhar tempo

— Uma amiga minha me indicou.

— Vocês são muito experientes hoje em dia, conhecem a vida, têm solução para tudo... Sabe que isso é considerado um crime? Sabe que isso é um...

— Não seja ridículo, Eduardo — cortou ela.

— É uma coisa perigosa — ele evitava a palavra abjeta. — Você não podia esperar um pouco?

— Esperar o quê? Quanto mais tarde, mais perigoso.

— Esperar que ele nasça. Dá-se um jeito — insistiu.

— Você é casado.

— Não tem importância. Eu reconheceria. Afinal de contas o filho é meu, não é?

— E depois? Você se esquece de uma coisa, Eduardo: o filho é seu, mas *eu* não sou.

— Não importa, Neusa: o filho seja de quem for...

Afastou-se do telefone em estado de pânico: sua sorte estava lançada. Não dependia de mais ninguém senão dele: forças poderosas se juntavam, um mecanismo gigantesco se punha em movimento para triturá-lo, submetê-lo à grande tentação, até que se cumprisse o que estava escrito. Esses eram os desígnios de Deus, reconhecia-os afinal: o sacrifício exigido. Mas o que pretendiam dele? Se resistir era a sua decisão, último rasgo de fidelidade a tudo em que um dia acreditara? Onde a tentação, onde o sacrifício? Já não entendia mais nada, de novo indeciso, andando da sala para o quarto, do quarto para a sala. Bastava ir buscar Neusa em sua casa, sacudi-la pelos ombros, enfrentar sua mãe, contar-lhe tudo, impedir aquela loucura. E depois? O filho espúrio largado no mundo para crescer, viver, enfrentar os mesmos problemas, cometer os mesmos erros, desperdiçar sua chance de salvação. Essa a nossa chance, a que todos têm direito — ele afirmara quando jovem. Chance, mas de nascer para uma vida de misérias e ir morrendo diariamente pelas ruas. Desgraçado o dia em que eu nasci, ele pensava, e a noite em que se disse: foi concebido um homem.

Pouco depois voltava ao telefone, chorando:

— Você tem razão, Neusa, não há outra coisa a fazer. Mas eu quero ir com você...

Da sala ao quarto, do quarto ao banheiro, já pedindo a Deus um milagre. A promessa de Vítor, também feita num banheiro, a escadaria da Penha de joelhos, a radiografia trocada, e se não houvesse filho algum? E se os exames se negassem, o médico se enganara, os sintomas se desfariam, e Deus perdoava, e não mais precisava imolar o filho, como no sacrifício de Abraão. O que era preciso para haver um milagre? E eis que o anjo do Senhor gritou do céu, dizendo: Abraão, Abraão. E ele respondeu: aqui estou.

— Meu Deus, eu não posso pagar esse preço, é demais para mim.

(E o anjo disse-lhe: não estendas a mão sobre o menino e não lhe faças mal algum.)

Debruçado à janela do quarto, via a noite envelhecer sobre a cidade imensa onde homens e mulheres se esqueciam, e copulavam, e dormiam. Nada mais existia sobre a terra — Deus, entediado do mundo, havia adormecido também. E o mundo não conheceria outros anjos, senão os que germinavam no ventre e não chegavam a nascer. Em verdade te digo: antes que o galo cante, eu te negarei três, dez, vinte vezes! Esse é o desígnio do homem, sozinho dentro da noite. E dentro da noite um galo cantou.

Às duas horas da manhã ele ainda estava à janela, como um sonâmbulo, à espera de que alguma coisa acontecesse.

Às três horas ele disse: eu não posso fazer nada.

Às quatro horas sentiu sede, foi à cozinha e bebeu um copo d'água.

Às cinco horas adormeceu, sentado na poltrona.

— MARQUEI um encontro aqui com uma moça chamada Neusa...

— Ela está sendo atendida pelo médico.

Olhou com estranheza o homem de avental branco que o recebera. Tinha um bigode fino, bem aparado, e era ainda um rapaz.

— Desculpe, pensei que o senhor fosse o médico.

— Ela é sua mulher?

— Bem... Eu...

— Vamos passar à outra sala?

Eram nove horas da manhã. Depois de esperá-la meia hora à porta do edifício, como combinara, subira ao consultório, aflito, temendo que ela já tivesse entrado. Passaram à outra sala e ele mal podia andar: as pernas se recusavam. O homem lhe pôs a mão no ombro:

— O médico sou eu mesmo. O senhor não precisa ficar nervoso. Correu tudo bem. Ela está repousando agora.

— Correu tudo bem? Mas eu vim aqui para...

— Não precisa gritar! Tem gente ali fora.

— Eu não queria que isso acontecesse — e ele se deixou cair numa cadeira. — Eu não queria...

— Não há perigo nenhum — o médico procurava acalmá-lo. — Correu tudo bem. Foi uma intervenção muito simples.

Intervenção? Eduardo o olhou com raiva: fora uma intervenção muito simples e aquele homem de mãos delicadas como as de um menino, jovem ainda, provavelmente recém-formado, assim ganhava a vida, não tinha nada do carniceiro que se acostumara a imaginar, o aborto era uma intervenção muito simples.

— É preciso coragem — disse apenas, num sussurro.

— Não tenho ilusões, meu amigo. Encaro a vida com realismo. Isso acontece.

O avental lhe envolvia todo o corpo, branco, imaculado, sem nenhuma mancha de sangue e ele, sentado de pernas cruzadas, deixava entrever parte da meia, com alguma coisa enfiada nela, era dinheiro! guardava dinheiro dentro da meia. O médico seguiu a direção de seu olhar e sorriu, desconcertado, descruzando a perna:

— O senhor vê, essa roupa não tem bolsos, e é tanta coisa a fazer, mal tenho tempo...

— O movimento deve ser grande. A sala ali fora está cheia...

— Sou um obstetra — defendeu-se o homem. — Minha profissão é essa. A moça precisava de uma intervenção.

Dinheiro — a única prova do crime.

— Ela já lhe pagou?

O homem se ergueu:

— Já está tudo acertado. Ela está descansando com a enfermeira aí dentro, vou ter de sair, mas se o senhor quiser esperar, daqui a pouco pode levá-la. Já disse a ela o que terá de fazer. Com dois dias de repouso estará inteiramente boa.

— Eu vou lhe pedir um favor — Eduardo disse então.

Ergueu-se também e os dois se olharam nos olhos. O médico ficou calado, na defensiva.

— Quero que o senhor invente para ela uma história qualquer. Dizer que não foi um aborto, compreende? que era um tumor, um... qualquer coisa...

— O que o senhor pretende com isso?

— Quero que a responsabilidade seja toda minha.

— Não estou entendendo. Que responsabilidade? Não vai acontecer mais nada, já lhe disse. Se ela seguir minhas recomendações...

— A responsabilidade diante de Deus. Entende agora?

O médico o olhava, intrigado:

— Não entendo nada. Já lhe disse que a intervenção era necessária. O embrião se descolara, estava morto, e se essa moça...

— Estava morto? Quer dizer que...

O médico esperou um pouco, mas como Eduardo não dissesse mais nada, se despediu:

— Fique à vontade. Vocês podem sair por essa outra porta. Com licença.

Plantado no meio da sala, Eduardo não fez o menor movimento. Muito depois que o médico se foi, continuava na mesma posição, olhos fixos, braços caídos — estátua de dúvida, surpresa, aniquilamento. Estava morto. Inútil seu sofrimento, como no desastre de Rodrigo, o afogado, ele também estava morto, antes de sair do avião. Caminhou até a janela e olhou a rua. Um sol violento batia de chapa no mosaico da praça, faiscando nos automóveis que passavam, envolvendo a cidade numa festa de luz matinal. Então seu pedido fora atendido, como o de Vítor! Restava a promessa de ambos, subir de joelhos a escadaria, e eram trezentos e sessenta e cinco degraus.

Voltou-se: uma porta se abrira e Neusa acabava de surgir, amparada na enfermeira. Estava pálida e caminhava com dificuldade. Precipitou-se para ela:

— Neusa, eu estava tão aflito, mas correu tudo bem, e eu soube que era preciso, se você não fizesse isso...

Ela não dizia palavra. Amparou-se em seu braço, olhando duro para a frente, saiu com ele do consultório, pisando com cuidado.

Na sala ao fundo médico e enfermeira conversavam:

— Já saíram? — perguntou ele.

— Já.

— É uma boa menina.

— Acaba voltando. Essa gente não toma jeito. Ele é o pai?

— É. Sujeito esquisito, não parece muito bom da cabeça. Estava tão aflito que eu disse que tinha de sair, deixei ele lá. Pensei até que fosse me agredir...

E o médico sorriu:

— Não sei o que me deu, que para tranqüilizá-lo inventei uma história de descolamento do embrião, não sei se ele acreditou. Já estava até falando em Deus...

Calou-se, pensativo, depois consultou o relógio, despiu o avental:

— Olha, eu vou mesmo sair um pouco, dar uma volta para espairecer. Não sei por que, esse sujeito me estragou o dia...

RECOSTADA no canto, Neusa seguia em silêncio no táxi ao lado de Eduardo.

— Você devia ter me esperado — queixou-se ele. — Eu tinha resolvido...

Ela começou a chorar em silêncio.

— Não fique assim, Neusa. Já passou, esquece, agora. Era preciso, o filho estava morto.

— Você diz isso só para me consolar — e ela voltou-se para ele, nervosa, ansiada: — Foi horrível, Eduardo. Por que você deixou?

— Eu não deixei nada, eu... Eu não queria, fui lá para impedir.

Ela não o ouvia:

— Até o último instante esperei que você não deixasse, e fizesse alguma coisa, ficasse comigo, me levasse embora com você...

— Não fique assim — ele repetiu, descontrolado, e seu coração se oprimia. — Por favor, esquece, tudo já passou. Eu juro que tinha resolvido...

Não havia mais o que dizer e ambos ficaram calados no táxi em movimento. À porta da casa ele se despediu dela:

— Então adeus, Neusa. Qualquer dia desses...

— Não quero te ver nunca mais — ela disse, com firmeza, e se foi.

Depois de comer qualquer coisa num restaurante do centro, Eduardo foi para a repartição e mergulhou no serviço. Procurava não pensar em nada, esquecer o que lhe sucedera. Em vão Misael tentou puxar conversa. Teve uma altercação com o contínuo por causa do sumiço de um processo.

— Deixem-no — recomendou o chefe. — Está nervoso com a tal história no jornal. Seria até melhor que esses dias ele não viesse aqui...

À tarde pensou em procurar alguém, um amigo, um conhecido. Não vou procurar ninguém, decidiu. Não tenho amigos, sou um homem sozinho, ninguém me reconheceria. Mas à noite, quando deu por si, estava entrando no bar de sempre. O que vim fazer aqui?, se perguntava, depois de pedir um uísque. Jantara, fora a um cinema, estava sem sono, não tinha onde ir. Depois sinto vontade de conversar, não aparece ninguém que eu conheça, vou ao telefone, ligo para quem quer que seja, e me apanham na engrenagem maldita, começa tudo novamente... A sua solidão lhe pesava, espessa, impenetrável como um enigma prestes a ser decifrado — sentia-se devorado de uma nostalgia pungente como uma recordação da infância — e era essa a outra espécie de nostalgia, de que lhe falava o Toledo, finalmente a reconhecia — o homem que ele finalmente era — sozinho, nu e indefeso diante de si mesmo — e seus ombros se curvavam junto ao balcão, como sob o peso de uma cruz. "Que eu devia mesmo é ir para casa, ler ou escrever", pensava. "Não sou um escritor? Escrever alguma coisa. O meu romance."

Desta vez, o homem não estava vestido de *smoking*, mas num ternoo cinza, camisa azul de riscas, gravata de seda prateada e um cravo branco na lapela. O rosto era o mesmo do último encontro — pálido, fino, escanhoado. Eduardo tomava um uísque a seu lado, arrependido já de o haver reconhecido. Era inútil, sempre que bebia, alguma coisa de imprevisível lhe acabava acontecendo. Olhou-o, intrigado. Quem diabo seria aquele homem.

— Sobre o que, o seu romance?

— Não sei ainda. Só vou saber depois de escrito.

— Conheço um sujeito que está escrevendo um romance.

— Sobre o quê?

— Sobre você.

Eduardo se voltou, surpreendido:

— Sobre mim? Que história é essa?

— Um romance — repetiu o homem.

— E o que é que eu tenho a ver com isso? Ele me conhece?

— Você é o personagem dele — o homem insistiu, lacônico.

Eduardo calou-se e continuou a beber, pensativo, e continuou sozinho. Logo, porém, o homem se voltava para ele:

— Imagine você apenas personagem de um romance que está sendo escrito, só existindo na imaginação do romancista.

— Pirandello — limitou-se Eduardo.

— Um personagem — prosseguiu o homem, pensativo, inclinando-se e pondo-lhe a mão no ombro. — Vivendo apenas o que o romancista quer que você viva.

— É, mas neste caso não estaríamos conversando sobre isso. Teríamos de obedecer ao nosso papel. Você seria personagem também.

— Não: eu seria a única pessoa do lado de fora com quem você pode conversar. Uma espécie de janela aberta para a realidade. Sua chance de se rebelar contra o seu criador, se libertar. Longe de mim você será apenas escravo.

— Escravo, como? — perguntou Eduardo, já meio confuso.

— Escravo do romancista. Quando o romance é seu, o verdadeiro romancista é você.

Onde o escritor obstinado que dizia hei de vencer? Que se trancava em casa para escrever e dizia hoje eu não saio de jeito nenhum? Para quem todas as portas se abriam? A morte era uma porta.

— Vítor morreu — pensou, quase em voz alta.

O homem a seu lado não disse palavra.

— Eu te conheço de alguma parte — disse Eduardo.

— Daqui mesmo, deste bar — não se lembra?

— Não: antes...

— É possível.

De repente: o que estou fazendo neste lugar, bebendo com este sujeito que mal conheço?

— Sabe de uma coisa? Vou tomar um último e vou-me embora. Há muito tempo não bebia, estou ficando tonto.

Os olhos do homem o retiveram:

— Espere, ainda é cedo.

Eduardo olhou o relógio: como da outra vez, estava parado.

— Neste bar sempre acontecem coisas.

A porta se abriu para dar entrada a um casal.

— Olha aí, por exemplo: esses dois vêm sempre aqui, você deve conhecer. Estão vivendo juntos.

Assustado como diante afinal do inimigo: encolheu-se para não ser visto por Amorim e Gerlane que se acomodavam ao fundo.

— Tudo isso já aconteceu — disse, e chamou o garçom. Pagou a sua conta, o homem não fez um gesto. Ergueu-se, firmando-se nas pernas: — Diga ao tal sujeito que o romance dele acabou.

Saiu, e respirou com volúpia o ar fresco da madrugada. Ergueu a cabeça e foi andando. Sentia-se estranhamente eufórico, feliz: agora morra tudo! Eu vou começar — repetia, mentalmente. E pôs-se a conversar consigo mesmo, mãos nos bolsos, cadenciando os passos:

— Antes de mais nada: para onde você vai agora?

— Você não pode estar tão bêbado assim.

— O que pretende fazer?

— Você, personagem de romance.

— Então era o caso de telefonar para o romancista e perguntar: e agora, o que é que eu faço?

— Pela última vez: você acredita em Deus?

Deteve-se no meio da rua, pernas abertas, olhos fixos no ar:

— Acredito — respondeu com firmeza, e prosseguiu a caminhada.

— Cuidado com o automóvel. Com que você conta?

— Eu me conheço, mas é só.

— Quem você está pensando que é? Scott Fitzgerald? Ele tem um romance que termina assim.

— Ele termina onde eu começo.

— É pouco.

— Conto com a minha experiência. Não sou inocente.

— Experiência... E o mundo ao seu redor? Olhe só quanta injustiça, quanta miséria, tanta gente sofrendo.

— Demagogia.

— Seu católico de merda.

Sorriu e apressou o passo.

— Você é muito inteligente, mas vai preso assim mesmo.

Dobrou a esquina, relanceou os olhos em torno, pôs-se a recitar:

— Creio em Deus Padre, todo-poderoso, criador do céu e da terra, e em Jesus Cristo, um só seu filho...

Não sabia terminar. Inundado de alegria, começou a dançar no meio da rua:

— Acabou, acabou, ACABOU.

Depois se deteve, dedo em riste:

— Dizer o indizível? O silêncio é a linguagem de Deus. A linguagem do homem é difícil, retorcida, suja, atormentada. Tudo que se escreve é apenas uma paródia do que já está escrito e ninguém é capaz de escrever. Tudo que se vê é apenas uma projeção do que não se vê, sua verdadeira natureza e substância. Basta olhar para as minhas mãos para sentir que elas ocupam o lugar das mãos de Deus...

NO DIA seguinte contou a Misael, na repartição:

— Ontem tomei o porre mais estranho da minha vida.

O outro o olhou, penalizado:

— Você também levou muito a sério aquela história no jornal. Daqui a uns dias ninguém vai falar mais nisso, você vai ver.

— A sério levou minha senhoria: me comunicou hoje que não vai renovar o contrato. Aluguei o apartamento para morar com minha mulher e não sozinho. Ontem ela me viu chegando bêbado. Mas acabou confessando que leu a reportagem, disse que não quer complicações com a polícia.

— Ela não consegue nada — o outro procurou tranqüilizá-lo: — Uma ação de despejo é a coisa mais difícil de se ganhar na justiça, hoje em dia. Ainda mais um absurdo desses.

— Nada disso. No fim do mês eu me mudo.

— Vem jantar na minha casa hoje. Aniversário de meu filho, vai haver um leitãozinho. Ele também é literato, você vai gostar.

Esteve a ponto de dar uma desculpa qualquer, mas decidiu ir. A casa de Misael — num subúrbio distante, com um jardinzinho em frente, a filharada em torno à mesa, a mulher com uma criança de meses ao colo, a importância do chefe da família de súbito revelada:

— Luís, tira a mão daí! Maria, tenha modos. Hoje na repartição eu tive um caso complicadíssimo... Joana, serve mais arroz aqui para o Eduardo.

Findo o jantar, confessou-lhe que um dia ainda seriam colegas, tinha promessa firme de ser promovido assim que se desse a primeira vaga:

— Você compreende o que isso significa para mim: a vida com essa gente toda dentro de casa não é brincadeira, tudo tão caro, você nem faz idéia. É verdade que cortaram a participação nas multas, mas, enfim, eu nunca pretendia mesmo multar ninguém!

Misael e seu pequeno mundo: cadeiras de palhinha, toalha xadrez, cortina na janela, horta, três galinhas, samambaias. Eduardo se esquecera de como era uma planta, desde a infância não via uma galinha.

Vendeu seus móveis, depositou o dinheiro na conta de Antonieta. Encaixotou os livros, mudou-se para um hotel.

— O diabo são os caixotes — dizia, contrariado. — Quem sabe se seu filho...

— Você está maluco?

O filho de Misael o olhava deslumbrado como ele, aos dezesseis ou dezessete anos, olhara o Toledo pela primeira vez. Crivava-o de perguntas, quando ia jantar com seu novo amigo:

— Acha que a poesia hermética é mais importante do que a outra?

— Conhece Sílvio Garcia?

— Que pensa do concretismo?

Eduardo se voltava, surpreendido:

— Onde é que você aprendeu essas coisas, menino?

— Ele vive lendo — explicava o pai.

De súbito percebeu que devia ter agora a idade do Toledo, naquela época! Pensou em dizer ao menino a mesma coisa que ouvira então: eu sou um caso perdido, espero que você não cometa o erro que eu cometi. Mas qual fora mesmo o erro que o Toledo cometera? Qual o seu próprio erro? Não sabia: em alguma parte de sua vida ele se deixara ficar, esquecido, abandonado, largado para trás — e agora teria de se buscar como aquela agulha do sonho, perdida no fundo do mar.

— Você é muito precoce — limitou-se a dizer.

Mas este sabia o que queria dizer precoce. Trabalhava de dia como empregado de escritório, pagava ele próprio seus estudos num curso noturno.

— Não chega para comprar livros.

— Se lhe posso dar um conselho, é este: não tente apanhar o fruto verde para que ele não apodreça na sua mão.

Mandou-lhe, afinal, todos os seus livros:

— Não sei se estou lhe fazendo um bem ou um mal...

— Por que você fez isso? — dizia Misael, desvanecido e nervoso, torcendo as mãos. — Acho às vezes que você não regula bem, Eduardo... Todos os seus livros! Quer matar o meu filho de tanto ler?

— Isso não tem a menor importância, pode ficar certo, não tem a menor importância...

Segurou o amigo pelo braço:

— Você não entende disso, Misael, mas acredite: o menino é bom, deixe ele ir para a frente, não se assuste nunca com ele! O filho pródigo teve vitelo, o outro não.

— Por falar em vitelo: a patroa mandou avisar que sábado vai ter aquele pastel de que você gostou. E está contando com você para padrinho do guri, já está grandinho, ainda não foi batizado.

Em alguma parte de sua vida ele se deixara ficar.

— Se eu conheço Sílvio Garcia?

Este, já não sabe por onde anda, nunca mais teve dele a menor notícia. Vítor morto. Mauro médico. Hugo professor. E ele? e ele? Gerlane com Amorim. Joubert com uma casa de decorações, ganhando dinheiro. De Térsio leu afinal a prometida entrevista, de completa adesão, anunciando a volta do homem ao poder. E finalmente, de Antonieta, sabia por meias notícias de seu compromisso com um diplomata na Europa, pretendiam casar-se em breve. De maneira que todos se arranjavam, se acomodavam às exigências da vida, abriam com o corpo sua passagem, iam vivendo. O tempo já não tinha importância: não se contava senão em anos, para que se pudesse ver a curva dos dias com mais perspectiva, já convertidos em experiência... Eis afinal o que Toledo lhe quisera dizer e não conseguira. Numa idade em que os outros mal começam a existir, sem perceber atingia vorazmente a parte mais definitiva de si mesmo.

— Sou quase feliz — reconheceu, espantado, na sua nova fórmula de viver. Resolveu escrever uma carta para sua mãe, dando e pedindo notícias.

Em alguma parte de sua vida.

— Como é que ele vai se chamar?

Ficou inesperadamente comovido no batizado do filho de Misael.

— Você é o meu melhor amigo, Misael.

— Ora, deixe disso, compadre. Agora vamos até lá em casa que vai haver uns docinhos.

Em alguma parte.

— Eu vou fazer uma viagem — comunicou de súbito. O outro se espantou:

— Viagem? Para onde?

— Tentar a vida noutro lugar. Antes tenho que cumprir uma promessa.

— O que você está dizendo?

— Nada. Olhe, sua promoção vai sair, há uma vaga. Pedi demissão hoje.

— Não! Você não fez isso! — E os olhos do amigo se encheram de lágrimas.

Naquele mesmo dia arrumou suas coisas na mala, pagou a conta e deixou o hotel. Sentia-se mesmo como na iminência de uma longa viagem — tomou um táxi para o centro. Diante da ladeira de pedras já familiares se deteve, respirou fundo: eu podia subir de joelhos esta aqui mesmo, pensou, e sorriu. Avistou, à porta do convento, a figura do monge que, já avisado, o esperava, acenando para ele. De súbito uma lembrança perdida lhe veio da infância e começou a rir, enquanto se aproximava do amigo.

— Mas que milagre foi esse... De que você está rindo?

— Tínhamos um encontro — explicou. — Mauro, você e eu. No ginásio, se lembra? Você era o terceiro. Exatamente você.

O monge não se lembrava.

— Só eu fui... Mas não tem importância.

— Não acreditei que você viesse.

— Vim por um ou dois dias. Depois...

Calou-se. Não tinha importância também o que lhe aconteceria depois.

Rio, março de 54 — julho de 56

CITAÇÕES E REFERÊNCIAS
EM *O ENCONTRO MARCADO*
APRESENTADAS PELO AUTOR

p. 22 "— Na natureza nada se perde, nada se cria, tudo se transforma."
— Princípio de Lavoisier, químico francês, criador da química moderna. "— Um corpo mergulhado num líquido recebe um impulso (...)" — Princípio de Arquimedes: "Todo corpo mergulhado num fluido recebe um impulso de baixo para cima igual ao peso do volume do líquido deslocado."
"— Então me diga quem foi Laplace." — Físico e astrônomo francês, autor de uma hipótese cosmogônica sobre a origem do universo, demonstrada com uma gota de azeite dentro d'água, a partir de um núcleo condensado girando num eixo central.

p. 23 "— Leônidas nas Termópilas, melhor! combateremos à sombra."
— Referência ao episódio do Rei de Esparta, defendendo em 380 a.C. o Desfiladeiro das Termópilas com apenas 300 soldados, contra a invasão persa. Diziam os invasores que o número de suas flechas era capaz de fazer com que elas cobrissem o sol, e ele teria respondido: "Melhor, combateremos à sombra."
"— Aí vem o General Valdez bloquear a cidade de Leide! (...)"
— Trecho de *O Cerco de Leide*, de Luiz Guimarães Filho (poe-

ta e prosador brasileiro de fins do século passado), que até hoje sei de cor, constante da *Antologia Contemporânea*, de Cláudio Brandão, adotada no Ginásio Mineiro.

p. 27 "Passara-se para os romances policiais: gostava de Malpas, o assassino que, no fim, era o próprio detetive. De Fu-Manchu não gostava, tinha medo. (...) Seus heróis, até então: (...) Sherlock Holmes, Rafles, Tom Mix (...) Tarzan (...) Winnetou (...) Jack Dempsey, Friedenreich, Lindberg." — Malpas, personagem de *Um Perfil na Sombra*, romance policial de Edgar Wallace, então em plena moda. O detetive assassino, se bem me lembro, era de *O Círculo Vermelho*, do mesmo autor. Fu-Manchu: misteriosa figura de criminoso chinês, personagem dos romances de Sax-Rohmer, também muito lido então. Sherlock Holmes: detetive criado por Conan Doyle mas não o dos livros; assim como o ladrão elegante Rafles, personagem de folhetos apócrifos que circulavam entre a meninada do meu tempo. Tom Mix: ator de cinema, um dos primeiros "mocinhos" em filmes de faroeste. Tarzan: personagem dos romances de Edgar Rice Burroughs, também muito lidos. *Winnetou, Cacique dos Apaches*: admirável romance de aventuras, do alemão Karl May, em três volumes, todos eles lidos cinco, seis vezes, sempre com a maior emoção; não creio mesmo que encontrarei ao longo da vida outro escritor como este, que encantou a minha juventude. Jack Dempsey, Friedenreich, Lindberg: heróis infantis da década dos trinta, respectivamente no boxe, no futebol e na aviação.

p. 28 "— Olhem aqui, vejam se isso é poesia: 'É preciso fazer um poema sobre a Bahia... Mas eu nunca fui lá.' Vejam, este outro: 'Café com pão, café com pão, café com pão...'" — Versos dos "poetas modernistas" Carlos Drummond de Andrade e Manuel Bandeira, ridicularizados pelo professor de português.
"A lua banha a solitária estrada..." — Verso de um soneto de Raimundo Correia.
"Cândido de Figueiredo, Moraes, Aulete, J. J. Nunes (...)" — Gramáticos de grande prestígio na época.

p. 39 "Peter Fick, Taris, Arai, Yusa (...)" — Campeões de natação por ocasião das Olimpíadas de Berlim em 1936.
"(...) o próprio Weissmuller..." — Johnny Weissmuller, um dos maiores recordistas de natação de todos os tempos, mais tarde famoso como ator de cinema no papel de Tarzan.

p. 46 "— Tem Alencar (...)" — Menção a autores proibidos aos alunos na biblioteca do Ginásio (tirante José de Alencar, Coelho Neto, Euclides da Cunha e Rui Barbosa, mencionados pelo reitor): Machado de Assis, Gustave Flaubert, Honoré de Balzac.

p. 49 "Leu-lhe poemas de Omar Khayyam, de Rabindranath Tagore." — Primeiros poetas lidos por Eduardo Marciano (e por mim), um persa e outro indiano, graças em geral a magníficas traduções de Abgar Renault.
"(...) Gide disse (...)" — André Gide, escritor francês falecido em 1951, até então influente e controvertido em nossa geração, especialmente através de seu volumoso *Journal*.

p. 51 "Emprestou-lhe três livros de contos em francês: Merimée, Flaubert e Maupassant." — Prosper Merimée; famoso na época pelos seus livros *Mateo Falcone* e *Carmen*. Gustave Flaubert: *Trois Contes*. Guy de Maupassant: *La Maison Tellier, Bol de Suif.*
"Lera *Madame Bovary*, lera *Eugénie Grandet*, lera *Gargantua* (...)" — Romances respectivamente de Gustave Flaubert, Honoré de Balzac e François Rabelais.

p. 54 "— Prefiro *Fome*." — Romance de Knut Hamsun, escritor norueguês, Prêmio Nobel de 1929, muito em voga na época. Ao fim da Segunda Guerra o autor foi acusado (injustamente?) de colaboracionista.

p. 55 "— Você já leu *O Lobo da Estepe*?" — Romance de Hermann Hesse, poeta e romancista alemão naturalizado suíço. Prêmio Nobel de 1946, também muito lido entre os jovens do meu tempo, autor ainda de *Demian* e *O Jogo das Contas de Vidro*.

p. 60 "Sentia-se encarnado em Raskolnikoff".. — Personagem do romance *Crime e Castigo*, de Dostoiévski, um dos deslumbramentos literários desde a minha mocidade e para todo o sempre.

"Panait Strati, Gorki, *Jean Cristophe*, *Cimento*, *A Montanha Mágica*." — Panait Strati, também em voga então, na linhagem de Knut Hamsun, gênero literatura proletária: escritor romeno, autor de *A Casa Turinger*, *Kira Kiralina*, publicado em Paris na década dos vinte, com prefácio de Romain Rolland. Comunista, abandonou o Partido depois de visitar a Rússia. Constava na época que tinha tentado o suicídio por causa de uma mulher e fora salvo por Romain Rolland, autor de *Jean Cristophe*, romance famoso e volumoso. Máximo Gorki, romancista russo; *Cimento*, romance socialista do soviético Fiódor Gladkov; *A Montanha Mágica*, de Thomas Mann, outro romance que todos nós, quando jovens, tínhamos obrigação de ler.

"(...) Que literatura proletária! Verlaine, isso sim; Rimbaud e Valéry. Juntos, choraram Baudelaire, Neruda, García Lorca, Fernando Pessoa (...)" — Estes eram alguns dos poetas que não podíamos deixar de ler. "— *Sucede que me canso de ser hombre!*" — Verso de Pablo Neruda. "— *La luz del entendimiento me hace ser muy comedido.*" — Verso de Federico García Lorca.

"— O teu silêncio é uma nau com todas as velas pandas..." — Verso de Fernando Pessoa.

p. 61 "— Conto é tudo que chamamos de conto!" — Definição atribuída a Mário de Andrade.

"— O jeito é vender o Yorick." — *Hamlet*, de William Shakespeare. Yorick, o bobo do rei, cuja caveira Hamlet toma nas mãos, evocando lugubremente lembranças do passado: "*Here hung those lips that I have kissed I know not how oft...*"

"— (...) Há qualquer coisa de podre no reino da Dinamarca." — Verso de William Shakespeare em *Hamlet*.

p. 62 "— *Comigo se hay vuelto loca la anatomia. Soy todo corazón!*" — Verso do poeta russo Vladimir Maiakovski, em tradução espanhola, única que chegava até nós durante a Segunda Grande Guerra.

p. 63 "— 'Mundo, mundo, vasto mundo!'" — Verso de Carlos Drummond de Andrade.

"— 'Grito imperioso de brancura em mim!'" — Verso de Mário de Andrade.

"— 'Meu carnaval sem nenhuma alegria!'" — Verso de Manuel Bandeira.

"— 'Mijemos em comum numa festa de espuma!'" — Verso de Vinicius de Moraes.

"E se repetia porque (rezava a tradição) um poeta (um grande poeta) havia feito aquilo antes (...)" — Referência a Carlos Drummond de Andrade, quando jovem.

p. 64 "Alguém soltou um berro. Era Zaratustra: — 'É preciso um grande caos interior para parir uma estrela dançarina'!" — Citação de Friedrich Nietzsche. *Assim Falou Zaratustra*.

p. 66 "Chamavam-no de Barbusse", Henri Barbusse, escritor francês, cujo romance *Le Feu* admiravam sem nunca haver lido.

"— Superado, o parnasianismo? (...) Depois de Bilac (...) Pois fiquem sabendo que Alberto de Oliveira..." — Olavo Bilac, Alberto de Oliveira, poetas parnasianos, que considerávamos superados.

p. 69 "— Radiguet! Oh Radiguet!" — Apelido posto em Hugo por seus companheiros Mauro e Eduardo, em razão do jovem escritor francês Raymond Radiguet, que se suicidou aos 20 anos, autor de *Bal de Comte d'Orgel* e *Diable au Corp*, romances que os três admiravam (haviam lido).

p. 72 "— (...) Freud, psicanálise, esta história toda."
Sigmund Freud, austríaco, criador da psicanálise, já então em plena moda.
"— (...) Vocês nunca ouviram falar em André Breton?" — Escritor francês, um dos criadores do surrealismo.

p. 74 "— (...) Sabia que Bouvard e Pécuchet estiveram lá em casa, hoje?" — *Bouvard et Pécuchet*, de Gustave Flaubert: romance sobre dois personagens eruditos, pedantes e convencionais.
"— (...) O Terror nas Letras, cujo protótipo seria a novela *Metamorfose*, de Kafka." — Romance de Franz Kafka, considerado precursor do surrealismo, sobre o cidadão chamado apenas K. que ao acordar certa manhã se viu transformado num gigantesco inseto.
"— A solução é a conduta católica — respondeu o amanuense Belmiro." — Citação de uma frase do romance *O Amanuense Belmiro*, do escritor mineiro Cyro dos Anjos.

p. 76 "— Me lembrei de uma coisa inventada por Salvador Dalí." — Referência a uma idéia surrealista do pintor espanhol Salvador Dalí: a fabricação de um pão gigantesco, enunciada em sua autobiografia *Vida Secreta*.

p. 78 "... uma pureza que não tenho, que perdi." — Último verso de um soneto de Augusto Frederico Schmidt.
"— Perdi o bonde e a esperança, volto pálido para casa (...) seria uma rima, não seria uma solução — eta vida besta, meu Deus." — Seqüência de versos de Carlos Drummond de Andrade.

p. 79 "Leu *Dom Quixote*, decidiu tornar-se picaresco. Toledo lhe emprestava livros de Azorín, Menéndez y Pelayo, Ortega y Gasset."— *Dom Quixote de la Mancha*: romance picaresco espanhol de Miguel Cervantes de Saavedra; Azorín: pseudônimo do escritor espanhol José Martinez Ruiz, que andava em moda então; analista penetrante da alma espanhola no princípio do século XX, descobridor de talentos ignorados em seu país, autor, entre outros estudos, de uma "Rota de Dom Quixote"; Menéndez y Pelayo: crítico e historiador também espanhol, fim do século passado, grande erudição, autor de uma enorme *Historia de las Ideas Estéticas en Spaña* de 19 volumes, dos quais eu possuía todos e hoje possuo apenas dois — não sei que fim levaram os demais; Ortega y Gasset: outro espanhol mais ou menos da mesma época, escreveu, entre outros, *As Meditações de Dom Quixote*, *A Rebelião das Massas*.

"Começou a ler Proust com dificuldade." — Marcel Proust, autor de *A la Recherche du Temps Perdu*, de leitura difícil mesmo, mas que todos nós tínhamos a obrigação de já haver lido.

"— A vida e o amor inclusive." — Verso de nosso amigo João Etienne Filho, poeta e jornalista.

"— É uma vergonha a gente ainda não ter lido *Ulysses*." — Romance inglês de James Joyce, que até hoje continua sendo lido no original quando muito até a metade, como confesso ser o meu caso.

"(...) não precisava ler inglês para saber que a vida não valia a pena e a dor de ser vivida." — Citação de um verso de Olavo Bilac.

p. 80 "Sob o manto diáfano da fantasia, a nudez forte da verdade. Palma Cavalão, você é uma flor (...)" — Epígrafe do romance *A Relíquia* de Eça de Queiroz, só que invertida: "Sobre a nudez forte da verdade — o manto diáfano da fantasia." Palma Cavalão, personagem de um de seus romances.

"Você é a última flor do Lácio, inculta e bela." — Referência a verso do soneto de Olavo Bilac sobre a língua portuguesa.

319

p. 82 *"Here the man of creative imagination (...)"* — Citação de *Selected Prejudices*, de H.L. Mencken, escritor americano mordaz e atuante da primeira metade do século em Nova York, considerado "o demônio da crítica literária".

"We work in the dark (...)" — Henry James: Uma vida inteira não me seria suficiente para ler e admirar o escritor americano naturalizado inglês, cujos contos, novelas e romances tocaram o mais fundo de minha alma como apenas Dostoiévski havia feito antes — cada um à sua maneira. E não é para menos, dada a quantidade de obras-primas que produziu, principalmente na sua última fase.

"— Ora, deixa disso, Lord Byron." — Referência ao escritor inglês George Gordon Byron, do século passado, protótipo do poeta romântico e heróico.

p. 87 "— Vamos caçar cutia, irmão pequeno!" — Verso de Mário de Andrade. "— O coração tem razões que a própria razão desconhece." — De Blaise Pascal, matemático, físico e pensador francês do século XVII em *Pensées*, Section IV, 277: *"Le coeur a ses raisons, que la raison ne connaît point: on le sait en mille choses."*

p. 88 "— Quem foi que disse que todo homem é incendiário aos vinte anos e bombeiro aos quarenta?" — Não posso garantir, mas parece ter sido Tristão de Athayde.

"— Deve ter sido o Marquês de Maricá." — Certamente não foi o Marquês de Maricá — político e escritor brasileiro do início do século passado, autor de *Máximas, Pensamentos e Reflexões*, tido pelos de nossa geração (não sei se injustamente) como autor de chavões e lugares-comuns.

"— *Hay que vigilar!*" — Que eu saiba não é citação de nenhum poeta, senão de um garçom espanhol que usava esta precavida expressão a nosso respeito, ao nos servir chopes no bar que freqüentávamos.

"Liam Bernanos, Mauriac, Maritain — não chegavam até Santo Tomás, mas se diziam neotomistas." — George Bernanos: romancista francês, católico, refugiado da guerra em Barbacena no princípio da década de 40 e onde os jovens escritores mineiros, seus admiradores, foram visitá-lo. Autor, entre outros, do romance *Diário de um Pároco de Aldeia*, traduzido pelo nosso conterrâneo e amigo Edgar de Gogoi da Mata Machado. Viramundo, o Grande Mentecapto, também esteve com ele quando andou por lá. François Mauriac: outro romancista francês e católico lido então com o mesmo fervor. Jaques Maritain: filósofo e pensador, que nos sugeria com o seu *Humanisme Intégral* uma renovada orientação cristã, capaz de fazer face ao mundo de nossos dias. Santo Tomás de Aquino: teólogo italiano do século XIII, nossa fonte de inspiração do pensamento cristão com a sua *Suma Teológica*.

"— Ligeiramente Bilac: 'Há no amor um momento de grandeza.'"— Verso de um soneto de Olavo Bilac.

"— E Raul de Leoni também: 'nosso amor conceberia o mundo(...)'" — Penúltimo verso do famoso soneto "Eugenia", também chamado "Perfeição", do poeta brasileiro Raul de Leoni, precursor do modernismo, autor de *Luz Mediterrânea*.

p. 91 "(...) na luta pelo '*amilhoramento* político-social do homem.'" — Referência a uma expressão usual de Mário de Andrade, com sua grafia peculiar.

"*Rerum Novarum. Quadragesimo Anno.*" — Encíclicas Papais respectivamente de Leão XIII em 1891 sobre a questão operária e de Pio XI em 1931 sobre problemas sociais, que nos vangloriávamos de haver lido. Santo Ambrósio: outro santo de nossa devoção, embora o conhecêssemos praticamente só de nome.

p. 97 "— (...) '*Je cherche en gémissant.*'" — Referência a Blaise Pascal em *Pensées*, usada como epígrafe de Octavio de Faria na sua monumental série de romances *Tragédia Burguesa*, para nós então leitura obrigatória: *"Je blame également ceux qui prennent parti de louer l'homme, et ceux qui le prennent de le blâmer, et ceux qui le prennent de se divertir; et je ne puis approuver que ceux qui cherchent en gémissant."*

p. 105 *"— Soy un gitano legítimo."* — Verso de Federico García Lorca, em *Romancero Gitano.*

p. 122 *"— Aos vinte anos Radiguet já tinha morrido, Rimbaud deixado de escrever./ — Radiguet morreu com vinte e três. / — Álvares de Azevedo, então."* — Radiguet morreu mesmo aos vinte anos, como disse um deles, e não vinte e três. Arthur Rimbaud, outro de seus heróis. Impossível resumirem uma ou duas linhas o que foi para nós este extraordinário fenômeno literário — um jovem poeta francês que se consumiu nas chamas de sua genialidade antes de fazer vinte anos, para se tornar uma das mais poderosas influências da poesia moderna. Álvares de Azevedo, poeta brasileiro da fase romântica, atacado do chamado "mal do século" de que era protótipo o poeta Byron, na Inglaterra. Morreu romanticamente aos 21 anos. Suas obras (todas póstumas) eram cultivadas pelos jovens de então: *Lira dos Vinte Anos, Macário* e *Noite na Taberna.*

"— Eles agora estão descobrindo Rilke." — Rainer Maria Rilke, poeta austríaco do princípio do século, simbolista impregnado do sentimento da morte, leitura também obrigatória, principalmente *Cartas a um Jovem Poeta* e *Os Cadernos de Malte Laures Bridgge, Elegias de Duíno, Sonetos a Orfeu.*

p. 167 *"— Ninguém se lembrou de falar no último golpe dele."*— Referência à derrubada do ditador Getúlio Vargas em 1945.

p. 168 *"— Comprei hoje um álbum fabuloso de Duke Ellington (...)"*— Pianista e *band-leader de jazz* de minha admiração, por influência de Vinicius de Moraes.

p. 169 "— É o 'não-poder-ser' de que nos falava Bergson..." — Paródia de Henry Bergson, se não me engano de *L'Existence et le Néant*, em *L'Évotution Créatrice*.

p. 174 "(...) já estão levando o *Cidadão Kane* (...)" — Filme de Orson Welles, considerado em 1945 um dos maiores de todos os tempos.

p. 185 "— (...) Anatole France, ainda por cima em espanhol". — Outro escritor francês que tínhamos a obrigação de já haver lido e que durante a Segunda Guerra não se encontrava senão em tradução espanhola.

p. 193 "— Eduardo, *mon semblable! Mon frère!*" — Citação do último verso do poema de abertura de *Les Fleurs du Mal* de Charles Baudelaire, dirigindo-se ao leitor: "*Hipocrite lecteur! Mon semblable! Mon frère!*"

p. 197 "Lembrava-se de Chesterton: é o que perdeu tudo, menos a razão."— Citação de G.K. Chesterton, grande pensador católico inglês, de seu livro *Ortodoxy*: "*The madman is not the man who has lost his reason. The madman is the man who has lost everything except his reason.*"

p. 198 "(...) descobriu uma nova linha de pensamento: Morris, Ruskin, Eric Gill."— William Morris: pintor e crítico de arte inglês do século passado, cujo livro *On Art & Socialism*, seleção de ensaios e conferências, aborda temas relativos à arte em face da indústria e dos conflitos sociais, abrindo caminho para as bases de um socialismo cristão divergente do comunismo. John Ruskin: outro crítico de arte, sociólogo e escritor inglês, também do século passado, praticamente na mesma linha de pensamento em relação à arte e aos problemas de nosso tempo; seu livro *Unto This Last* representou para mim verdadeiro manancial de idéias fecundas nesta área. Eric Gill: dos três, talvez o mais criativo, pois além de grande pensador católico e fino ensaísta, foi extraordinário artista plástico, distinguindo-se na escultura, no desenho e nas artes gráficas; autor, entre outros, dos livros de ensaios *It All Goes Together*, *Money and Morals* e de uma admirável *Autobiography*.

p. 201 "Na literatura, como na natureza, nada se cria e nada se perde: tudo se transforma." — Paródia do princípio de Lavoisier.

"(...) começou a chamá-lo de La Palice." — La Palice, marechal da França ali pelo ano de 1500 e do qual se guardou apenas a memória de um verso a ele dedicado que dizia: "Quinze minutos antes de sua morte ele ainda vivia." Seu nome passou a ser usado ao longo dos tempos para designar alguém que se caracterize pela enunciação de platitudes, de lugares-comuns ou, na original expressão de Nelson Rodrigues, do "óbvio ululante".

p. 203 "— Kierkegaard já disse coisa parecida." — *Etapas no Caminho da Vida*, de Søren Kierkegaard: filósofo e teólogo dinamarquês do século passado, de um estilo literário admirável que sempre me fascinou. E não estou sozinho: consta que Miguel de Unamuno, escritor espanhol também admirável, aprendeu dinamarquês somente para lê-lo no original. Não cheguei a tanto: mais modestamente, me limitei a ler em português, francês ou inglês com semelhante deslumbramento toda obra sua que me caísse nas mãos.

"— (...) Se você olha para trás Deus pode te castigar, te transforma numa estátua de sal." — Referência à mulher de Loth, sobrinho de Abraão — figuras do Velho Testamento: ao fugir da destruição de Sodoma, ela desobedeceu a instrução dos anjos e olhou para trás, transformando-se numa estátua de sal.

p. 204 "(...) li um livro, parece que de Dostoiévski." — É de Dostoiévski mesmo. *Os Irmãos Karamazov*.

p. 206 "— (...) Rimbaud fez melhor: descobriu as cores das vogais. — Referência ao soneto "Voyelles" de Rimbaud sobre a cor das vogais: "*A noir, E blanc, I rouge, U vert, O bleu ...*"
"— *On n'est serieux quand on a dix-sept ans.*" — Primeiro verso do poema "Roman" de Rimbaud.

p. 229 "— Porque o homem é o brinquedo de Deus." — Referência a uma frase de Platão em *Leis*: "O homem foi criado como um brinquedo de Deus e isto, de fato, é o que há de mais fino a seu respeito."

p. 232 "*Ignorante del agua, voy buscando / Una muerte de luz que me consuma...*" — Versos de um poema de García Lorca em *Asi que Pasen Cinco Años*, que nunca me saiu da memória; como estes dois outros belíssimos versos do mesmo poema: "*me he perdido muchas veces por el mar como mi pierdo en el corazón de algunos niños.*"

p. 234 "Resolveu escrever um artigo sobre Gertrude Stein." — Escritora americana que viveu em Paris na primeira metade do século, exercendo grande influência entre outros escritores seus compatriotas que por ali andavam, como Hemingway e Sherwood Anderson, que, segundo ela, faziam parte de uma "*lost generation*".
"Não depois que lera *Guerra e Paz*". — O grande romance de Tolstoi era considerado por Eduardo Marciano e com justas razões o melhor que jamais foi escrito.
"Encontrou em Valéry preocupação igual (...)" — Paul Valéry, poeta e prosador francês, criou uma verdadeira ética intelectual, ao considerar a literatura uma perigosa forma de idolatria. Autor de *Varietés*, série de pensamentos ao gosto socrático, inteligente e um pouco lúcida demais para o meu gosto.

p. 236 "...*Muero porque no muero.*" — Verso de um poema de Santa Teresa d'Ávila, religiosa espanhola do século XVI, da ordem das carmelitas, julgada pela Inquisição.

p. 247 "— (...) Não sei quem, acho que foi Guardini (...) que disse: 'o homem que quer justiça tem de colocar-se em nível superior ao da simples justiça.'" — Romano Guardini, em *Le Seigneur*: Importante teólogo católico alemão, de origem italiana, da primeira metade deste século, que procurou em sua vasta obra uma visão compreensiva do mundo a partir da fé.

p. 251 "— (...) Não faço coisas que por si já são destinos?" — Reminiscência de um verso de Mário de Andrade, do poema "Pela noite...": "O passado não é mais meu companheiro. / Estou vivendo idéias que por si já são destinos / Não reconheço mais minhas visões."

p. 256 "— *Labor improbus omnia vincit.*" — Locução latina, fragmentos de dois versos das *Geórgicas* de Virgílio que viraram provérbio. Na realidade, "*Labor omnia vincit improbus*", ou seja: Um trabalho perseverante tudo vence.

p. 261 "Aqui outrora retumbaram hinos." — Verso de Raimundo Correia, do soneto "Ouro Preto".

p. 264 "— (...) Mário de Andrade morreu e está mais vivo do que eu, do que você. Estou repetindo palavras dele!" — O personagem Toledo repete quase literalmente palavras de Mário de Andrade numa de suas cartas (*vide Cartas a Um Jovem Escritor*, de Mário de Andrade a Fernando Sabino).

p. 286 "— "Não és bom nem és mau (...)" — Verso de Olavo Bilac, do soneto "Dualismo".

p. 299 "(...) e Deus perdoava, e não mais precisava imolar o filho, como no sacrifício de Abraão. (...) E eis que o anjo do Senhor gritou do céu, dizendo: Abraão, Abraão. E ele respondeu: aqui estou.(...)/(E o anjo disse-lhe: não estendas a mão sobre o menino e não lhe faças mal algum.)" — Passagem do Velho Testamento referente ao sacrifício de Abraão, a quem Deus exigiu que imolasse o próprio filho, e ele obedeceu, para ser salvo do sacrifício no último momento. (Gênesis, 22, 1-12).

p. 304 "— Pirandello — limitou-se Eduardo." — Referência à peça de Luigi Pirandello *Seis Personagens em Busca de um Autor*.

p. 306 "— Quem você está pensando que é? Scott Fitzgerald? Ele tem um romance que termina assim." — Última frase do livro *This Side of Paradise* de Scott Fitzgerald: *"I know myself"*, *he cried*, *"but that is all."*

p. 309 "O filho pródigo teve vitelo, o outro não." — Parábola do Filho Pródigo (Lucas 15, 11-32).

FERNANDO *(Tavares) SABINO nasceu em Belo Horizonte, a 12 de outubro de 1923. Fez o curso primário no Grupo Escolar Afonso Pena e o secundário no Ginásio Mineiro, em Belo Horizonte. Aos 13 anos escreveu seu primeiro trabalho literário, uma história policial publicada na revista* Argus, *da polícia mineira.*

Passou a escrever crônicas sobre rádio, com que concorria a um concurso permanente da revista Carioca, *do Rio, obtendo vários prêmios. Uniu-se logo a Hélio Pellegrino, Otto Lara Resende e Paulo Mendes Campos em intensa convivência que perduraria a vida inteira. Entrou para a Faculdade de Direito em 1941, terminando o curso em 1946 na Faculdade Federal do Rio de Janeiro.*

Ainda na adolescência publicou seu primeiro livro, Os Grilos Não Cantam Mais *(1941), de contos. Mário de Andrade escreveu-lhe uma carta elogiosa, dando início à fecunda correspondência entre ambos. Anos mais tarde, publicaria as cartas do escritor paulista em livro, sob o título* Cartas a um Jovem Escritor *(1981). Em 1944 publica a novela* A Marca *e muda-se para o Rio. Em 1946 vai para Nova York, onde fica dois anos, que lhe valeram uma preciosa iniciação na leitura dos escritores de língua inglesa. Neste período escreveu crônicas semanais sobre a vida americana para jornais brasileiros, muitas delas incluídas em seu livro* A Cidade Vazia *(1950). Iniciou em Nova York o romance* O Grande Mentecapto, *que só viria retomar 33 anos mais tarde, para terminá-lo em dezoito dias e lançá-lo em 1976 (Prêmio Jabuti para Romance, São Paulo, 1980), com sucessivas edições. Em 1989 o livro serviria de argumento para um filme de igual sucesso, dirigido por Oswaldo Caldeira.*

Em 1952 lança o livro de novelas A Vida Real, *no qual exercita sua técnica em novas experiências literárias, e em 1954* Lugares-Comuns — Dicionário de Lugares-Comuns e Idéias Convencionais, *como complemento à sua tradução do dicionário de Flaubert. Com* O Encontro Marcado *(1956), primeiro romance, abre à sua carreira um caminho novo dentro da literatura nacional.*

Morou em Londres de 1964 a 1966 e tornou-se editor com Rubem Braga (Editora do Autor 1960, e Editora Sabiá, 1967). Seguiram-se os livros de contos e crônicas O Homem Nu *(1960),* A Mulher do Vizinho *(1962, Prêmio Fernando Chinaglia do Pen Club do Brasil),* A

Companheira de Viagem *(1965)*, A Inglesa Deslumbrada *(1967)*, Gente I e II *(1975)*, Deixa o Alfredo Falar! *(1976)*, O Encontro das Águas *(1977)*, A Falta que Ela me Faz *(1980) e* O Gato Sou Eu *(1983)*. *Com eles veio reafirmar as suas qualidades de prosador capaz de explorar com fino senso de humor o lado pitoresco ou poético do dia-a-dia, colhendo de fatos cotidianos e personagens obscuros verdadeiras lições de vida, graça e beleza.*

Viajou várias vezes ao exterior; visitando países da América, da Europa e do Extremo Oriente e escrevendo sobre sua experiência em crônicas e reportagens para jornais e revistas. Passa a dedicar-se também ao cinema, realizando em 1972, com David Neves, em Los Angeles, uma série de minidocumentários sobre Hollywood para a TV Globo. Funda a Bem-te-vi Filmes e produz curtas-metragens sobre feiras internacionais em Assunção (1973), Teerã (1975), México (1976), Argel (1978) e Hannover (1980). Produz e dirige com David Neves e Mair Tavares uma série de documentários sobre escritores brasileiros contemporâneos.

Publicou ainda O Menino no Espelho *(1982), romance das reminiscências de sua infância,* A Faca de Dois Gumes *(1985), uma trilogia de novelas de amor, intriga e mistério,* O Pintor que Pintou o Sete, *história infantil baseada em quadros de Carlos Scliar;* O Tabuleiro de Damas *(1988), trajetória do menino ao homem feito, e* De Cabeça para Baixo *(1989), sobre "o desejo de partir e a alegria de voltar" — relato de suas andanças, vivências e tropelias pelo mundo afora.*

Em 1990 lançou A Volta por Cima, *coletânea de crônicas e histórias curtas. Em 1991 a Editora Ática publicou uma edição de 500 mil exemplares de sua novela "O Bom Ladrão" (constante da trilogia* A Faca de Dois Gumes*), um recorde de tiragem em nosso país. No mesmo ano é lançado seu livro* Zélia, Uma Paixão. *Em 1993 publicou* Aqui Estamos Todos Nus, *uma trilogia de ação, fuga e suspense, da qual foram lançadas em separado, pela Editora Ática, as novelas "Um Corpo de Mulher", "A Nudez da Verdade" e "Os Restos Mortais". Em 1994 foi editado pela Record* Com a Graça de Deus, *"leitura fiel do Evangelho, segundo o humor de Jesus". Em 1996 relançou, em edição revista e aumentada,* De Cabeça para Baixo, *relato de suas viagens pelo mundo afo-*

ra, e Gente, encontro do autor ao longo do tempo com os que vivem *"na cadência da arte"*. *Também em 1996, a editora Nova Aguilar publicou em 3 volumes a sua* Obra Reunida. *Em 1998 a Editora Ática lançou, em separado, a novela* "O Homem Feito" *do livro* A Vida Real, *e* Amor de Capitu, *recriação literária do romance* Dom Casmurro, *de Machado de Assis. E ainda em 1998, além de* O Galo Músico *"contos e novelas da juventude à maturidade, do desejo ao amor", a* Record *editou, com grande sucesso de crítica e de público, o livro de crônicas e histórias* No Fim Dá Certo — *"se não deu certo é porque não chegou ao fim" e em 1999,* A Chave do Enigma. *No mesmo ano foi agraciado com o Prêmio Machado de Assis da Academia Brasileira de Letras pelo conjunto de obra.*

Fernando Sabino faleceu em outubro de 2004, na véspera de completar 81 anos.

DO AUTOR

— *Os grilos não cantam mais,* contos — *A marca,* novela — *A cidade vazia,* crônicas de Nova York — *A vida real,* novelas — *Lugares-comuns,* dicionário — *O encontro marcado,* romance — *O homem nu,* contos e crônicas — *A mulher do vizinho,* crônicas — *A companheira de viagem,* contos e crônicas — *A inglesa deslumbrada,* crônicas — *Gente, crônicas e reminiscências* — *Deixa o Alfredo falar!,* crônicas e histórias — *O encontro das águas,* crônica sobre Manaus — *O grande mentecapto,* romance — *A falta que ela me faz,* contos e crônicas — *O menino no espelho,* romance — *O gato sou eu,* contos e crônicas — *O tabuleiro de damas,* esboço de autobiografia — *De cabeça para baixo,* relatos de viagem — *A volta por cima,* crônicas e histórias — *Zélia, uma paixão,* romance-biografia — *Aqui estamos todos nus,* novelas — *A faca de dois gumes,* novelas — *Os melhores contos,* seleção — *As melhores histórias,* seleção — *As melhores crônicas,* seleção — *Com a graça de Deus,* leitura fiel do Evangelho segundo o humor de Jesus — *Macacos me mordam,* conto em edição infantil, ilustrações de Apon — *A chave do enigma,* crônicas, histórias e casos mineiros — *No fim dá certo,* crônicas e histórias — *O galo músico,* contos e novelas — *Cartas perto do coração,* correspondência com Clarice Lispector — *Livro aberto,* páginas soltas ao longo do tempo — *Cartas na mesa,* aos três parceiros, meus amigos para sempre: Hélio Pellegrino, Otto Lara Resende e Paulo Mendes Campos — *Cartas a um jovem escritor e suas respostas,* correspondência com Mário de Andrade — *Os movimentos simulados,* romance (Editora Record).

— *A vitória da infância,* crônicas e histórias — *Martini seco,* novela — *O bom ladrão,* novela — *Os restos mortais,* novela — *A nudez da verdade*, novela — *O outro gume da faca*, novela — *Um corpo de mulher*, novela — *O homem feito*, novela — *Amor de Capitu*, recriação literária — *Cara ou Coroa?*, seleção infanto-juvenil — *Duas novelas de amor* (Editora Ática). — *Os caçadores de mentira*, edição infanto-juvenil (Editora Rocco). — *O pintor que pintou o sete*, história infantil inspirada em quadros de Scliar (Editora Berlendis & Vertecchia). — *Obra reunida* (Editora Nova Aguilar).

Este livro foi composto na tipologia
OriginalGaramond, em corpo 11/14, e impresso
em papel off-set 75g/m^2 no Sistema Cameron da
Divisão Gráfica da Distribuidora Record.